fv Fehnland-Verlag

Krieger, Günter: Teufelswerk. Historischer Krimi aus der Herrschaft Merode. Hamburg, Fehnland Verlag 2022

1. überarbeitete Neuauflage
ISBN: 978-3-96971-172-9

Dieses Buch ist auch als eBook erhältlich und kann über den Handel oder den Verlag bezogen werden.
ePub-eBook: ISBN 978-3-941408-26-5

Umschlaggestaltung: Lea Oussalah, Fehnland Verlag
Umschlagbild: Sense: Bild von Deedster auf Pixabay

Bibliografische Information der Deutschen Nationalbibliothek: Die Deutsche Nationalbibliothek verzeichnet diese Publikation in der Deutschen Nationalbibliografie; detaillierte bibliografische Daten sind im Internet über https://dnb.d-nb.de abrufbar.

Der Fehnland Verlag ist ein Imprint der Bedey & Thoms Media GmbH, Hermannstal 119k, 22119 Hamburg.

Günter Krieger

Teufelswerk

Historischer Krimi
aus der Herrschaft Merode

 Fehnland-Verlag

Meinem Vater Hermann zum Gedenken

Günter Krieger

Teufelswerk

Historischer Krimi aus der Herrschaft Merode

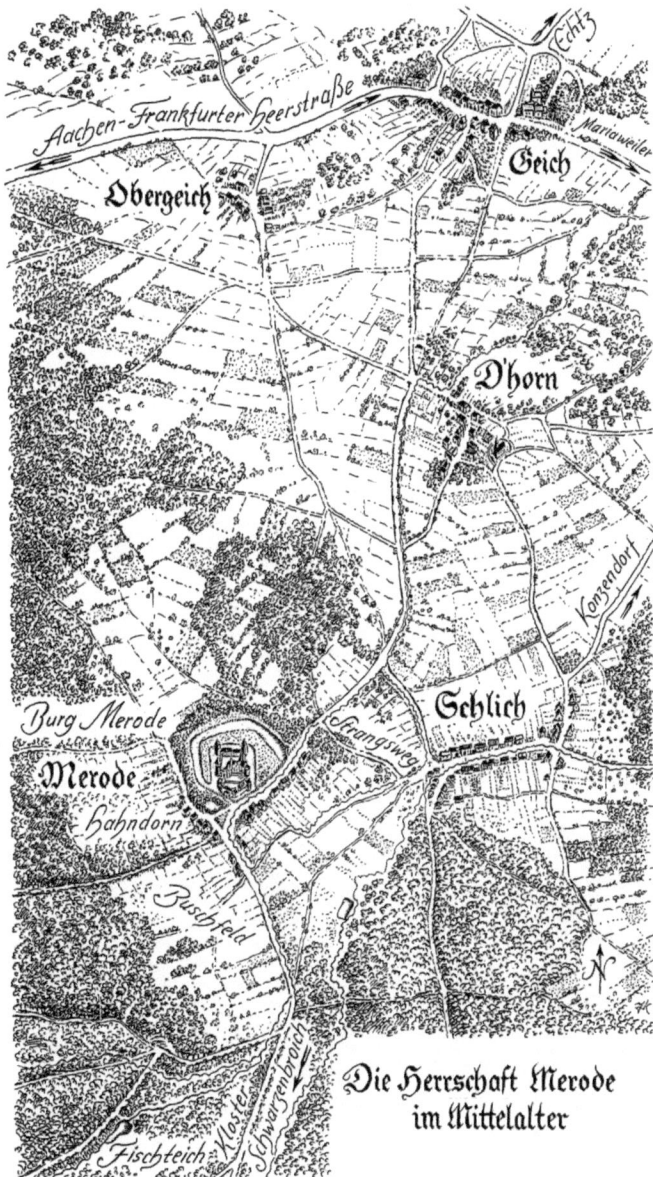

Die Herrschaft Merode
im Mittelalter

Dieses Buch ist ein Roman mit historischem Hintergrund. Die darin geschilderte Geschichte ist fiktiv. Ähnlichkeiten mit heute lebenden Personen sind nicht beabsichtigt und wären zufällig.

Protagonisten wie die Herren von Merode oder der Graf von Jülich sind historisch belegt, doch deren Charakterzüge frei erfunden!

Vorbemerkung

Im April des Jahres 1294 beschließen die Herren von Merode eine folgenschwere Erbteilung. Zwei Linien der Familie, die der »Scheiffarts« und die der »Werners«, residieren fortan gemeinsam auf der Burg, teilen sich Besitz und Herrschaft ihrer Ländereien für über sechs Jahrzehnte. Was nicht immer dem Frieden und der Eintracht zwischen den blaublütigen Vettern förderlich ist. Und auch den verunsicherten Bauern der »Herrschaft« macht dieser Zustand mitunter schwer zu schaffen …

Prolog

Nideggen, August 1338

Das Gemurmel der Leute brodelte durch die Gassen der Stadt. Von Soldaten des Markgrafen zurückgedrängt, reckten sie ihre Hälse, äugten, wippten und sperrten ihre Münder auf. Man bekam schließlich nicht jeden Tag einen Monarchen leibhaftig zu Gesicht. Gewiss, den Markgrafen selbst, den Herrn ihrer Stadt, den sah man oft genug. Aber was war schon ein Graf im Vergleich zum König von England, der in diesem Augenblick mit seinem prächtigen Gefolge auf dem Weg zur Burg war, wo Wilhelm von Jülich seinen hohen Gast empfangen würde. Wie ein Lauffeuer hatte es sich herumgesprochen, der Zug habe das Nixtor bereits passiert, der König und seine kleine Tochter seien in eine Sänfte gestiegen und näherten sich, flankiert von schwer bewaffneten Rittern, dem Zentrum der Stadt. Eduard, König von England, war auf dem Weg nach Koblenz, wo er auf dem Reichstag seinen Schwager, den Kaiser, zu treffen gedachte. Und Nideggen, Residenzstadt des Jülicher Grafen, hatte er als eine seiner Stationen auf dem Weg dorthin auserkoren.

Wer von all den Schaulustigen kannte schon die genauen Umstände, die Eduard veranlassten, den Wittelsbacher aufzusuchen? War da nicht Geld im Spiel? Der Engländer benötigte Bares für einen Krieg, den er in Frankreich führte. Undurchsichtige Bündnisverträge mit deutschen Fürsten spielten eine Rolle, ebenso Zahlungsversprechungen, Treueeide und weiß der Teufel noch was. Aber wen interessierte das? Wer durchschaute schon die Politik der Großen? Die machten ohnehin, was sie wollten, es war immer schon so gewesen und würde sich schwerlich ändern. Den Gemeinen blieb nur, den Prunk und den Glanz der Fürsten zu bestaunen, Hälse reckend dem Anmarsch der Macht entgegenzusehen.

„Sie kommen!", kreischte ein feistes Weib. Sie saß auf den knochigen Schultern ihres dürren Gatten, der vergeblich versuchte, nicht zu wanken. Sofort kam Bewegung in die Menge.

„Ruhig, Leute", befahl einer der Soldaten, während er mit seinen Kameraden die Menschenmenge zurückdrängte. Auf der gegenüberliegenden Seite ging es nicht besser zu. Mühsam war es, eine Gasse offen zu halten, in der sich unbeeindruckt von dem ganzen Tumult zwei Köter rauften.

Hufgetrappel. Prachtvoll gewandete Ritter auf geschmückten Rössern näherten sich.

„Sie kommen!", brüllte das Weib auf ihrem Logenplatz erneut.

„Wenn du absteigst, dicke Vettel, dann kann ich vielleicht auch was erkennen", raunzte ein Kerl hinter ihr.

„Halt die Klappe!"

„Mutter, ich sehe kackende Pferde", jubelte ein blond gelockter Knabe, als sei es seine Lebensaufgabe, danach Ausschau zu halten.

Die Rufe verstummten, als die Reiter die Gasse passierten. Ehrfurchtsvoll sah man zu ihnen hoch, bewunderte das in der Sonne glänzende Metall an ihren Körpern und die mächtigen Schwerter in ihren Scheiden. Die Ritter waren sich ihrer Erscheinung wohlbewusst, starrten ausdruckslos vor sich hin, ohne sich die Blöße zu geben, neugierige Blicke in die Menge zu werfen. Diese Pflicht fiel den königlichen Leibwächtern zu, die, gekleidet in grüne Weidmannstracht und bewaffnet mit Pfeil und Bogen, hinter der stolzen Reitergruppe hermarschierten.

14

„Ha, die sehen ja aus wie Waldmänner", rief der blonde Knabe und erntete eine mütterliche Ohrfeige.

„Die Sänfte!", verkündeten ein paar aufgeregte Stimmen. Wieder wurden die Hälse lang. Einige Leute stießen Jubelrufe aus. Andere zogen es vor, das Ganze lieber schweigend zu betrachten. Und niemand achtete auf den Irren in ihrer Mitte.

Niemand wusste hinterher, woher er gekommen war. Aber urplötzlich stand er auf der Straße, stimmte ein ohrenbetäubendes Kriegsgeheul an, stürmte auf die von acht Dienern getragene Sänfte zu.

„Tod dem König!", schrie er. In seiner Hand blitzte ein Dolch. Schon sank einer der Träger zu Boden. Die Sänfte wankte. Ungläubiges Entsetzen in den Gesichtern der Umstehenden.

Es war einer der Soldaten des Markgrafen, ein blutjunger Kerl, der zuerst reagierte. Der Angreifer hatte bereits mit einer ansatzlosen Bewegung den seidenen Vorhang der Sänfte zerrissen, da traf ihn ein Schwerthieb in den Oberarm. Blut spritzte. Der Verletzte fluchte, stürzte sich wie ein Tobsüchtiger auf den Soldaten. Der aber hüpfte wieselflink einen Schritt zurück und schwang erneut sein Schwert, doch diesmal vermochte er den Attentäter nicht zu treffen. Dem Schlag ungestüm ausweichend, landete dieser nämlich in einem Pulk von Menschen. Ein heilloses Durcheinander entstand, Panik brach aus. Flink setzte der junge Soldat nach, doch ebenso rasch reagierte der Angreifer. Denn mit einem Mal besaß er einen lebenden Schutzschild, ein Mädchen, sechs Jahre alt vielleicht, zog es vor sich hin und streckte es somit dem sicheren Tod entgegen. Nur einen Wimpernschlag benötigte er für diese Feigheit, zu schnell für den Soldaten des Markgrafen: Sein Schwert bohrte sich bereits durch den weichen Leib des

Kindes und drang blutverschmiert an seinem Rücken wieder heraus. Dann erst glitt es in den Brustkorb des Mannes.

Inzwischen hatte ein Heer von erregten Leibwächtern die Kämpfenden umringt. Fassungslos starrten sie auf das tote Mädchen und den röchelnden Sterbenden, aus dessen Mund sich ein roter Bach ergoss. In einer fremden Sprache schrien die Grüngewandeten sich gegenseitig Befehle zu. Der Mob am Straßenrand klatschte jubelnd Beifall. Ein Hüne, offensichtlich ein Offizier, ließ sich Bericht erstatten von einem Untergebenen, der mehrmals mit dem Kinn auf den immer noch keuchenden Soldaten des Markgrafen deutete. Das Gesicht des Hünen war blass, und er nickte knapp, als er erfahren hatte, was vorgefallen war. Mit der Andeutung eines Lächelns schritt er dem Jülicher entgegen.

„Ihr seid ein wirklicher Held, junger Herr", sprach er mit angelsächsischem Akzent, „Ihr habt dem König von England und seiner kleinen Tochter soeben das Leben gerettet."

Der Angesprochene antwortete nicht. Starrte tief atmend auf die blutige Klinge seines Schwertes.

„Ihr seid ein Held", wiederholte der Hüne, „und man wird Euch für Eure Tat gebührend entlohnen!"

„Wird man das?", erwiderte der Soldat tonlos, weil ihm offenbar klar wurde, dass weiteres Schweigen unhöflich gewesen wäre. Ein weiterer markgräflicher Soldat war inzwischen an seine Seite getreten.

„Um Himmels willen! Geht's dir gut, Hein?"

Der junge Mann drehte mit einer langsamen Bewegung den Helm von seinem Kopf und strich sich durch das verschwitzte, dunkle Haar. „Warum denn nicht, Mätthes", sagte er teilnahmslos, „es geht uns allen hervorragend: mir, dem König, seiner Tochter - allen."

Der Hüne klopfte ihm anerkennend auf die Schulter, bevor er sich wieder seinen Leuten zuwandte und Befehle bellte. Die Sänfte des Königs war inzwischen von Schwerbewaffneten flankiert.

„Lang lebe der König!", rief ein Spaßvogel aus der Menge.

1

Benno hielt den Bogen weit gespannt und pirschte leise durch das Unterholz, jederzeit bereit, den todbringenden Pfeil abzuschießen. So hatte er es sich von den Großen abgeschaut, so jagte auch der Herr Paulus, der Burgvogt. Paulus von Mausbach galt als der beste Schütze weit und breit; ihn hatte Benno sich als Vorbild auserkoren, zumindest was das Jagen betraf. Denn sonst war Paulus ein finsterer Mann, wortkarg und griesgrämig, außerdem fehlte ihm ein Teil seines rechten Ohres, was ihn umso gröber wirken ließ. Paulus war einer der mächtigsten Männer der Herrschaft, war er doch de facto der Vormund des zehnjährigen Rikalt.

Der junge Rikalt war ungeachtet seiner Jugend einer der beiden Herren von Merode. Benno durfte ihn seinen Freund nennen, obwohl seine Mutter Guta nur eine einfache Dienstmagd war. Es gab nicht viele Knaben seines Alters auf Burg Merode, das schmiedete zusammen, trotz aller Standesunterschiede.

Benno seufzte leise. Eines Tages würde man Rikalt zum Ritter schlagen; er selbst dagegen würde immer nur ein Dienstmann bleiben, ein Los, das Gott ihm vorherbestimmt hatte, wie Guta ihm eingeschärft hatte. Aber die Träume würde ihm keiner nehmen. Die Träume, in denen er auf einem schneeweißen Ross saß, in einer glänzenden Rüstung, in der Rechten ein prächtiges Schwert: Er befand sich in einem fernen Land, und Ungläubige mit krummen Säbeln umkreisten ihn mit wildem Gebrüll. Er aber ließ drohend sein Schwert kreisen und hieb sie alle nieder, Gott zur Ehr', dem Teufel zur Ernte. Nein, diese Träume konnte ihm keiner nehmen.

Er war ein wenig außer Atem gekommen, denn sein Weg hatte ihn hügelauf geführt. Nun befand er sich auf einer Lichtung, und unten im Tal konnte er über den Wipfeln des Waldes die dunklen Zinnen der Burg Merode erkennen. Benno sah sich um. Noch immer war ihm kein Getier begegnet. Er setzte sich auf einen Baumstumpf, um zu verschnaufen. Vielleicht würden ihm ja ein paar unvorsichtige Hasen vor die Füße hoppeln.

Ehrfurchtsvoll betrachtete Benno den Bogen, den Rikalt ihm heimlich geliehen hatte. Er schauderte bei dem Gedanken, dass Paulus Wind von der Sache bekam. Denn der Bogen wurde wie eine Reliquie behandelt. Einst hatte er Rikalts Vater, Werner von Merode, gehört, der vor einigen Jahren gestorben war. Werner hatte das Kloster Schwarzenbroich gegründet, nachdem ihm bei der Jagd im Wald – jedenfalls erzählte man sich das – der Apostel Matthias erschienen war und ihn mit der Stiftung beauftragt hatte. Bei ebendieser Jagd hatte Werner den Bogen mit sich geführt.

Oft schon hatte Benno das Prunkstück bewundert. Und heute Morgen, nachdem er sich gründlich versichert hatte, dass niemand lauschte, hatte Rikalt gesagt: „Nimm ihn und schieß mir einen Fuchs. Oder zumindest einen Hasen!" Benno hatte Bedenken geäußert, auf den Ärger hingewiesen, der ihnen drohte, wenn die Sache aufflöge. „*Ich* bin der Herr von Merode. Nicht Paulus!", hatte Rikalt trotzig geantwortet.

Es war schon seltsam, einen Freund von hohem Geblüt zu haben, einen Freund, dessen Urahn einst vom berühmten Kaiser Barbarossa, dem Kreuzfahrer, belehnt worden war. Ja, es war seltsam, aber es erfüllte Benno mit unbändigem

Stolz. Vielleicht würde er eines Tages Rikalts engster Vertrauter sein, und vielleicht würden sie doch noch gemeinsam ins Heilige Land ziehen, um den wilden Muselmanen zu zeigen, wessen Gott denn nun der Mächtigere sei. Vielleicht sogar im Dienste des neuen Königs Karl, an dessen Krönungsfeier Rikalt vor wenigen Tagen teilgenommen hatte. Zusammen mit seinem älteren Vetter Konrad, dem anderen Herrn von Merode, sowie mit einigen ihrer Ritter und Knappen waren sie nach Aachen gereist. Rikalt hatte sogar einen Platz im Dom ergattert und die Krönungszeremonie aufmerksam verfolgt. Auf dem marmornen Sessel der deutschen Könige und Kaiser thronend, war dem Luxemburger vom Trierer Erzbischof die Krone aufs Haupt gesetzt worden. Und später, nach dem Gottesdienst, als die vornehmen Gäste im Domhof Spalier standen, hatte König Karl dem jungen Herrn von Merode einen Augenblick lang fest ins Gesicht geschaut – jedenfalls behauptete Rikalt dies voller Stolz.

Benno musste schmunzeln. Konnte er seinem Freund das wirklich glauben? Wie käme ein König dazu, einem Knaben so viel Aufmerksamkeit zu schenken, wenn ringsumher Bischöfe, Grafen und Fürsten zugegen waren? Andererseits: In Rikalts klugen Augen loderte ein geheimnisvolles Feuer, das Benno immer wieder in seinen Bann zog und wohl auch anderen, selbst einem König, nicht verborgen bleiben konnte. Vielleicht war es ja wirklich so gewesen. Mit diesem Gedanken schlief er ein.

Donner weckte ihn. Die Sonne war verschwunden, warmer Regen prasselte auf ihn herab. Benno war schon völlig durchnässt, er musste tief geschlafen haben. Wieder war er in jenem fernen Land gewesen und hatte für Gott gefochten. Wie ein

Hohn erschien ihm deshalb der grelle Blitz, der die Bäume auf bizarre Weise erhellte. Mit einem Mal verspürte Benno Angst. Er wusste von einem Bauern aus Konzendorf, einem Hörigen Rikalts, der vor einigen Wochen auf dem Feld von einem Unwetter überrascht wurde. Ein Blitz hatte ihn getötet, seinen Körper auf grausame Weise entstellt, als habe der Teufel selbst ein grausames Strafgericht über ihn gehalten. Auch Lazarus, der Knecht eines Meroder Bauern, kam ihm in den Sinn, den gleichfalls einst der Blitz getroffen hatte. Anders als der Bauer aus Konzendorf hatte der Knecht das Unglück überlebt, war aber seitdem dem Wahnsinn verfallen. Den Namen Lazarus hatte man ihm erst nach diesem schmerzlichen Ereignis gegeben, kein Mensch wusste mehr, wie er eigentlich früher geheißen hatte.

Benno wollte zu den nahe gelegenen Bäumen laufen, um sich dort unterzustellen. Da fielen ihm die Worte ein, die der Burgvogt Paulus seinerzeit, als man vom Blitztod des Bauern erfuhr, hatte verlauten lassen, nämlich bei Blitz und Donner nicht den Schutz der Bäume zu suchen, sondern reglos und flach auf der Erde liegend das Ende des Gewitters abzuwarten.

Also ließ Benno sich auf die Erde fallen, klammerte sich an Werners Bogen und begann leise zu beten.

Das sommerliche Unwetter tobte nicht lange. Grollend war es bald in der Ferne verschwunden, und die Vögel des Waldes nahmen erneut ihre Gesänge auf. Ein herrlich reiner Geruch erfüllte die Luft. Die Sonne war wieder durchgebrochen, und ein bunter Regenbogen schmückte das launische Firmament.

Benno erhob sich langsam und betrachtete seine Kleidung: Sie war triefend nass, was er bei diesen Temperaturen freilich als wohltuend empfand. Sorgsam wischte er den Schmutz von der wertvollen Waffe, die er leider Gottes noch immer nicht benutzt hatte. Seine Mutter fiel ihm ein, die sich sicherlich schon um ihn sorgte. Also beschloss er seufzend, sich auf den Heimweg zu machen. Ohne sonderliche Hast schlenderte er den Waldweg zum Dorf hinab.

Das kleine rötliche Etwas, das Benno aus seinen Augenwinkeln wahrnahm, ließ ihn im Schritt verharren. Langsam und vorsichtig wandte er seinen Kopf: Das Eichhörnchen dort hinten am Stamm der Buche bot die letzte Gelegenheit, Rikalt nicht zu enttäuschen. Entschlossen spannte er den Pfeil in die Bogensehne, legte an. *Ich muss es treffen, ich muss!*, dachte er, während die Spitze seiner Zunge sich durch den energisch geschlossenen Mund nach draußen schob. Dann spreizten sich seine Finger …

Dumpf schlug der Pfeil ins Holz. Flink wie eine aufgescheuchte Elfe verschwand das Eichhörnchen in der Baumkrone.

Der Junge stieß einen Fluch aus. Sein Schuss hatte das Tier nur um eine Handbreit verfehlt. Enttäuscht zog er los, den Pfeil aus dem Baumholz zu ziehen. Hoffentlich würde sich wenigstens Rikalts Spott in Grenzen halten.

Fast schon hatte Benno den Baum erreicht, als er einige Schritte zu seiner Linken ein braunes Bündel entdeckte. *Wer kann es sich leisten, seine Kleidung hier liegen zu lassen?*, ging es ihm durch den Kopf und er erinnerte sich an den Tag, als Guta ihn windelweich geprügelt hatte, weil sein Wams im Wassergraben der Burg versunken war. Doch plötzlich beunruhigte ihn eine Ahnung. Das war nicht bloß Kleidung. Jemand steckte *darin*!

Zunächst zögerte Benno, dann schritt er entschlossen auf das seltsame Bündel zu. Später bereute er es bitter, denn die starren Augen der Toten, die da in grotesker Haltung vor ihm lag, sollten ihn noch lange Zeit in seinen Träumen verfolgen. Diese starren Augen, die ihm einen Vorwurf machten, als sei er verantwortlich für das Leid, das hier stattgefunden haben mochte.

Mit einem hellen Schrei des Entsetzens floh Benno von dieser Teufelsstätte.

2

Das Gewitter sorgte nicht lange für eine klärende Reinigung der Luft. Am späten Nachmittag lag wieder dumpfe Schwüle über der Herrschaft.

Mathäus, der Dorfherr von Merode, hatte sich in der Stube seines kleinen Hauses verschanzt. Zwar war die Luft hier nicht nennenswert erträglicher, aber wenigstens konnte man sich so vor der Unbarmherzigkeit der gleißenden Sonne schützen. Ein Klotz aus Lindenholz, der vor ihm auf dem Tisch lag, bestimmte die Gedanken des Dorfherrn. Erstmals seit einer Woche gönnte er sich etwas Muße. In den vergangenen Tagen hatten ihn seine Pflichten sehr vereinnahmt. Beide Herren von Merode, sowohl Konrad als auch der junge Rikalt, waren nicht daheim gewesen, hatten in Aachen den Krönungsfeierlichkeiten des Königs beigewohnt. Erst gestern waren sie zurückgekehrt. In der Zwischenzeit hatten die Bauern von Merode es nicht versäumt, ihn mit Myriaden von Kleinigkeiten zu behelligen, ganz so, als hätten sie geduldig und bewusst den Reisezeitpunkt der beiden Herren von Merode abgewartet. Hühner, die der Nachbar angeblich gestohlen hatte, fremde Säue, die mutwillig Gemüsegärten ruiniert haben sollten, ein dubioses Testament, das auf geheimnisvolle Weise aufgetaucht war und diesen und jenen enterbte, was die Betroffenen wiederum in rasenden Zorn versetzte – mit nichts hatte man ihn verschont. Ach, die Leute konnten wie Kinder sein. Darin standen die Bewohner des Unterdorfes, deren Grundherr Rikalt war, denen des Oberdorfes am Hahndorn – nämlich Konrads Leuten – in keiner Weise nach. Mathäus seufzte. Sein bescheidenes Häuschen lag genau zwischen diesen Welten, eine lächerliche Trutzburg auf einer unsichtbaren Grenze. Aber so musste es sein, nur so konnte er sich den Respekt beider Parteien erhalten. Er schüttelte den Kopf und massierte seine entblößten Füße, um die Gedanken frei zu machen von solchen Nichtigkeiten, die für manchen guten Mann den Sinn der Schöpfung in Frage zu stellen vermochten.

Der Lindenklotz. Noch war es nur ein Lindenklotz, der da auf dem Tisch lag. Aber eines hoffentlich nicht allzu fernen Tages sollte er sich verwandelt haben in eine Skulptur der Heiligen Jungfrau Maria, auf deren Schoß kein Geringerer als der kleine Jesus selbst saß. Der Erlöser mit Seiner Mutter, konnte man etwas Wunderbareres, etwas Erhabeneres erschaffen? Er hatte es Jutta versprochen. Ja, mit glückseligem Stolz würde er seiner Geliebten die Skulptur eines Tages überreichen.

Seiner *Geliebten*! Diesmal war Mathäus' Seufzen ungewollt. Wie gern hätte er Jutta seine *Verlobte* genannt. Und wie viel lieber noch sein Eheweib. Nur gab es da ein grundlegendes Problem. Nicht, dass Jutta Mathäus nicht geliebt hätte. Im Gegenteil, sie liebte ihn mehr als alles andere auf der Welt. Allein Gott im Himmel liebte sie mehr. Und genau das war der Kern der Sache. Schon als Kind hatte Jutta Ordensfrau werden wollen, eine Dienerin Gottes. Aber eines Tages vor ziemlich genau drei Jahren hatte sie Mathäus auf dem Erntefest, das die Herren von Merode alljährlich veranstalteten, kennen und lieben gelernt. Seitdem lebte sie im Zwiespalt, mehr noch, gewaltige Stürme tobten in ihrer Seele: Sollte sie Christi Braut werden oder die des Dorfherrn Mathäus, ein geistliches oder ein weltliches Leben führen? Was würde sie mehr erfüllen, was ihre Seele sättigen? Und was geschähe, wenn sich herausstellte, dass ihre Wahl die falsche war?

Mathäus hatte sich geschworen, seine Angebetete niemals zu bedrängen, sie niemals vor die Wahl zu stellen, denn er wusste, dass er sie dann verlieren würde. Manchmal bat er Gott im Gebet, sie möge sich für ihn entscheiden. Um dann beschämt festzustellen, wie absurd sein Gebet doch letztlich war. Denn Juttas Entscheidung für ihn wäre eine Entscheidung gegen den himmlischen Vater, den er ja schließlich um die Erfüllung seines Wunsches bat.

Wieder schüttelte der Dorfherr den Kopf. Warum war es ihm derzeit nicht möglich, seine Gedanken frei zu machen? Warum konnte er sich nicht unbeschwert dem Stück Holz widmen, das seiner Verwandlung harrte? Entschlossen griff er nach Hammer und Meißel. *Weg mit dem Holz, das nicht den Leib der Jungfrau und ihres Sohnes formt*! In diesem Augenblick pochte es an der Tür.

Mathäus presste Luft aus seiner Nase und legte das Werkzeug beiseite. Verärgert stand er auf, um nachzusehen, wer ihn einmal mehr zu stören wagte. „Gnade ihm Gott" murmelte er in dem Glauben, einer der Bauern wolle ihn mit einer neuen Litanei von Beschwerden beglücken.

Doch kein Dorfbewohner stand dort, seinen schnaubenden Schimmel am Zügel haltend, vor der Haustür. Der junge, rot gelockte Mann hieß Dietrich, ein Diener der Meroder Burgherren. Mathäus kannte ihn vom Ansehen, wusste aber nicht, ob er zu den Leuten Konrads oder Rikalts gehörte.

„Herr, Eure Anwesenheit wird dringlich gewünscht", sagte der Diener, seine Erregung nur mühsam verbergend.

„So? Was um alles in der Welt gibt's denn Wichtiges?"

„Bitte kommt mit mir, Herr!", drängte Dietrich.

„Sag mir endlich, was los ist, sonst zieh ich dir die Ohren lang!"

„Es ist etwas Schlimmes geschehen", beeilte der andere sich nun zu sagen, „man hat die Leiche einer jungen Frau gefunden."

Mathäus runzelte die Stirn. „Leiche? Wo? Muss ich dir denn jedes Wort aus der Nase ziehen, Kerl!"

„Im Wald. Jemand hat das Mädchen umgebracht. Man wünscht, dass Ihr dort erscheint."

„Wahrscheinlich hat man auch schon eine Ahnung, wer die Tote ist, nicht wahr?"

„Sieht ganz so aus, als handelte es sich um Anna, die Tochter des Wolfsbauern."

Mathäus presste eine Hand auf seine Schläfe. „Gott", murmelte er, „dieses arme, hübsche Ding!" Sie war das einzige Kind des Wolfsbauern. Vier Geschwister waren schon im frühen Kindesalter gestorben. Er machte auf dem Absatz kehrt und eilte in seine Stube zurück. „Im Stall steht Julius", rief er dem Diener zu, „geh und sattle ihn, während ich meine Stiefel schnüre."

„Julius?"

„Mein Gaul! – Ach, und noch etwas!"

„Ja, Herr?"

„Sei vorsichtig! Julius beißt, wenn man ihn grob behandelt."

„Mich hat noch nie ein Pferd gebissen", erwiderte Dietrich selbstsicher.

Als Mathäus, geführt von Dietrich, am Leichenfundort eintraf, nickte er den beiden Dienern, die die Tote bewachten, stumm zu. Dann schwang er sich vom Gaul, der laut schnaubte und heftig den Kopf schüttelte, als würde der grässliche Anblick der Leiche ihn zutiefst beleidigen. „Tja, Brauner, so ist das Leben", seufzte Mathäus, „die Erben Kains sterben niemals aus."

Dietrich warf dem Dorfherrn einen seltsamen Blick zu. „Verzeiht, aber Euer Gaul … ich meine, versteht er denn-"

„Glaubst du etwa, er hätte kein Gespür hat für das, was hier vorgefallen ist? Natürlich hat er das."

„Aha."

„Auch Pferde sind Geschöpfe Gottes. Und Julius ist unserem Herrn besonders gut gelungen. Böses stößt ihn ab wie das Weihwasser den Leibhaftigen."

Mathäus bemerkte den spöttischen Blick, den die Bewacher der Toten miteinander wechselten, zog es aber vor, sie vorläufig nicht wegen dieser Unverschämtheit zu maßregeln. Er war es gewohnt, dass man sich lustig machte über sein menschenähnliches Verhältnis zu seinem Gaul.

„Wer von euch Strolchen hat sie gefunden?", fragte er die beiden.

„Keiner von uns, Herr. Benno, der Junge der Köchin Guta, fand sie hier beim Spiel."

„Wie lange ist das her?"

„Etwa zwei Stunden. Der Junge hat sofort den Vogt informiert. Herr Paulus war schon hier. Er befahl, nach Euch zu schicken."

„Hat man alles so belassen, wie man es vorfand?"

„Ich denke schon, Herr."

„Du kannst denken? Tja, das ist immerhin etwas. Die Leiche – liegt sie wirklich noch so, wie sie gefunden wurde?"

„Äh ja, Herr!"

Blieb zu hoffen, dass dies der Wahrheit entsprach und dieser Hohlkopf von Burgvogt nichts durcheinander gebracht hatte. Mathäus beugte sich über die junge Tote. Ihre gebrochenen Augen und ihr verzerrter Mund zeugten von dem grausigen Schmerz, den sie durchlitten haben musste. Offensichtlich war Ihr Kehlkopf mit brachialer Gewalt eingedrückt worden. Die Leiche war noch nicht steif. Der Zeitpunkt des

Verbrechens konnte nur wenige Stunden zurückliegen. Er wandte sich an die beiden Wächter. „Ihr werdet mir jetzt die Sibylle herholen."

„Wir sollen … *wen* herholen?"

„Habt ihr was mit den Ohren?"

„Sibylle? Die alte Kräuterhexe?"

„Wenn sie nicht so eifrig Kräuter sammeln würde, dann hätte schon mancher von euch Eseln das Zeitliche gesegnet. Also, holt sie mir her. Hurtig!"

Die beiden bestiegen achselzuckend ihre Pferde und entfernten sich.

„Braucht Ihr mich noch, Herr?" Dietrich war hinter den Dorfherrn getreten, der, auf dem Boden hockend, die Tote gründlich musterte.

„Ja, Dietrich. Wissen der Wolfsbauer und seine Frau bereits von dem Unglück?"

„Herr Paulus hat einen seiner Knappen geschickt, es ihnen mitzuteilen."

Mathäus atmete erleichtert auf. Wenigstens dieser Gang blieb ihm erspart. Andererseits konnte er nur hoffen, dass der Todesbote mehr Einfühlungsvermögen und Feingefühl besaß als sein ritterlicher Herr, der Burgvogt.

„Na schön. Reite zurück und sorg dafür, dass man die Leiche der jungen Anna in spätestens einer Stunde abholt. Bis dahin hoffe ich, hier fertig zu sein."

Als das Hufgetrampel verklungen war, verspürte Mathäus mit einem Mal Leere in seinem Kopf. Was konnte das Leben doch für ein Jammertal sein. Noch gestern um diese Zeit war Anna ein Wesen aus Fleisch und pulsierendem Blut gewesen, eine junge Frau mit Bedürfnissen und den üblichen Wünschen für die Zukunft. Dem Wunsch nach einem liebenswerten Mann und seiner Liebe, dem Wunsch nach Heirat, nach Kindern, nach Glück, dem Wunsch, in Frieden alt zu werden und so selten wie möglich Hunger zu leiden. War Anna nicht verlobt gewesen? Mit dem Ältesten des Bauern Rudolf? Richtig, Mathäus erinnerte sich. Vor wenigen Monaten hatten die Eltern der jungen Leute die Heirat ihrer Kinder beschlossen. Jetzt war alles vorbei. Kein Unfall, keine Krankheit und keine Schwergeburt hatte ihrem Leben ein Ende gesetzt. Sondern ein *Mensch*. Ein Meuchler und Todsünder.

Mathäus kippte nach vorn, als ein sanfter Stoß ihn in den Rücken traf. „Hast ja Recht, Brauner. Trübsal hilft nicht weiter." Er beschloss, die nähere Umgebung in Augenschein zu nehmen.

Das Körbchen mit den Beeren fand er in etwa fünfzig Schritten Entfernung. Anna schien vor ihrem Mörder geflohen zu sein. Der Tod aber hatte sie unerbittlich eingeholt. Mathäus suchte nach Fußspuren, doch der Gewitterregen musste sie, sofern es auf dem sommerlich trockenen Waldboden welche gegeben hatte, weggespült haben. Wenigstens konnte Mathäus sich anhand geknickter Zweige und niedergetrampelten Farnes ein ungefähres Bild vom Verlauf dieser unheilvollen Jagd machen.

Gerade wollte er sich wieder zu der Leiche begeben, da fiel ihm etwas ins Auge: Am dornigen Zweig eines Strauches baumelte etwas Rotes. Zunächst dachte er an ein rohes Stück Fleisch, doch als er näher trat, entpuppte es sich als Stofffetzen.

„Wer sagt's denn", jubilierte Mathäus leise und nahm das Relikt in Augenschein. Roten Stoff gab es nicht allzu häufig, erst recht nicht von solch edler Verarbeitung. Eines war jetzt schon sicher: Wenn dieser Fetzen von der Kleidung des Mörders stammte, dann durfte es nicht schwer sein, ihn ausfindig zu machen. Vorsichtig löste der Dorfherr das Beweisstück aus dem dünnen Geäst.

Geschrei und Gezeter ließen Mathäus aufhorchen. „Sibylle!", sagte er schmunzelnd. Zügig machte er sich auf den Weg.

Das Bild, das sich ihm bot, hätte ihn laut auflachen lassen, wäre der Anlass nicht so traurig gewesen.

„Als ob ich nichts anderes zu tun hätte", tobte das alte Weib, das einer der beiden Diener wie ein Gepäckstück vor sich auf sein Pferd geladen hatte. Mühsam versuchte der Bursche, sich der Kratz- und Beißversuche seiner widerstrebenden Ladung zu erwehren. Der andere der Diener war abgesessen und rieb sich fluchend das Hinterteil.

„Euer Gaul ist ein Satan!", rief er, als er den Dorfherrn erblickte. „Hat mir in den Arsch gebissen!"

„Dann hast du dich nicht so benommen, wie er's von dir erwartet hätte", erwiderte Mathäus ungerührt.

„Wie er's von mir erwartet hätte? Bei allem Respekt, Herr, aber -"

„He, he! Sag jetzt nichts, was dir später leidtun könnte. Hilf lieber der Sibylle vom Pferd, ich muss mit ihr reden."

Der Diener hob an, etwas zu erwidern, besann sich aber. Zähneknirschend kam er Mathäus' Befehl nach. Gemeinsam mit seinem Kameraden zerrte er das sich sträubende Weib vor den Dorfherrn.

„Ich habt hoffentlich einen triftigen Grund, mir diese Idioten auf den Hals zu hetzen, Herr Mathäus", giftete sie. Ihr Mund war fast zahnlos, ihre Sprache entsprechend verwaschen.

„Es tut mir leid, wenn die Strolche grob zu Euch gewesen sind, Sibylle", sagte Mathäus beschwichtigend, „aber ich schätze Eure Erfahrung und brauche deshalb unbedingt Euren Rat." Mit einer barschen Geste befahl er den Dienern, in den Hintergrund zu treten. Die Alte grummelte etwas Unverständliches vor sich hin.

„Bitte, Sibylle. Nur Ihr seid in der Lage, ein paar wichtige Fragen zu beantworten. Und seid gewiss, dass mein Dank nicht zu bescheiden sein wird."

„Um was geht's denn?" fragte Sibylle etwas versöhnlicher.

„Nun, der Grund liegt direkt vor Euch."

Sibylle kniff die Augen zusammen und sah angestrengt zu Boden. „Eine Tote, wie?", stellte sie fest. „Wer ist das arme Ding?"

„Anna. Die Tochter des Wolfsbauern."

„Anna, Anna", echote Sibylle nachsinnend, „die Tochter des Wolfsbauern, natürlich! War keine leichte Geburt, ich erinnere mich genau."

„Sibylle, ich möchte, dass Ihr die Tote untersucht. Vor allem will ich wissen, ob …"

„Ob was, Junge?"

„Also ich will wissen ob – nun ja …"

„Ob das Mädchen vor ihrem Tod mit einem Mann vereint war?"

Er nickte knapp.

„Warum sagt Ihr das nicht gleich? Dürfte nicht schwer sein, das herauszufinden, auch wenn meine Augen nicht mehr die besten sind. Aber eines kann ich Euch jetzt schon versichern, Herr Mathäus: Ein freiwilliger Beischlaf wird's wohl kaum gewesen sein."

„Da habt Ihr vermutlich Recht."

„Geht jetzt. Ich will das arme Kind untersuchen."

Mathäus gesellte sich zu den beiden Dienern, die ihre Unterhaltung abrupt einstellten. Eisiges Schweigen umhüllte die Männer.

„Tut mir leid, dass Julius dir in den Hintern gebissen hat", sagte Mathäus nach einer Weile und legte versöhnlich eine Hand auf die Schulter des Lädierten.

„Tja", sagte dieser zerknirscht.

„Zugegeben, sein Benehmen ist nicht immer vorbildlich."

„Kann man wohl sagen."

„Wo seid Ihr?" Sibylles schrille Stimme drang bald durch die Baumreihen. Mathäus schritt der Alten entgegen.

„Habt Ihr etwas herausgefunden?"

„Wie Ihr's vermutet habt. Jemand hat sich vor ihrem Tod an ihr vergangen."

„Ich danke Euch." Er reichte ihr ein Geldstück und ermunterte sie durch ein Nicken, es anzunehmen. Angewidert betrachtete sie die Münze, ohne sie anzurühren.

„Was soll ich damit?"

„Ich dachte -"

„Sind denn die verrückten Sitten der Städte auch bei uns schon üblich? Zu meiner Zeit war das noch anders. Da bekam man, was man brauchte. Beißt in die Münze. Na los, macht schon, beißt hinein!"

Mathäus tat ihr den Gefallen.

„Und? Macht sie Euch etwa satt, he?"

„Nein. Ist ja nur ein Geldstück."

„Seht Ihr?"

„Tja", machte der Dorfherr noch einmal und hob hilflos die Schultern. „Soll einer der Diener Euch heimbringen?"

„Haltet mir bloß diese Schwachköpfe vom Hals. Ich finde allein zurück."

3

Die Sonne versank bereits über den Wipfeln des Meroder Waldes, als sich die Burg im rötlichen Abendlicht vor Mathäus' Augen erhob.

Die zweigeteilte Burg! Sooft Mathäus an diese Lösung denken musste, so oft missfiel sie ihm. Vor über fünfzig Jahren hatte Werner III. von Merode die umstrittene Idee gehabt, eventuellen Erbstreitigkeiten vorzubeugen, indem er eine Teilung des Besitzes vornahm. Seitdem gab es zwei Herren auf Burg Merode. Ein seltsamer Zustand, fand Mathäus, der immerzu achtgeben musste, es sich nicht mit einer Seite zu verderben. Seinen Vorgänger – sein Name war Wenzel gewesen – hatte man vor Jahren aus der Herrschaft vertrieben, obwohl er von Adel gewesen war. Wenzel hatte versucht, sich mit fragwürdigen Methoden bei beiden Herren lieb Kind zu machen, am Ende jedoch durch undurchsichtiges Taktieren sowohl den einen als auch den anderen verprellt. Schließlich verstrickte er sich in ein Netz aus Intrigen, das ein paar ritterliche Gefolgsleute der Meroder Herren – allen voran Paulus von Mausbach – säuberlich gewoben hatten. Wenzel wurde nicht nur aus dem Amt, sondern auch aus der Herrschaft verjagt.

Danach hatte man ernsthaft überlegt, das Amt mit zwei Männern zu besetzen, einen im Dienste der *Scheiffarts*, den anderen im Dienste der *Werners*, aber Markgraf Wilhelm von Jülich, unter dessen Lehenshoheit die Meroder standen, erhob Einwände gegen diese Lösung. Wohl zu Recht befürchtete er, sie könnten im Dienste der Edelmänner zu Marionetten werden, ähnlich wie der Schultheiß und die sieben Schöffen zu Echtz, die ihr Amt für die gesamte Herrschaft bekleideten. Eine unkontrollierte Machtfülle seiner Vasallen lag freilich nicht im Interesse des Markgrafen, also schlug er vor, einen seiner Dienstmannen in das Amt einzusetzen, einen jungen Kaufmannssohn, der sich zunächst als Gardesoldat, später auch als Beamter glänzend bewährt hatte. Zumindest bis zu jenem Zeitpunkt, wo er eine Verwandte des Markgrafen als dummes Sumpfhuhn bezeichnet hatte.

Um den Jülicher nicht zu verärgern, erklärten die Meroder sich mit dem Vorschlag einverstanden. Dass der neue „Aufpasser" kein Adliger war, begrüßten sie sogar, hatte man doch mit Wenzel schlechte Erfahrungen gemacht. Seit nunmehr fünf Jahren kam Mathäus seinen Pflichten nach. Niemand hatte bislang ernsthafte Einwände gegen seine Amtsführung gehabt. Allerorten nannte man ihn den „Dorfherrn".

Mathäus hatte inzwischen den Wassergraben der Burg erreicht, lenkte Julius auf die hölzerne Brücke und brachte ihn dort zum Stehen.

„Na, was ist?", rief er dem Burschen im Torbau zu, „lässt du die Zugbrücke runter, oder muss ich warten, bis mein Gaul Flügel kriegt?"

Augenblicklich begann das Holzportal sich unter lautem Kreischen zu senken, sodass Julius den Kopf schief legte und seine Ohren wackeln ließ.

„Was hältst du eigentlich davon, die Eisen mal gründlich einzufetten?", raunzte Mathäus den Knappen an, der das Pferd des Dorfherrn in Empfang nahm. Die bedächtigen Bewegungen des Burschen ließen erkennen, dass er bereits mit Julius' Launen vertraut war.

„Werde das bald erledigen, Herr", versprach der Knappe.

Auf dem Burghof scheuchte eine Magd drei aufgeregte Hühner in ihre Stallung.

„Wohin darf ich Euch führen, Herr Mathäus?", fragte ein älterer, gesetzter Mann, der plötzlich vor ihm stand. Er hatte lichte Haare und graue Bartstoppeln. „In den Westflügel des Herrn Konrad oder in den Ostflügel des Herrn Rikalt und seines Vormundes, des edlen Ritters Paulus?"

„Paulus ist nicht der Vormund Rikalts, mein lieber Friedrich", korrigierte Mathäus den Alten zuckersüß, „Rikalts eigentlicher Vormund ist sein Schwager, der Ritter Gerhard von Wedendorp. Paulus vertritt ihn nur, das wisst Ihr doch, verehrter Kastellan."

„Ihr bracht mir das nicht jedes Mal zu sagen, Herr Mathäus."

„Ich gebe die Hoffnung nicht auf, dass Ihr es eines Tages fehlerfrei aufsagen könnt."

Friedrich spreizte die Hände. „Also, zu wem?"

„Zu beiden!"

„Ach, Herr Mathäus, manchmal glaube ich, Ihr wollt mich mit Absicht in Verlegenheit bringen. Wenn ich Euch nun in den Ostflügel Rikalts bringe und dann dem Herrn Konrad Bescheid gebe, lässt er seinen Zorn darüber wieder an mir aus. Umgekehrt wird mir der Herr Paulus -"

„Na schön, mein Guter", seufzte Mathäus, „ich will Euch die Entscheidung abnehmen. Sagt, wo bin ich denn beim letzten Mal eingekehrt?"

„Beim jungen Rikalt, Herr."

„Stimmt. Also werdet Ihr mich diesmal in den Westflügel führen. Dann werdet Ihr dem Herrn der anderen Seite gütigst ausrichten, dass ich Bericht erstatten möchte. Zufrieden?"

„Ihr wollt ihnen jetzt noch Bericht erstatten? Es ist bereits spät, und -"

„Ihr habt doch sicherlich gehört, was heute geschehen ist, oder?"

„Ja, der Mord. Es ist wirklich entsetzlich."

„So entsetzlich, dass es mit der Nachtruhe für die hohen Herrschaften noch ein wenig dauert."

Das sah Friedrich ein. Ohne weiteres Geplauder führte er den Dorfherrn in einen großen, dunklen Saal des Westflügels, wo er sogleich eine Fackel entzündete. Die kleinen Fensteröffnungen waren bereits verhangen, sodass auch das letzte Tageslicht ausgeschlossen blieb. In einer Ecke quiekten Mäuse.

„Geduldet Euch einen Augenblick, ich werde gehen, die Herren zu holen", sagte Friedrich, froh darüber, dass er sich bei der Wahl der Örtlichkeit auf den Dorfherrn berufen konnte. Mathäus nahm auf einem der Schemel Platz, die rings um den großen hölzernen Tisch in der Mitte des Saales platziert waren. Während er wartete, sah er sich um, betrachtete gedankenverloren die Räumlichkeit, in der Konrad seine Jagdgelage abzuhalten pflegte. Ein schmuckloser Saal. Beeindruckend war allein die Freske an der Stirnseite, die Johann Scheiffart in ritterlicher Gewandung darstellte. Konrad hatte kürzlich eigens einen Künstler aus Köln kommen lassen, um den verehrten Ahnen, den Gründer seiner Linie, auf der Wand zu verewigen. Es war dem Künstler gut gelungen. Bestimmt hatte es dem Herrn von Merode ein stattliches Sümmchen gekostet.

Nach einer Weile betrat Konrad den Saal. Er war alleine. Ein kostbares Rittergewand verlieh ihm eine erlauchte Würde, die allerdings im völligen Gegensatz zu dem mokanten Gesicht stand, das er zur Schau trug. Mathäus erhob sich.

„Bleibt sitzen", winkte Konrad ab und nahm gegenüber Platz. Er war ein seltsamer Mensch, den Mathäus bis heute nicht richtig einzuschätzen wusste. Dreiundzwanzig Jahre alt, aber er wirkte älter. Berüchtigt waren seine Launen. Mal konnte er gütig und liebenswert sein, mal cholerisch, zynisch und boshaft. Man munkelte, er habe einmal bei einem seiner Wutanfälle sieben Schafe erwürgt. Heute allerdings zeigte er sich von seiner sanften Seite.

„Wollt Ihr etwas trinken, Mathäus?"

„Danke, ich bin nicht durstig."

„Wozu diese Bescheidenheit?" Konrad klatschte dreimal in die Hände. Sofort erschien ein Diener.

„Bring uns Wein und ein paar Becher. Unsere lieben Nachbarn werden auch noch kommen, wie ich hörte!"

Es war guter Wein, besser als der, den der Meroder Wirt Leo in seinem Wirtshaus *Carolus Magnus* anzubieten pflegte. Mathäus genoss seine saftige Süße.

„Echter Burgunder!", beteuerte Konrad. „Ein guter Tropfen für besondere Anlässe. Für *erfreuliche* Anlässe!"

Mathäus räusperte sich. „Leider ist der Anlass für mein Hiersein kein erfreulicher, Herr."

„Ich weiß. Die tote Bauerntochter." Konrad ließ den Wein in seinem Becher kreisen. „Ihr Vater gehört zu den Männern meines Vetters. Deshalb hätten wir uns besser bei *ihm* versammelt, findet Ihr nicht?"

Mathäus entging nicht die Ironie in Konrads Stimme. Dumpfer Ärger stieg in ihm hoch. „Das ist sicher das kleinere Problem", erwiderte er barscher als beabsichtigt. Zu seiner Überraschung blieb Konrad weiter freundlich.

„Haarspaltereien, nicht wahr, Herr Mathäus? Und Ihr habt Recht. Man sollte alles mit der Kraft der Vernunft regeln, sonst endet man wie unser armer Kastellan Friedrich, der sich immerzu mit argen Nöten konfrontiert sieht." Seine Augen begannen listig zu funkeln. Genüsslich nippte er an seinem Wein. „Aber selbst dem kann man abhelfen. Ich beabsichtige nämlich, für meinen Teil der Burg eine separate Brücke errichten zu lassen. Was haltet Ihr davon?"

„Es ist vielleicht nicht ganz im Sinne Eures Urahns, der diese Teilung veranlasste, aber möglicherweise nicht ganz unzweckmäßig."

Konrad lachte laut. „Ich mag Eure Ehrlichkeit, Mathäus."

In diesem Augenblick betrat Paulus von Mausbach den Saal. Den Diener, der ihn begleitete, entließ er mit einer knappen Handbewegung. Paulus musste weit mehr als vierzig Lenze hinter sich haben, dennoch wirkte er stets vital und dynamisch wie ein Jüngling. Dieser Eindruck mochte auch von seiner imposanten Körperstatur herrühren.

„Paulus, alter Freund", begrüßte Konrad den Ritter jovial, „Ihr seid alleine? Wo ist Euer Mündel?"

Paulus verneigte sich steif und nahm Platz, strich sich über den sorgsam gepflegten Bart. „Herr Rikalt schläft bereits", erklärte er mit einem Anflug von Verlegenheit, als wüsste er nur zu genau, was nun folgen würde.

Ein ohrenbetäubendes Lachen dröhnte durch den Saal, dass es von den Wänden widerhallte. „Mein Vetterchen schläft bereits", johlte Konrad und schnappte nach Luft. „Habt Ihr ihm wenigstens eine Gute-Nacht-Geschichte erzählt, Paulus?"

Mathäus verschluckte die Bemerkung, die ihm auf der Zunge lag. Stattdessen sah er den Burgvogt nur vorwurfsvoll an.

„Was glotzt Ihr, Dorfherr? Habe ich die Blattern?"

„Ihr wisst, dass Herr Rikalt aus protokollarischen Gründen anwesend sein muss, Herr Paulus."

„Ihr könnt ja gerne gehen und ihn wecken."

„Aber meine Herren", warf Konrad ein, der sich inzwischen von seinem Lachanfall erholt hatte und seine ungebetenen Gäste spöttisch betrachtete, „was soll das weibische Gezeter? Lassen wir das Protokoll heute beiseite und besprechen die Sache unter uns Männern. Von den Toten auferwecken können wir das Mädchen ohnehin nicht mehr."

Mathäus zuckte mit den Achseln. „Meinetwegen, ich bin nicht der Herr von Merode und habe mir solcherlei Bestimmungen nicht ausgedacht. Man hat mich lediglich mit deren Durchführung betraut."

„Euer Pflichtgefühl in Ehren", sagte Paulus und unterdrückte demonstrativ ein Gähnen, „lasst uns nun zum Wesentlichen kommen, damit wir nicht um Mitternacht noch hier sitzen. Wie wir alle wissen, wurde also heute ein Mädchen der Herrschaft umgebracht. Würdet Ihr uns liebenswürdigerweise Bericht erstatten, Mathäus?"

Die beiden Männer sahen sich kalt an. Jeder einzelne Bewohner der Herrschaft wusste, dass sie sich nicht mochten. Für Paulus war Mathäus nur ein Bürgerlicher, und der Burgvogt machte keinen Hehl daraus, dass er am liebsten seinen eigenen Sohn im Amt des Dorfherrn sähe. Aber vorläufig war es sinnvoll, der Empfehlung des Jülicher Markgrafen zu folgen. Der Vogt ließ unterdessen keine Gelegenheit aus, dem Emporkömmling, der Mathäus in seinen Augen war, seine Verachtung zu zeigen.

Ruhig und sachlich schilderte der Dorfherr ihnen seine Erkenntnisse, verschwieg auch nicht, die alte Sibylle an den Tatort geholt zu haben. Ein unbestimmtes Bauchgefühl jedoch hieß ihn, den gefundenen roten Stofffetzen vorerst zu verschweigen.

Paulus hatte die ganze Zeit über an seinem vernarbten Ohr gezupft. Nun faltete er die Hände und warf Mathäus einen nahezu belustigten Blick zu. „Wirklich gute Arbeit, Dorfherr", nickte er, „deshalb freut es mich, Euch sagen zu dürfen, dass ich den Mörder bereits festgenommen habe."

„Ihr habt … was?"

Konrad zog amüsiert eine Braue in die Höhe. „Immer für eine Überraschung gut, unser guter Paulus, immer mit einem feinen Sinn für Dramatik."

Mathäus unterdrückte den Reflex, seine Hände zu Fäusten zu ballen. „Es wäre wirklich sinnvoll gewesen, uns das gleich zu Beginn mitzuteilen, Herr Paulus."

„Aber Mathäus, das Protokoll!"

„Wen habt Ihr festgenommen?"

„Es ist ein Fremder, ein durchreisender Kaufmann aus Böhmen auf dem Weg nach Flandern. Handelt mit Tuchen. Zumindest behauptet er das."

„Aus Böhmen! Das ist weit weg."

Paulus hob die Schultern. „Mörder gibt es überall."

„Hat er gestanden?"

„Nein. Aber glaubt mir, er wird es tun."

„Weshalb denkt Ihr, dass er der Mörder ist?"

„Er saß im *Carolus Magnus* und verhielt sich recht auffällig. War nervös und zitterte am ganzen Leib. Die frisch begangene Mordtat rüttelte offenbar an seinem Gewissen."

„Trug er Waffen?"

„Einen Dolch."

„Ich will ihn verhören. Heute noch. Wo ist er?"

„Im Kerker des Ostflügels. Ich werde Euch hinführen."

„Zuerst möchte ich mit dem Jungen sprechen, der die Tote gefunden hat."

In Paulus' Augen blitzte es böse. „Hat das nicht Zeit bis morgen?"

„Nein, hat es nicht."

Der Vogt warf Konrad einen Hilfe suchenden Blick zu. Der schwenkte seinen Weinbecher. „Sein gutes Recht", befand er, „schließlich ist er als Dorfherr für die Klärung des Falles verantwortlich."

Wortlos verließ Paulus den Saal, kehrte nach kurzer Zeit mit dem kleinen Benno zurück. Dieser senkte ehrfurchtsvoll den Kopf vor den hohen Herren, trotzdem erkannte Mathäus sein geschwollenes Auge.

„Du hast dich geprügelt, Benno?"

„Nein, Herr!"

„Was ist mit deinem Auge?"

„Ach nichts, Herr!"

Paulus machte eine ungeduldige Handbewegung. „Wenn Ihr's genau wissen wollt, das mit dem Auge war *ich*. Der Bengel hatte tatsächlich den Bogen Werners aus der Waffenkammer gestohlen. Kann froh sein, dass sein Kopf überhaupt noch auf seinen Schultern sitzt. Aber jetzt beginnt mit Eurer Befragung, sonst kommen wir nie zu einem Ende."

Konrad kicherte leise. Mathäus würdigte den Vogt keines Blickes und wandte sich an den Knaben.

„Sag, Benno: Ist dir im Wald irgendetwas aufgefallen, bevor du die Tote fandest?"

„Nein, Herr. Das Gewitter überraschte mich. Ich hab's abgewartet und wollte dann nach Hause. Dann fand ich sie."

„Du hast niemanden gesehen? Nichts gehört? Keine Stimmen, Schreie, nichts?"

„Nein, Herr. Nur …"

„Ja?"

„Ich konnte die Gegenwart des Teufels regelrecht spüren. Es war … furchtbar."

„Wie gruselig", jauchzte Konrad.

Mathäus strich dem Jungen über den Kopf. „Hast Recht, Benno", sagte er, „wo etwas Böses geschieht, da ist der Teufel nicht weit."

Paulus zog einen Schlüsselbund aus seinem Gewand. „Ihr wollt mit dem Schuft wirklich allein sein?", fragte er den Dorfherrn.

„Und ob. Wie ich Euch kenne, habt Ihr den Gefangenen ja ohnehin angekettet. Was könnte er mir also zuleide tun?"

„Wie Ihr wünscht."

Das Tor öffnete sich knarzend. Mathäus griff nach der Fackel, die der Vogt ihm reichte, und betrat den Kerker. Gestank nach faulem Stroh und Exkrementen schlug ihm entgegen. Hinter ihm wurde das Tor wieder verriegelt. Trotz des Fackellichts dauerte es eine Weile, bis Mathäus' Augen sich an die Dunkelheit gewöhnt hatten. Er befand sich in einer kühlen, fensterlosen Zelle. In einer Ecke kauerte auf einem Haufen Stroh ein Mann, der erwartungsvoll zu ihm herüber starrte. Sein rechter Fuß war an einen steinernen Klotz gekettet. Der Mann mochte kaum älter sein als er selbst, sein Gesicht war bartlos. Und er trug ein rotes Kaufmannsgewand!

„Hoffentlich seid Ihr gekommen, um diesem Spuk hier ein Ende zu machen", knurrte der Mann und rasselte mit der Kette. Er hatte eine dunkle Stimme und sprach einen harten Akzent.

„Kommt ganz darauf an. Mein Name ist Mathäus, ich bin der Dorfherr von Merode. Man hat mich mit der Klärung eines Mordfalls beauftragt. Wie ist Euer Name?"

„Tobias Hompesch. Ich bin Kaufmann und auf der Durchreise, wie Ihr ja bestimmt schon wisst. Mit dem Mord an dieser Bäuerin habe ich nicht das Geringste zu tun."

„Ihr handelt mit Tuchen?"

„Ja, ich kaufe Tuche in Aachen und in Flandern und veräußere sie in meiner Heimat weiter."

„Ihr kommt aus Böhmen?"

„Aus Prag. Aber jetzt gestattet, dass auch ich ein paar Fragen stelle. Was zum Teufel erlaubt man sich bloß, mich in dieses Loch zu werfen?"

„Solche Fragen dürft Ihr stellen, wenn Eure Unschuld bewiesen ist. Bis dahin übt Euch in Geduld und beantwortet *meine* Fragen."

Der Kaufmann biss sich auf die Lippen. Sein Brustkorb hob und senkte sich unter schweren Atemzügen.

„Wie ich sehe, Herr Tobias", fuhr Mathäus ruhig fort, „ist Euer vornehmes Gewand auf Gürtelhöhe zerrissen."

„Und?"

„Erzählt mir, wie das geschehen ist."

Hompesch lachte verächtlich auf. „Seltsame Fragen stellt Ihr! Aber sei's drum. Ein menschliches Bedürfnis überkam mich auf dem Ritt hierher. Also bin ich runter von meinem Pferd, habe mich vor einen Busch gestellt. Leider hatte der Busch Dornen. Reicht Euch diese Erklärung?"

„Seid Ihr verheiratet, Herr Tobias?"

„Gott behüte, nein. Und nennt mich in drei Teufels Namen nicht *Herr Tobias*, ich bin kein Bauernlümmel. Mein Name ist Hompesch."

„Man sagt, Ihr hättet Euch recht merkwürdig verhalten, als Ihr im Wirtshaus saßt. Außerdem hättet Ihr am ganzen Leib gezittert."

„Herrgott, natürlich habe ich gezittert. Ich war völlig durchnässt von diesem verfluchten Gewitterregen und heilfroh, irgendwo einkehren zu können."

„Das Mädchen - ist es Euch im Wald begegnet?"

„Beim Allmächtigen, nein!"

Mathäus nickte und strich sich durchs Haar. „Wohlan", murmelte er, „ich werde Eure Aussagen zu Protokoll nehmen."

„Verdammt, ich bin unschuldig. Ich bin ein freier Bürger, sorgt gefälligst dafür, dass ich aus diesem Loch rauskomme."

„Ich werde veranlassen, dass man Euch von der Kette nimmt und die Zelle gründlich säubert. Auch an Speis und Trank soll's Euch nicht fehlen. Doch bis die Sache geklärt ist, bleibt Ihr hier."

„Und wer sagt mir, dass das nicht ewig dauert?"

„Verlasst Euch darauf, es wird *nicht* ewig dauern!" Mathäus pochte dreimal laut gegen das Tor. Augenblicklich wurde es geöffnet.

„Und?", fragte Paulus.

„Was und?"

„Hat er gestanden?"

„Nein. Und solange er das nicht getan hat, werdet Ihr ihn von dieser Kette befreien. Und dann lasst um Gottes Willen diese Kloake reinigen."

„Ganz wie Ihr wünscht."

„Ach, und noch etwas!"

„Ich höre?"

„Lasst Eure Daumenschrauben, wo sie sind. Meine Ermittlungen sind noch nicht abgeschlossen."

Paulus schüttelte hämisch den Kopf. „Ermittlungen", lachte er, „meint Ihr nicht auch, der Fall wäre eindeutig?"

„Der Fall ist eindeutig, wenn *ich* das sage."

„Oh, gewiss. Bedenkt aber, dass Ihr nicht ewig Zeit habt. Am Ende werde ich sonst doch die Daumenschrauben auspacken müssen. Und all die anderen reizenden Instrumente."

Mathäus sah den Ritter lange an. „Manchmal denke ich, Ihr seid ein Dummkopf, Paulus."

Der andere zuckte verächtlich mit den Mundwinkeln. Mit dem Zeigefinger tippte er immer wieder an seine Stirn. „Glaubt mir, Mathäus, in diesem Kopf steckt mehr drin als in Eurem bürgerlichen Schädel!"

„Hoffentlich ist auch ein Stück Gehirn dabei", entgegnete Mathäus.

4

Längst war es dunkel geworden. Mathäus beschloss, auf dem Heimweg noch kurz in das Wirtshaus einzukehren. Vielleicht konnte er ja von Leo, dem Wirt, und einigen Gästen, die er zu dieser späten Stunde noch anzutreffen hoffte, weitere Hinweise über den Kaufmann erhalten, den Paulus und seine Leute dort vor einigen Stunden festgenommen hatten.

Leo war ein glatzköpfiger Mann von kleiner Statur, zumindest was seine Körperlänge anging, denn sein enormer Bauchumfang stand ganz im Gegensatz dazu. Der Wein, den er anbot, war von minderer Qualität, aber wenigstens verstand er es, ein schmackhaftes Bier zu brauen. Leo vermietete auch Fremdenzimmer, allerdings kam es nicht allzu häufig vor, dass jemand sich hierhin verirrte, denn Merode lag abseits der großen Heeresstraße. Seine Schenke hieß *Carolus Magnus*, da einst der große Karl angeblich hier eingekehrt sei und mit einer seiner Nebenfrauen die Nacht verbracht habe. Dies lag freilich mehr als ein halbes Jahrtausend zurück, und niemand vermochte mehr den Wahrheitsgehalt dieser Behauptung zu überprüfen. Man nahm die vermeintliche Flunkerei unwidersprochen hin, denn im Grunde hatte Leo ein großes Herz. Bauern aus dem Ober- und Unterdorf pflegten das Wirtshaus nach erledigtem Tagewerk aufzusuchen, um sich vor dem Bettgang noch einen Trunk zu genehmigen. Manchmal kam es zu Streitigkeiten zwischen den Bauern, aber Leo beherrschte das Schlichten ebenso wie die Braukunst.

„Sieh an, unser Dorfherr höchstselbst", piepste der Wirt mit hoher Stimme, „Euch hab ich ja seit Wochen nicht mehr hier gesehen."

Zwei Öllichter vermochten den Raum nicht sonderlich zu erhellen. Mathäus kniff die Augen zusammen und sah sich um. Nur an einem der Tische saßen noch Gäste. Er erkannte Rudolf, einen Bauern aus dem Unterdorf, sowie zwei Knechte.

„Was darf ich Euch anbieten, Herr?"

„Leider bin ich nicht zum Trinken hier, Leo."

„Gewiss nicht. Ich verwette meine Wampe, dass Ihr uns über diesen fremden Kaufmann befragen wollt."

„Ihr habt meine Absicht durchschaut, scharfsinnig, wie Ihr nun mal seid."

„Dieser Dreckskerl, dieses Schwein!", schrie Rudolf wütend. Seine Hände klammerten sich um einen Becher schäumenden Bieres. Die fette Fliege, die auf seiner Wange hockte, schien er gar nicht zu bemerken. Seine Knechte starrten betreten zur Seite.

Mathäus trat dem Erzürnten einen Schritt entgegen. „Ihr meint den Kaufmann?"

„Wen sonst? Der Teufel muss ihn geschickt haben. Kommt von weit, weit her, um das einzige Kind des Wolfsbauern zu töten. Nächsten Monat sollte das Mädchen meinen Sohn heiraten. Alles war geregelt, alles geplant. Der Teufel hat uns den Kerl geschickt."

„Ich kann Euren Schmerz verstehen, Rudolf. Aber wieso seid Ihr so sicher, dass er es war?"

„Fragt den Wirt." Aufgebracht stürzte er den Inhalt seines Bechers die Kehle hinunter.

Leo seufzte laut. „Er hat Recht. Der Fremde hat's getan, daran hege auch ich keinen Zweifel. Ob er allerdings im Auftrage des Leibhaftigen gehandelt hat, kann ich natürlich nicht sagen."

„Sagt mir, was Euch zu der Annahme zwingt, der Fremde sei der Mörder der jungen Anna. Er selbst streitet das bis jetzt mit Nachdruck ab."

Leo lachte matt. „Wer mordet, hat mit einer Lüge erst recht kein Problem. Es geht um seine Haut. Ihr hättet ihn sehen sollen. Kam dort durch die Tür, schrie nach Wein, und in seinen Augen brannte ein seltsames Feuer. Seine Bewegungen waren fahrig und nervös, und als ich ihn bediente, sah ich, wie seine Glieder zitterten. So verhält sich wohl jemand, der soeben eine Mordtat begangen hat."

„Er war aber doch völlig durchnässt, oder?"

Leo überlegte einen Augenblick. „Sicher, es hatte ja tüchtig geschüttet."

„Vielleicht hat er deshalb gezittert. Vor Kälte. Ein seltsames Feuer in seinen Augen kann ich schwerlich als Beweis anerkennen."

Leo schüttelte den Kopf. „Glaubt mir, Herr Mathäus, jede Faser meines zierlichen Körpers sagt mir, dass er's getan hat. Sucht Ihr nur die Beweise, Ihr werdet bestimmt welche finden. Oder besser noch, prügelt die Wahrheit aus ihm heraus, das geht schneller."

„Und dann hängt das Schwein an den höchsten Baum in der Herrschaft!", schrie Rudolf.

Nachdenklich verließ Mathäus die Gaststube. Die wenigen Schritte bis zu seinem Haus legte er zu Fuß zurück und führte seinen Gaul am Zügel.

„Tja, Brauner, mir scheint, als hätte ich da ein Problem, das eigentlich keins sein dürfte."

Eine riesige Ratte huschte wie ein Schatten über die Straße. Zwei weitere folgten ihr auf dem Weg zum Bach, der sich, vom Wald kommend, durch das Dorf schlängelte.

Klar und wolkenlos spannte sich der Nachthimmel über die Herrschaft. Aus der Ferne war wieder dumpfes Donnergrollen zu vernehmen. Mathäus nahm es nicht wahr. Zu sehr hing er seinen Gedanken nach.

Da war ein Mord an einem jungen Mädchen geschehen, am helllichten Tag, abseits vom Dorf, völlig unbeobachtet. Ein Verdächtiger war festgenommen worden, ein fremder Kaufmann, der sich nach einheitlicher Aussage reichlich seltsam verhalten hatte. Jedermann war von seiner Schuld überzeugt, und wirklich schien vieles, wenn nicht alles auf den Mann als Täter hinzudeuten. Der rote Stofffetzen - war er wirklich Beweis genug für seine Schuld? Mathäus fragte sich, warum er das Beweisstück bislang niemandem präsentiert hatte, nicht einmal dem Verdächtigen selbst. Etwas hielt ihn davon ab. Vielleicht fürchtete er die Lynchjustiz aufgebrachter Dorfbewohner oder die Willkür des Burgvogts. Aber der Fremde hatte noch nicht gestanden. Konnte denn ein Mörder, dessen Innerstes schwarz war wie die Hölle, eine solche Gräueltat abstreiten? Musste er nicht an sein Seelenheil denken, an die Vergebung, die Gott ihm schenken mochte, wenn er Reue zeigte? Oder war er wirklich ein Gottloser, ein Diener Satans? Weitere Beweise mussten her, Beweise für seine Schuld. Beweise, die dem Kaufmann keine andere Wahl mehr ließen als zu gestehen. Mathäus schauderte bei dem Gedanken an Paulus' Folterwerkzeuge, alles in ihm wehrte sich gegen diese Barbarei. Viel Zeit blieb ihm wohl nicht. Er nahm sich vor, am kommenden Tag die Eltern der Ermordeten aufzusuchen, den Wolfsbauern und dessen Weib. Außerdem würde er Eberhard, Annas Verlobten, einen Besuch abstatten. Zwar wusste er selbst noch nicht genau, was er sich eigentlich davon erhoffte, er wusste nur, dass er keine Ruhe fände, wenn er es bleiben ließe. Vielleicht warteten ja irgendwo noch Überraschungen auf ihre Enthüllung.

Er hatte sein Häuschen erreicht. Das Schnauben eines fremden Pferdes ließ ihn aufhorchen. Auch Julius spitzte die Ohren. Und da – Schritte! Kein Zweifel, irgendwer war hier, direkt hinter Julius' kleinem Stall. Mathäus tastete nach dem Dolch an seinem Gürtel.

„Wer da?", rief er barsch.

Stille. Die Schritte waren verstummt. Langsam bewegte sich Mathäus auf die tiefschwarze Finsternis zu. Nichts war zu erkennen, gar nichts. Mathäus blieb stehen. Julius war ihm gefolgt.

„Zeigt Euch!", befahl Mathäus. „Sonst ergeht es Euch wie allen dreisten Dieben und Räubern, die ich zu fassen kriege."

Wieder Schritte. Aus dem Dunkel wuchs ein Schatten. Jemand trat ihm langsam entgegen. Auch die Konturen des Pferdes, das der Schemen bei sich führte, wurden erkennbar. Damit nicht genug: Ein weiterer Schatten, der eines riesigen Wolfes, begleitete ihn lautlos gleich einem dämonischen Wesen.

„Was geschieht denn hierzulande mit Dieben und Räubern?", drang es aus der Finsternis.

Des Dorfherrn Herz krampfte sich zusammen. Die Stimme des Fremden war klar und ruhig, Mathäus konnte sich des Eindrucks nicht erwehren, sie zu kennen. Und irgendetwas in ihr weckte Erinnerungen in den verborgenen Kammern seines Gedächtnisses.

„Das, was allerorten mit ihnen geschieht, man sperrt sie ein", beantwortete er die Frage des Schattenmannes. „Und manchmal hängt man sie auch an den nächsten Galgen."

„Ich wünsche mir weder das eine noch das andere!" Mit diesen Worten trat der Unbekannte aus dem Dunkel heraus, flankiert von seinen beiden tierischen Gefährten. Das Pferd war schwarz wie die Nacht selbst, der Riesenwolf entpuppte sich als mächtige Dogge, die in der Tat etwas Dämonisches an sich hatte. Hechelnd sah sie zu ihrem Herrn hoch.

Der trug einen dichten Vollbart, der das leise Lächeln auf seinen Lippen nur erahnen ließ. Seine Kleidung war abgenutzt, an zahllosen Stellen mit Flickwerk versehen, die Stiefel alt und löchrig. Mit stahlblauen Augen taxierte er den Dorfherrn erwartungsvoll.

Die Kammern der Erinnerung öffneten sich. Fieberhaft rang Mathäus mit dem Zweifel. Diese unverkennbaren Augen, dieser Blick, diese Körperhaltung ... Allein der Bart verwirrte ihn noch. Denn bartlos hatte er den Freund in Erinnerung!

Es dauerte einige Herzschläge, bis die letzte Bastion des Zweifels gefallen war.

„Beim Allmächtigen! Hein!", hauchte er ergriffen.

„Ja, Mätthes. Ich bin's!", entgegnete der andere leise.

5

Die Freunde fielen sich in die Arme. Umschlungen wie ein Liebespaar standen sie eine ganze Weile da, bis die große Dogge eifersüchtig zu knurren begann.

„Still, Chlodwig, das ist ein Freund", beruhigte sie der Bärtige. Er legte beide Hände auf Mathäus' Schultern, um ihn besser betrachten zu können. „Hast dich wenig verändert, Mätthes", bemerkte er. „Wie lange haben wir uns nicht gesehen?"

„Fast zehn Jahre, mein Freund."

„Zehn Jahre", sinnierte der andere, „was für eine Winzigkeit im Lauf der Zeiten. Aber sie können die Hölle bedeuten." Offen sah er Mathäus in die Augen. „Verzeih mir, dass ich wie ein Dieb um dein Haus geschlichen bin. Aber ich war mir nicht sicher, ob -"

„Ob ich's wirklich bin, nicht wahr? Du konntest dir einfach nicht vorstellen, dass es mich aus dem gräflichen Nideggen in dieses Nest verschlagen hat."

„Nun ja ..."

„Es ist in der Tat ein Nest. Die Bauern sind stur und eigensinnig, die Burgherren überheblich und streitsüchtig. Das Leben hier ist mühselig, die Abwechslung rar. Und hätte ich die Base des Markgrafen nicht als dummes Sumpfhuhn bezeichnet, wäre mir all dies erspart geblieben."

„Ich erinnere mich an die Base. Eine treffendere Bezeichnung hätte wohl niemand ersinnen können."

Sie lachten.

„Wie hast du mich gefunden?", drängte Mathäus mit ungeduldiger Neugier. „ Doch nein, zuerst wollen wir die Pferde versorgen, dann gehen wir in meine Stube. Was wir uns zu erzählen haben, ist nicht für die Nachteulen bestimmt." Er warf einen misstrauischen Blick auf den riesenhaften Hund.

„Keine Sorge, du wirst Chlodwig gar nicht bemerken", versprach der Besucher.

Mathäus entzündete zwei Öllichter und holte Wein, Brot und Käse aus einer kleinen Kammer, nachdem er den sperrigen Lindenklotz, der der Gottesmutter und dem Erlöser noch in keinster Weise ähnlich sah, vom Tisch gehievt hatte. Er bemerkte den hungrigen Blick seines Gastes und hieß ihn, ordentlich zuzulangen. Sie lächelten einander zu und dachten dasselbe. Alles war wieder so wie damals. Als säßen sie im Speiseraum der markgräflichen Söldner. Die Vergangenheit holte sie ein.

„Wie hast du mich gefunden, Hein?", fragte Mathäus abermals.

Hein legte sein Brotstück auf den Tisch. Mit einer langsamen Handbewegung verscheuchte er ein Insekt. „Ich komme viel herum", sprach er kauend, „und brauche nur Augen und Ohren offen zu halten."

Mathäus nickte stumm. Beharrlich blieb sein Blick auf den alten Gefährten gerichtet.

„Natürlich", seufzte Heinrich, „du willst wissen, was aus mir geworden ist. Die Lumpen, die ich am Leib trage, mein verwahrlostes Äußeres – es muss dir alles sehr seltsam erscheinen."

„Du bist mir keine Erklärung schuldig."

„Und ob ich das bin. Denn du bist mein Freund. Der beste, den ich je hatte." Er starrte auf seine gefalteten Hände, und das flackernde Licht der Öllampe spiegelte sich in seinen Augen. „Ich bin eine Art Reisender", fuhr er fort, „ich reise von hier nach da, von West nach Ost, von Nord nach Süd. Ein Pilger ohne Ziel, wenn du so willst."

Mathäus hob fragend die Brauen. „So, ein Pilger ohne Ziel."

„Und ohne Sehnsucht nach Erleuchtung. Aber wie könntest du verstehen, was ich selber jeden Tag neu begreifen muss? Ich bin kein Händler und kein Kaufmann, bin kein Krieger und kein Bauer. Wenn jemand Arbeit für mich hat, so arbeite ich, doch nie länger als ein paar Tage. Dann muss ich weiter. Ich übernachte in Scheunen oder im Wald, und nur meine beiden Gefährten sind immer bei mir."

„Gefährten?"

„Thusnelda, mein Rappe, und Chlodwig. Sie begleiten mich auf meiner Reise durch dieses Tal der Tränen."

Mathäus bemerkte einen Schatten im Gesicht des Freundes, den er schon bei ihrem Wiedersehen gesehen zu haben glaubte. Längst hatte ihn eine Ahnung ergriffen. Dennoch schüttelte er den Kopf. „Du hast früher schon geistreiche Rätsel geliebt, werter Heinrich, aber diesmal redest du daher, als wärest du einer der alten Propheten höchstpersönlich."

Heinrich schüttelte seinerseits den Kopf. „Gib dir keine Mühe, Freund. Ich kenne dich gut genug, ich weiß, dass du es verstehst. Ahnst, welches Feuer in meiner Seele wütet seit jenem Sommertag …"

Ja, er wusste es, verdammt. Nun war es ausgesprochen. Wie durch einen bösen Zauber wurde das Geschehen dieses unseligen Tages vor elf Jahren wieder gegenwärtig. Die beiden Männer schwiegen. Eine Weile war nur das Schnarchen Chlodwigs zu hören, der sich unterm Tisch breit gemacht hatte und nichts von Schicksal und Tragik wissen mochte.

„Du hast dem König von England das Leben gerettet", sagte Mathäus schließlich leise, obwohl er wusste, dass der Freund seine Worte nicht gelten lassen würde.

Heinrich starrte auf einen imaginären Punkt an der Wand.

„Ich sehe sie noch immer vor mir, ihre brechenden Äuglein, ihren fassungslosen Blick. Sehe sie vor mir, jeden Tag und jede Nacht. Ihr Blut läuft über meine Hand, ich fühle es heute noch. Es ist warm, das Blut, warm wie ein Sommerregen ..."

„Es war nicht deine Schuld. Unmöglich konntest du so schnell reagieren."

Heinrich sah den Freund offen an. „Es war meine Schuld, Mätthes! Weil mich der Ehrgeiz trieb. Ich hatte den Irren von der Sänfte des Königs weggetrieben, zufällig, nur weil ich gerade in der Nähe stand. Aber von da an wusste ich: Ich würde der gefeierte Held des Tages sein. Man würde mich loben, ehren, befördern und weiß der Henker noch was. Verfluchte Eitelkeit. Zunächst aber musste ich diesen Irren überwältigen, um meinen Triumph vollkommen zu machen. Ich war wie ein Wolf auf der Jagd nach weidwunder Beute. Ein Wahn hatte mich befallen, ein Wahn, der meinen sonst so kühlen Verstand verspottete. Und nachher – die Ehrungen, die Geschenke, der Dank Seiner Majestät! Als hätte es diesen Wahn in mir niemals gegeben. Diesen schrecklichen Wahn, ohne den das Kind wohl noch am Leben wäre."

„Es waren Gottes Wege", meinte Mathäus erschüttert.

„Gott? Welcher Gott? Den Glauben an einen gütigen Gott habe ich längst aufgegeben."

„Hein!"

„Was ist das für ein Gott, der das Leben eines Königs schont und stattdessen ein unschuldiges Kind aus dem Leben reißt?

Was ist das für ein Gott, der die Gleichheit aller Menschen will und das Bettelkind dem König opfert?"

„Heinrich! Was redest du bloß? Selbst der Kindermord zu Bethlehem hatte seinen göttlichen Sinn. Gottes Wege sind für uns Sterbliche eben häufig nicht zu ergründen. Und das ist gut so."

„Du redest wie ein Pfaffe."

„Ist es denn deshalb weniger wahr?"

„Ach, Mätthes. Ich wünschte, ich hätte deinen Glauben. Dann könnte ich vielleicht Frieden in einem Kloster finden, als gottgefälliger Mönch, anstatt ruhelos durchs Land zu ziehen. Aber ich habe ihn verloren, den Glauben."

„Du musst ihn eben wiederfinden. Eines Tages wird es dir gelingen."

„Ja, vielleicht."

„Was ist aus Johanna geworden?"

Kaum hatte Mathäus die Frage ausgesprochen, bereute er sie schon. Denn er sah, dass sie ein Messerstich in Heinrichs Seele war.

„Ich habe sie damals verlassen. Ich *musste* es tun, für sie und auch um meiner selbst willen. Ich wollte nicht, dass sie ein Leben lang meine Qualen teilt. Erst kürzlich habe ich erfahren, dass sie vermählt ist. Sie lebt in Aachen als die Frau eines Ratsherrn."

Wieder langes Schweigen. Beklemmung trübte die Wiedersehensfreude der beiden Freunde. Die Welt war eine andere geworden, das Leben hatte Spuren hinterlassen, und die alten Zeiten ließen sich nur in der Erinnerung wiederbeleben. Heinrich fühlte sich verpflichtet, die düstere Stimmung, die er durch seine Rede entfacht hatte, zu beenden.

„Reden wir lieber von dir, alter Freund", bestimmte er mit unerwartetem Frohsinn. „Was hat dich hierhin verschlagen? Hast du der Politik nun doch entsagt?"

„Eben nicht", lachte der Dorfherr, „Politik wird auch hier gemacht, und zwar reichlich. Wenn du ein paar Hufe Land an eine Schar Bauern aus zwei verschiedenen Lagern verteilt hast, ohne dass dich jemand als Lump oder Gauner beschimpft, dann bist du der größte Politiker aller Zeiten."

„Keine Sehnsucht mehr nach dem Soldatenleben? Nach Abenteuern und Heldentum?"

„Spotte du nur. Der Entschluss, die Waffen des Krieges gegen die eines Beamteten zu tauschen, war der beste meines Lebens. Wenn ich auch zugeben muss, dass mein Vater mich dazu gedrängt hat. Er wollte immer, dass aus mir eine Person mit hohem Ansehen wird, auf die er stolz sein kann."

„Dann hat er nun seinen Willen. Du hast es geschafft."

„Wie man's nimmt. Ich bin der Dorfherr eines verträumten Nestes, das mit seiner Burg dem Markgrafen von Jülich als trübsinniges Bollwerk gegen die Limburger dient. Ich bin der Dorfherr eines Nestes, dessen Bauern zwei verschiedenen Herren dienen. Die wiederum können sich leiden wie Katz und Hund. Ich bin der Dorfherr eines Nestes, wo ein falsches Wort fatale Folgen haben kann. Ja, ich hab's geschafft!"

Heinrich schmunzelte. „Warum bittest du nicht um deine Versetzung? Vielleicht hat der Markgraf dir die Bemerkung über seine Base ja längst verziehen."

„Du hast mich falsch verstanden, Freund. Hier wird gestritten und geliebt, gehasst und versöhnt, geprügelt und gefeiert. Hier finde ich alles, was die Menschen interessant macht. Ich liebe es, hier zu sein. Zumal ..." Er grinste verlegen.

„Zumal du hier deine wirkliche Liebe gefunden hast, in Form eines weiblichen Wesens, nehme ich an."

„Dein Scharfsinn hat nicht gelitten."

„Erzähl mir von ihr."

Mathäus atmete tief und beschloss, dem Freund die volle Wahrheit zu sagen. Und so berichtete er von Jutta, der Tochter eines Bauern aus dem Nachbarort Schlich, die er mehr liebte als sein Leben. Die er lieber heute als morgen zu seiner Frau nähme, wenn sie sich nur für ihn entscheiden könnte. Nein, es gab niemand anderen in ihrem Leben. Für sie gab es nur Mathäus, den einzigen Mann außer ihrem Vater, den sie je geküsst, je in ihren Armen gehalten hatte. Es gab für sie nur Mathäus – und Gott, den Allmächtigen. Jenen Allmächtigen, von dem Heinrich sich verraten fühlte.

„Warum quält er die Menschen, Mätthes? Warum quält er dich und Jutta?"

„Eines Tages wird er Jutta erleuchten. Dann wird sie wissen, welcher Weg ihr bestimmt ist."

„Dann hoffe ich, dass dein göttlicher Nebenbuhler die Menschen mehr liebt als sich selbst und deiner Angebeteten eine wahrhaft weise Erleuchtung einhaucht."

„Ach, Hein ..."

„Schon gut, ich weiß: *die unerforschlichen Wege*! Wir sollten nicht weiter über Gott sprechen. Außerdem ist es nicht meine Absicht, Zweifel in dir zu säen, was mir ohnehin nicht gelingen würde. Ich kenne ja deinen Dickkopf!"

Beide lachten. Mathäus schenkte Wein nach. „Trinken wir lieber auf unser Wiedersehen", frohlockte er, und sie prosteten sich zu.

Die Stunden der Nacht flogen vorüber. Der Wein hatte die Schatten der Melancholie über den beiden Freunden längst verdrängt. Draußen dämmerte bald der Morgen. Hähne krähten.

„Wie lange wirst du bleiben, Freund?", fragte der Dorfherr.

„Wenn du erlaubst, werde ich ein paar Stunden bei dir ausschlafen, bevor ich weiterreite."

„Du willst schon weiter? Kommt nicht in Frage."

„Das Schicksal treibt mich, mein Blut will es so."

„Scheiß aufs Schicksal und auf dein Blut. Du wirst ein paar Tage bei mir bleiben."

„Mätthes, ich -"

„Keine Widerrede. Du bleibst. Eine einzige Nacht reicht nicht aus für zwei Freunde, die sich viele Jahre nicht gesehen haben. Außerdem wäre es möglich, dass ich deinen Scharfsinn bald in Anspruch nehmen muss."

Heinrich zupfte an seinem Bart. „Was könnte dir mein Scharfsinn hier nützen?"

„Du wirst es kaum glauben, aber selbst in einem Nest wie diesem gibt es Mord und Totschlag. Gestern hat man im Wald ein Mädchen gefunden, geschändet und erwürgt! Es gibt einen vermeintlichen Täter und –"

„Und was?"

„Zweifel in meinem Kopf."

„Wann hättest du jemals nicht gezweifelt außer an Gott, mein dickköpfiger Freund?"

6

Ein heißer, übel riechender Windhauch und ein feuchtes Etwas, das rau über sein Gesicht glitt, ließen Mathäus erwachen. Benommen schlug er die Augen auf.

„Hilfe!" Augenblicklich saß er aufrecht und presste die Arme schützend gegen seine Brust.

„Hilfe!", schrie er erneut, in der Absicht, auch seinen Freund zu wecken, der in seltsam gekrümmter Haltung neben ihm lag. Doch erst mit dem dritten Hilferuf erwachte Heinrich.

„Was gibt's denn?", murmelte er schlaftrunken und rieb sich die Augen. „Ach Chlodwig, verzieh dich, los!"

Die Dogge gehorchte winselnd.

„Verflucht", keuchte Mathäus, der sich nur langsam von seinem Schrecken erholte.

Heinrich tastete nach seinem Kopf. „Wer hämmert da?", stöhnte er.

Auch Mathäus verspürte jetzt leichten Kopfschmerz ob des übermäßigen Weingenusses, doch das war längst nicht so schlimm wie das Entsetzen, das er beim Anblick des Untieres empfunden hatte. „Und du bist sicher, dass der Köter harmlos ist?", fragte er den Freund ängstlich. „Hat an mir rumgeschleckt, als sei ich mit Honig überzogen."

„Dann mag er dich", behauptete Heinrich gähnend.

„Wie tröstlich. Jedenfalls stinkt er aus dem Maul, als hätte er aus einer Jauchegrube getrunken."

Die Sonne hatte ihren höchsten Punkt noch nicht erreicht. Helles Licht fiel durch die Luken des kleinen Hauses ins Innere, kitzelte den letzten Rest von Müdigkeit aus des Dorfherrn Kopf. Mathäus war froh, wenigstens die zweite Tageshälfte noch zur Verfügung zu haben. Aber ein kleines Frühstück war Pflicht. Schon bald saß er wieder mit Heinrich speisend zu Tisch und nahm ihm das Versprechen ab, während seiner dienstlichen Abwesenheit auf keinen Fall das Weite zu suchen. Dann holte er aus einer Truhe ein sauberes Wams hervor und befahl dem Freund, es bis zu seiner Rückkehr anzuziehen. Bevor Mathäus sich aber auf den Weg machte, warf er noch einen Blick in den Stall. Er hatte die Befürchtung gehegt, Julius könnte dem Rappen seines Freundes wenig freundlich gesinnt sein. Doch die Pferde standen einträchtig nebeneinander und schnaubten dem Dorfherrn zur Begrüßung fröhlich zu. Beruhigt machte Mathäus kehrt und ging die Straße zum Unterdorf hinab. Eine traurige Pflicht erwartete ihn. Er musste mit dem Wolfsbauern und seiner Frau Katharina sprechen, den Eltern der ermordeten Anna.

Ganze Heere von Hühnern und sonstigem Federvieh bevölkerten die Straße, irgendwo grunzte eine entlaufene Sau. Ein zottiger Hund spazierte seelenruhig durch den parallel zur Straße verlaufenden Dorfbach und zog sich damit den Unmut einer Magd zu, die ein Stück abwärts Wäsche wusch. Schimpfend ergriff sie einen Pferdeapfel, den sie in ihrer Nähe fand, und schmiss ihn dem Köter an den Hals. Der Hund jaulte auf und suchte das Weite.

„Volltreffer, Hildchen!", rief Mathäus der Magd zu. Er musste an den Streit denken, den dieser auf den ersten Blick so praktische Bachlauf bereits heraufbeschworen hatte. Denn wuschen die Frauen des Oberdorfes ihre Wäsche darin, so floss das Schmutzwasser naturgemäß bachabwärts, sehr zum Ärger der waschwilligen Unterdörflerinnen. Eines Tages wäre es fast zu einer Amazonenschlacht gekommen, doch Mathäus, den ein besorgter Bauer zu Hilfe gerufen hatte, konnte den Krieg der Weiber gerade noch abwenden. Ihm war es zu verdanken, dass es fortan festgelegte Waschtage für jede Seite des Dorfes gab. Zuwiderhandlungen waren zu seiner Verwunderung bislang nur selten gemeldet worden.

Außer der wehrhaften Magd sichtete Mathäus keinen weiteren Menschen auf der Straße des Unterdorfes. Als hätten sich wegen der Mittagshitze alle verkrochen. Eine seltsame Stimmung lag in der Luft, fand Mathäus, eine unheilvolle Ruhe, die auch Heerscharen von Hühnern durch ihr Gegacker nicht zu übertönen vermochten. Vielleicht hatte Moses, der Kaplan der Herren von Merode, ja doch Recht. Seit Jahren predigte der Mann Gottes den Jüngsten Tag herbei, nicht mehr lange würde es dauern, bis die Posaunen der Engel erklängen. Streit, Neid, Mord unter den Menschen und neuerdings auch die große Pest seien die Anzeichen für das letzte Gericht.

Der Dorfherr erreichte das Haus des Wolfsbauern, einen bescheidenen Bau aus lehmgefülltem Flechtwerk. Wohlhabendere Bauern errichteten ihre Behausungen inzwischen aus Fachwerk, doch zu ihnen konnte der Wolfsbauer sich nicht zählen. Trotzdem genoss Arnold – so lautete nämlich sein wirklicher Name - hohes Ansehen im Dorf. Vor Jahren, als noch Werner und Johann Scheiffart die Herren von Merode gewesen waren, hatte er bei einer Treibjagd auf ein paar streunende Wölfe den berüchtigten Rudelführer mit eigenen Händen erwürgt. Wahrscheinlich war das Tier bereits verletzt gewesen, aber die Geschichte erfuhr immer neue Ausschmückungen. Mancherorts wurde sogar behauptet, Arnold, der von eher schmächtiger Natur war, habe mit dem Kadaver des erwürgten Leitwolfes auch die anderen Rudelmitglieder erschlagen, gleich einem wütenden Berserker. Wie auch immer, der Respekt der anderen Bauern, auch der der Oberdörfler, war ihm geblieben.

Ein junger Knecht mit ernster Miene öffnete dem Dorfherrn die Tür.

„Ich möchte den Bauern und die Bäuerin sprechen", verkündete Mathäus.

„Tretet ein, Herr, ich werde sie holen." Er führte den Besucher in eine kleine Stube und bot ihm Platz an. Dann entfernte er sich.

Die Stube war klein und einfach, aber von außergewöhnlicher Reinlichkeit. Nirgends lagen Federn umher, nirgends Hühnermist – Arnold und seine Frau schienen viel Wert darauf zu legen, ihr Vieh aus dem Wohnbereich fern zu halten.

Nach einer Weile traten die beiden ein. Mathäus erkannte dunkle Augenringe in Arnolds wettergegerbtem Gesicht, und auch die roten Augen seiner Frau Katharina zeugten von einer leidvollen Nacht. Strohhalme auf ihrer Kleidung machten dem Dorfherrn klar, dass die trauernden Eltern versucht hatten, sich mit der üblichen Alltagsarbeit von ihrer Trauer abzulenken.

Mathäus erhob sich.

„Bitte, bleibt doch sitzen", sagte der Wolfsbauer mit matter Stimme. Schwer vorstellbar, dass dieser Mann ein Held war. Seufzend nahmen er und sein Weib Platz.

„Es tut mir sehr leid um Eure Tochter", begann Mathäus leise und verhakte seine Finger.

„Sie war ein gutes Kind!", sagte Katharina und warf Mathäus einen beinahe trotzigen Blick zu, als habe dieser etwas anderes zu behaupten gewagt.

„Gewiss, Katharina. Das war sie."

„Sie war das einzige Kind, das uns noch geblieben ist. Der Herrgott muss sich etwas dabei gedacht haben, sie kurz vor ihrer Hochzeit aus dem Leben zu reißen", fuhr sie fort, während ihre Augen feucht wurden. „Sie war so glücklich. Und jetzt ... alles vorbei!"

Mathäus nickte betreten, dachte an Heinrich und seine anklagenden Worte gegen den Schöpfer. „Gab es irgendwelche Leute, die Anna nicht wohlgesinnt waren?", fragte er nach einer Weile.

Arnolds Kopf fuhr hoch. „Nicht wohlgesinnt? Ich verstehe Eure Frage nicht, Herr. Hat man den Mörder nicht längst gefasst? Diesen fremden Pfeffersack?"

Beschwichtigend hob Mathäus die Hände. „Man hat im Gasthaus einen Kaufmann festgenommen, der sich auf der Durchreise befand. In der Tat deutet vieles darauf hin, dass er der Mörder ist. Aber noch hat er nicht gestanden."

„Dann prügelt das Geständnis aus ihm heraus. Sonst muss ich es selbst tun."

„Alles zu seiner Zeit, Arnold. Ich verspreche, dass der Mord an Eurer Tochter nicht ungesühnt bleiben wird. Doch habt Verständnis, dass ich dabei Schritt für Schritt vorgehen muss. Dazu gehören auch Fragen, die Euch seltsam erscheinen mögen. Vertraut mir."

Der Wolfsbauer holte tief Luft, nickte aber. Seiner Frau rollte eine dicke Träne die Wange herab.

„Also, gab es irgendjemand, der Anna etwas Böses wollte? Der sie beneidete oder hasste?"

Ein verzweifeltes Lachen der Bäuerin war die Antwort. „Anna hassen? Niemand konnte Anna hassen. Sie war ein gutes Kind, lieb, höflich, zuvorkommend. Konnte nicht einmal einem alten Huhn den Hals rumdrehen."

„Jemand, dem sie vielleicht einmal einen Korb gegeben hat?"

„Ach wo."

„Sie war verlobt, nicht wahr?"

„Im September sollte die Hochzeit stattfinden. Das Kind war über beide Ohren verliebt. Ach, es ist so schrecklich."

„Was ist mit ihrem Verlobten?"

Arnold blickte auf. „Eberhard? Was soll mit ihm sein?"

„Nun, was haltet Ihr von dem Burschen, der Euer Schwiegersohn werden sollte?"

„Eberhard ist wie der Sohn, den ich mir gewünscht hätte. Fleißig und aufrichtig. Einen besseren Gatten für meine Tochter hätte ich mir nicht wünschen können."

„Verzeiht die Frage, aber glaubt Ihr, dass er Anna geliebt hat?"

Die Eheleute wechselten einen raschen Blick.

„Ich ahne, worauf Ihr hinauswollt, Herr Mathäus", antwortete die Bäuerin mit fester Stimme, „aber lasst Euch versichern, dass die Hochzeit unserer Tochter nicht mit Willkür in die Wege geleitet wurde. Wenn sie keine Zuneigung für Eberhard empfunden hätte, so hätte sie ihn nicht heiraten müssen. Es war ihr eigener Wunsch. Gleiches mag auch für den Bräutigam gelten. Unser Grundherr hatte keinerlei Einwände gegen die Eheschließung."

„Eine Liebeshochzeit ist etwas ganz und gar Seltenes", sprach Mathäus anerkennend und erhob sich von seinem Hocker. „Ich wünschte jedem Mädchen Eltern, wie Ihr es für Anna gewesen seid!" Mit diesen Worten verabschiedete er sich von den Trauernden.

Der Hof des Bauern Rudolf lag ein weiteres Stück dorfabwärts; es war die letzte Behausung der Ortschaft Merode. Dahinter erstreckten sich Felder und Weiden. Weiter ostwärts konnte man in der Ferne die Spitze der Echtzer Pfarrkirche erkennen, wo sich die Bewohner der Herrschaft sonntags zum Gottesdienst versammelten. Die Kirche, ein bescheidener Holzbau, drohte dann aus allen Nähten zu platzen. Ein asketischer Mann namens Johannes war der Pfarrer der Herrschaft. Seit Jahren strebte er den Bau eines steinernen Gotteshauses an, doch die Herren von Merode, auf deren finanzielle Unterstützung er dabei angewiesen war, zeigten sich nicht gerade freigiebig, wenn er mit solcherlei Absichten bei ihnen vorsprach. Und der Burgkaplan, den man nur Moses nannte, weil er den wallenden Bart eines Propheten trug, ließ keine Gelegenheit aus, den Bruder in Christo bei Konrad und Paulus zu diffamieren. Denn die eher strengen theologischen Auffassungen des Johannes widersprachen denen des lebensfrohen und recht weltlich lebenden Burgkaplans. In einem Punkt aber stimmten die Gottesmänner überein, sie waren beide überzeugt, dass das Jüngste Gericht nicht mehr lange auf sich warten lassen würde. Dies war auch der Grund, warum Johannes eine Kirche aus Stein errichten wollte. Er beabsichtigte nämlich, die Wiederkehr des Herrn an einem würdigeren Ort als in einer hölzernen, wurmstichigen Kirche zu erleben, die ohne ihren Turm glatt als Stall durchgegangen wäre.

Auf einem Findling am Straßenrand hockte Peter, der blinde Knabe, unehelicher Sohn einer Magd. Seine Mutter war vor gut einem Jahr an einem Lungenfieber gestorben, doch dank der Güte Rudolfs und seiner Frau behielt man ihn in Diensten, auch wenn sich seine Nützlichkeit durch die angeborene Blindheit in Grenzen hielt. Gleichwohl war es erstaunlich, wie gut Peter sich in seiner Welt aus Finsternis zurechtfand.

„Die drückende Hitze scheint dir wenig auszumachen, mein Junge", sagte Mathäus freundlich zu ihm, „kaum einer setzt sich heute freiwillig in die Sonne."

„Da ich die Sonne noch niemals gesehen habe, möchte ich sie wenigstens auf meiner Haut spüren, Herr Mathäus", antwortete Peter mit merkwürdigem Lächeln.

Einmal mehr staunte der Dorfherr über die Fähigkeit des Knaben, Stimmen sofort zu erkennen. Er fischte eine Münze aus seinem Gewand, drückte sie dem Kleinen in die Handfläche.

„Gott behüte Euch", bedankte sich Peter.

Das Haus des Bauern Rudolf war äußerlich kaum ansehnlicher als das des Wolfsbauern. Scheinbar nahm man hier die Trennung von Wohnbereich und Stallungen nicht so genau. Ein scharfer Geruch nach Federvieh schlug Mathäus in die Nase, als eine rotgesichtige Magd ihm die Tür öffnete. Sie führte den Dorfherrn beflissen in eine enge Stube, wo sie zunächst zwei träge Tauben aus dem Fenster scheuchte, bevor sie ging, um den Bauern und dessen Sohn zu holen.

„Was verschafft mir die Ehre, Herr Mathäus?", sagte der Bauer zur Begrüßung. Er war höflich und gefasst, kein Vergleich zu seiner Aufgebrachtheit am gestrigen Abend im *Carolus Magnus*. Auf seiner und seines Sohnes Kleidung leuchteten dicke Blutflecke. Mathäus spürte einen leichten Ärger über die beiden in sich aufwallen, fand er doch den Zeitpunkt zum Schlachten äußerst unsensibel gewählt. Erst ein Tag war seit dem gewaltsamen Tod einer jungen Frau vergangen, die bald zu ihrer Familie gehört hätte. Jetzt schon wieder Blut – musste das sein? Andererseits war das Leben der Bauern hart und entbehrungsreich genug, ihr Tagesablauf abhängig von Wetter, Jahreszeit und vielen anderen Dingen, sie konnten nicht immer Rücksicht nehmen auf Fügungen des Schicksals.

„Ich möchte mit Euch über den Tod Annas reden", verkündete Mathäus mit anteilvoller Stimme.

Rudolf stöhnte leise auf. Mit einer Bewegung des Kinns bot er dem Dorfherrn Platz an. Mathäus fegte mit der Hand den Hühnerkot vom Hocker. Die Männer setzten sich.

„Anna ist ermordet worden, und Ihr habt den Täter", sagte Rudolf leise aber bestimmt, „doch wenn Ihr noch Fragen habt – nur zu."

„Nun, eigentlich gelten meine Fragen Eurem Sohn Eberhard, der ja mit der Ermordeten verlobt war." Seine Augen richteten sich auf den blassen Jüngling, der mit gesenktem Kopf neben dem Vater saß. Mathäus entging nicht das nervöse Zucken seiner Hände, die er ineinander gefaltet auf den Tisch gelegt hatte. Eberhard war stupsnasig und sommersprossig; man suchte vergebens nach Ähnlichkeit mit den eher groben Gesichtszügen seines Vaters.

„Es tut mir leid um deine Braut, Eberhard", begann Mathäus, „meine herzlichste Anteilnahme ist dir gewiss!"

Eberhard nickte nur, hielt immer noch den Blick gesenkt.

„Darf ich dich etwas Persönliches fragen?"

„Gewiss."

„Hast du Anna geliebt?"

Mathäus sah die Zornesröte, die das Gesicht des Vaters überzog, warf ihm einen strengen Blick zu, was ausreichte, um den Bauern still zu halten.

„Ja, ich hab sie geliebt, Herr", erwiderte Eberhard heiser.

Mathäus nickte. „Ich möchte dir noch eine weitere Frage stellen, Eberhard, eine Frage, die ich dir einfach stellen *muss*, auch wenn sie dir unsinnig erscheint."

Eberhard nickte unsicher.

„Kennst du jemanden, der Anna Böses wollte?"

„Nein, Herr."

„Andersrum gefragt: Kennst du Menschen, die Anna mehr mochten, als dir lieb war?"

Einen Augenblick lang herrschte eisiges Schweigen. Wieder eine nervöse Handbewegung des jungen Burschen. Auch Rudolf, der sich sichtlich unwohl fühlte, hielt inzwischen den Blick gesenkt. Sein Sohn aber zwang sich nun, den Dorfherrn offen anzuschauen.

„Wie meint Ihr das?"

„Nun, gab es Nebenbuhler?"

„Ich weiß nicht, was Ihr mit dieser Frage bezweckt, Herr."

„Beantworte sie einfach." Ein Instinkt befahl Mathäus, nicht locker zu lassen, obgleich er sich recht taktlos dabei vorkam.

Mehrmals versuchte Eberhard zum Sprechen anzusetzen, doch kein Laut wollte über seine Lippen kommen. Zunehmend wurde Mathäus an einen japsenden Fisch an Land erinnert. Er empfand Mitleid mit dem Burschen, kämpfte aber beharrlich gegen dieses Gefühl an.

„Nun?"

„Es gab da jemanden, der … Herr, ich bin sicher, dass dies nichts mit der Angelegenheit zu tun hat."

„Angelegenheit? Es geht um Mord, Junge."

„Was soll das, Herr Mathäus?", entfuhr es Rudolf, dessen Gesicht puterrot angelaufen war. „Es handelt sich um persönliche -"

„Nicht Euch, sondern Euren Sohn habe ich gefragt", bellte Mathäus. „Sag mir, Eberhard: Wer, außer dir, hatte Interesse an Anna? Es liegt nicht an dir oder deinem Vater zu entscheiden, was von Belang ist und was nicht."

Hilflos nagte der Bursche an seiner Unterlippe.

„Du wirst schweigen!", befahl ihm der Vater.

Mathäus' Augen schossen Blitze. Nur kurz hielt Rudolf diesem Blick stand.

„Beim Arsch des Teufels, jetzt reicht's mir", brüllte der Dorfherr. „Wenn Ihr meine Ermittlungen behindern wollt, Rudolf, dann fürchtet arge Konsequenzen. Wenn Ihr aber nichts zu verbergen habt, dann lasst gefälligst Euren Sohn auf meine Fragen antworten!"

Ein eisiges Schweigen war die Antwort. Draußen bellte ein Hund, den der laute Streit aus dem Schlummer gerissen hatte. „Nun, ich höre, Eberhard", fuhr der Dorfherr nach einer Weile ruhiger fort.

„Es gibt da einen Bauern, der Anna zugetan war", hauchte Eberhard.

„So? Und wer ist dieser Bauer?"

„Es ist … Ludwig."

Aus Rudolfs Richtung war ein hohles Ächzen zu vernehmen. Eberhard rieb seine Fäuste gegeneinander.

„Ludwig? Der Bauer vom Hahndorn?"

„Genau der, Herr."

Mathäus blies seine Wangen auf. Ludwig war ein Mann jenseits der fünfzig, gehörte zu den Dorfältesten und zu den wenigen Freibauern der Herrschaft. Er war dafür bekannt, ein Auge auf junge Mädchen zu haben, und jedermann wusste, es blieb nicht immer nur beim Gucken und Augenzwinkern. Keine seiner Mägde war sicher vor ihm, sehr zum Unmut seiner Gattin Mathilde, die ein wahrer Fettberg und Giftzahn war. Bei ihrem Anblick empfand so mancher Dorfbewohner insgeheim Verständnis für Ludwigs sündige Untugenden.

„Warum habt Ihr Ludwig nicht zurechtgewiesen, wenn Ihr von seinen Anzüglichkeiten wusstet? Und warum wolltet Ihr mir die Sache verschweigen?" Mathäus' Frage war an den Vater gerichtet.

Rudolf senkte beschämt den Blick. „Ihr müsst mich verstehen. Ludwig hat mir vor Monaten ein Darlehen verschafft, als ich dringend ein neues Ochsengeschirr benötigte."

Nun fiel es dem Dorfherrn wie Schuppen von den Augen. Es ärgerte ihn, dass sein Scharfsinn nicht ausgereicht hatte, diesen Zusammenhang selbst zu entdecken. Ludwig war ein recht wohlhabender Bauer, möglicherweise der reichste in der Herrschaft. Man wusste von seiner Manier, weniger begüterten Bauern Geld zu leihen. Dies freilich tat er nicht allein aus christlicher Barmherzigkeit, denn es war ein offenes Geheimnis, dass er Zinsen nahm.

„Wie hat Anna auf seine Anzüglichkeiten reagiert?", fragte Mathäus leise.

Eberhard lachte bitter auf. „Sie hat ihn zurückgewiesen. Er hat ihr gedroht. Sie hat sich ja nicht einmal getraut, es ihren Eltern zu sagen. Es war die Hölle für sie – und für mich!"

„Ich hoffe, dass Gott ihn eines Tages bestraft für seine Habgier und seine Lüsternheit," murmelte Rudolf wie zu sich selbst.

„Habt ihr Ludwig seit gestern gesehen?"

Vater und Sohn schüttelten gleichzeitig den Kopf.

„Aber sorgt Euch nicht um ihn, Herr", knirschte Eberhard verbittert, „Anna ist zwar tot, aber Ludwig hat ja auch noch andere Eisen im Feuer."

„Ach ja? Und wen zum Beispiel?"

„Wer kennt sie schon alle. Ich weiß nur, dass er auch auf Margarethe scharf ist wie ein Rüde auf die läufige Hündin."

„Margarethe?"

„Die Tochter des Schuhmachers."

„So? Und woher weißt du das?"

„Ihr wisst doch selbst, wie die Leute tratschen."

„Da hast du wohl Recht. Jedenfalls danke ich dir für deine Auskünfte. Es war richtig, mir die Wahrheit zu erzählen." Sein Blick wanderte zum Hausherrn. „Verzeiht meine Unbeherrschtheit, Rudolf. Glaubt mir, es war nicht so gemeint."

„Nicht doch, Herr. Verratet mir nur noch eines: Wann wird der Fremde hängen?"

„Alles hat seine Zeit", erwiderte Mathäus, sich von seinem Hocker erhebend.

Der Findling am Wegesrand, auf dem vorhin noch der blinde Peter gesessen hatte, war leer. Am Himmel hingen nun vereinzelte Wolken. Ein halbes Dutzend Knechte, die mit Mistgabeln auf ihren Schultern vorüberschritten, grüßten den Dorfherrn höflich. Mathäus machte sich auf den Heimweg, fluchte, als er in einen Kuhfladen trat. Hatte er vorhin noch unwillkürlich über den Weltuntergang nachgedacht, gingen ihm nun ganz andere Dinge durch den Kopf. Was hatten ihm die Gespräche gebracht? Hatten sie die Erkenntnisse in diesem Mordfall erhärtet, oder hatten sie nur in den Seelen kleiner Menschen gestochert, deren Nöte und armselige Sünden entlarvt? War seine Beflissenheit nicht letztlich maßlos übertrieben? Der rote Stofffetzen – war der nicht Beweis genug? Wozu noch auf das Geständnis des Tobias Hompesch warten?

Mathäus beschloss, seinen scharfsinnigen Freund Heinrich bald mit allen Fakten vertraut zu machen.

„Teufel geht um!"

Die krächzende Stimme ließ Mathäus herumfahren. Sie hatte ihn jäh aus seinen Gedanken gerissen. Erleichtert atmete er auf, als er Lazarus, den Knecht, erblickte, der einst einen Blitzschlag überlebt hatte, seither jedoch ein Leben in ewiger Verwirrung führte.

„Teufel geht um!", wiederholte Lazarus und kicherte.

„Aber ja doch, Lazarus. Ebenso wie Gott ist auch sein Widersacher allgegenwärtig."

„Anders, als Ihr glaubt", sagte Lazarus beschwörend und sah sich nach allen Seiten um. „Teufel geht um! Leibhaftig!"

Mathäus klopfte ihm wohlwollend auf die Schulter, bevor er weiterging.

7

Mathäus hörte Juttas Lachen schon von draußen. Als er in die Stube trat, sah er auf den ersten Blick, dass Heinrich in der Zwischenzeit nicht untätig geblieben war: Hier war offensichtlich gründlich gekehrt und gesäubert worden. Heinrich und Jutta hatten am Tisch Platz genommen, saßen sich plaudernd gegenüber, während die Dogge wie eine Sphinx zu Füßen ihres Herrn lag.

„Wer hätte gedacht, dass du deine Freunde als Lakaien missbrauchst", begrüßte Jutta ihren Geliebten grinsend und strich sich eine Strähne ihres langen schwarzen Haares aus dem Gesicht. Sie war eine außerordentlich hübsche Frau, noch keine zwanzig Jahre alt. Erfrischende Heiterkeit strahlte von ihr aus. Bei ihrem Anblick fühlte Mathäus stets aufs Neue sein Herz hüpfen.

„Für meinen alten Freund Mätthes ist mir keine Arbeit zu gering", behauptete Heinrich.

Nicht nur die Stube hatte er auf Vordermann gebracht. Sein Bart war sorgsam abrasiert, die Haare gekämmt. Außerdem trug er die saubere Kleidung, die Mathäus ihm morgens in die Hände gedrückt hatte. Heinrich war kaum noch wiederzuerkennen. Und doch, jetzt, nach dieser wundersamen Verwandlung, schien er wieder jener Heinrich zu sein, den Mathäus vor über zehn Jahren aus den Augen verloren hatte.

Ein Stich fuhr Mathäus ins Herz. Er wusste es gleich, ein Stich der Eifersucht. *Bist ein gottverdammter Idiot*, schalt er sich selbst im Stillen und versuchte zu lächeln.

„Wie ich sehe, brauche ich euch nicht mehr miteinander bekannt zu machen."

„Ich muss dir gratulieren, denn sie ist mit Sicherheit die schönste Frau der Herrschaft. Was sage ich, die schönste der Welt."

Mathäus verspürte eine seltsame Wut, die sich seiner bemächtigte. Jutta aber lachte laut, als habe ein Narr sie mit albernen Possen unterhalten.

Auf dem Herd brutzelte eine Suppe. Jutta stand auf, um darin zu rühren. „Essen ist fertig", verkündete sie fröhlich. Mit einer Kelle schöpfte sie drei Portionen in hölzerne Schalen. Mathäus sprach ein kurzes Gebet. Schweigend nahmen sie ihr Mahl ein.

Mathäus war immer noch wütend. Merkwürdig nur, dass er nicht wusste, wem seine Wut eigentlich galt. Galt sie Heinrich, seinem alten Freund, den er möglicherweise als Konkurrenten sah? Oder war er zornig auf sich selbst, weil er diesen törichten Gedanken einfach nicht aus seinem Kopf verbannen konnte? Die Sache mit Jutta war verzwickt genug. Und er wusste genau, dass sie ihn liebte, was also zermarterte er sich den Kopf?

„Die Suppe ist köstlich", bemerkte er mit weichem Blick zu seiner Angebeteten, um endlich die Stille zu brechen, die ihn zu seinen idiotischen Gedankengängen verleitet hatte. Jutta lächelte ihn an, und wieder drohte das Herz des Dorfherrn zu zerschmelzen.

„Damals", sagte Heinrich, „hätten wir uns nach dieser Suppe die Finger geleckt, nicht wahr, Mätthes?"

Man unterhielt sich über Belanglosigkeiten, über gemeinsame Abenteuer aus längst vergangenen Tagen.

Schließlich erhob sich Jutta von ihrem Hocker. „Zeit, dass ich mich auf den Heimweg mache", sagte sie ernst, „es erwartet mich noch viel Arbeit. Vermutlich sind meine Eltern schon ungehalten."

Mathäus erhob sich ebenfalls. „Ich werde dich nach Hause bringen!"

Just in diesem Augenblick pochte es heftig an des Dorfherrn Tür. Unaufgefordert betraten drei sichtlich aufgebrachte Frauen die Stube, die Bäuerin Frieda und zwei Mägde, wild schwatzend und gestikulierend. Heinrich und Jutta warfen sich einen verständnislosen Blick zu. Mathäus aber, an solcherlei Auftritte gewöhnt, hob beschwichtigend die Hände.

„So beruhigt Euch doch, meine Blumen, und lasst nur einen sprechen, auf dass ich etwas verstehe."

„Beruhigen?", japste die Bäuerin. „Ihr habt gut reden. Wisst Ihr, dass man Eure Anordnungen in dreistester Weise missachtet?"

„Wovon redet Ihr, gute Frieda?"

„Von Kunigunde, dieser dämlichen Kuh. Sitzt doch tatsächlich am Hahndorn und wäscht im Bach mit der größten Selbstverständlichkeit die vollgeschissenen Hosen ihres Jüngsten aus. Und das, obwohl heute wir Unterdörfler an der Reihe sind."

Mathäus seufzte tief. Hatte er nicht vorhin noch über diese Dinge nachgedacht und selbstzufrieden festgestellt, dass bislang alles nach seinem Willen gelaufen war?

„Zu früh frohlockt", sagte er erschöpft.

„Wie?"

„Schon gut. Ich werde die Sache in Ordnung bringen."

„Das will ich hoffen. Und sagt dieser Person, dass ich ihr beim nächsten Mal -"

„Herrgott! Sagte ich nicht, ich bringe die Sache in Ordnung? Und jetzt geht mir aus den Augen, in drei Teufels Namen. Verschont mich mit Eurem Gezeter!"

Grummelnd verschwanden die drei. Jutta und Heinrich warfen sich belustigte Blicke zu.

„Ist was?", fragte Mathäus gereizt.

„Ein langer Weg bis zum größten Politiker aller Zeiten, nicht wahr?", meinte Heinrich.

„Kann man wohl sagen. Da kann einem schon mal der Kamm schwellen. Verzeiht, ich will mal eben auf dem Hahndorn nach dem Rechten sehen."

„Wenn du möchtest, kann *ich* ja inzwischen deinen Goldschatz nach Hause bringen, Mätthes."

Wieder dieser siedend heiße Eifersuchtsblitz - und abermals tat Mathäus sich schwer, gegen diese Lächerlichkeit anzukämpfen. „Nein, das brauchst du nicht", hörte er sich sagen, „bin in wenigen Augenblicken wieder hier. Mit Kunigunde bin ich ganz schnell fertig."

Als sei der Leibhaftige hinter ihm her, rannte der Dorfherr zum Hahndorn. Bäuerin Kunigunde kniete in der Tat am Bachrand und wrang in aller Seelenruhe beschmutzte Wäschestücke aus. Mathäus stellte sich neben die Missetäterin, die tat, als habe sie sein Kommen noch nicht bemerkt.

„Liebe Kunigunde", sprach Mathäus mit übertrieben sanfter Stimme, „bestimmt habt Ihr nur vergessen, dass heute die Unterdörfler mit Waschen an der Reihe sind. Also packt Eure Wäsche zusammen und kommt morgen wieder."

Kunigundes robustes Gesicht sah zu ihm empor. „Hab's nicht vergessen. Wie Ihr aber seht, ist die Sache dringend. Daheim stinkt's schon wie auf dem Abort."

Mathäus Stimme wurde noch ruhiger. Gefährlich ruhiger. „Aber es gibt Beschwerden, liebe Frau Kunigunde."

„Bestimmt von Frieda, hab ich Recht? Die blöde Zicke hat gut reden. Kann ihre Fetzen waschen, wann immer sie lustig ist, denn die Brühe kann ja schließlich nicht bachaufwärts fließen. Wir im Oberdorf dagegen -"

„Es gibt Abmachungen, liebe Kunigunde, an die sich beide Seiten halten müssen. Ohne jedes Wenn und Aber. Und ich sorge für deren Einhaltung, kapiert?"

„Blast mir was mit Euren Abmachungen, Dorfherr. Man sollte meinen, Ihr hättet momentan Wichtigeres zu tun. Die Hosen meines Jüngsten ..."

„... interessieren mich nicht, beim Arsch des Teufels!" Das Gebrüll des Dorfherrn hallte gespenstisch über den Hahndorn. Irgendwo begann ein Hund zu bellen, dann ein zweiter, ein dritter. „Ihr werdet sofort – hört Ihr, *sofort*! – von hier verschwinden! Wenn Ihr unbedingt waschen müsst, dann schert Euch gefälligst ins Unterdorf mit Eurem Plunder!"

Verdutzt starrte Kunigunde den Dorfherrn an. Ihr Mund stand offen wie ein Scheunentor, doch sie vermochte keinen Laut mehr hervorzubringen. Wenn Mathäus schrie, brachte das sogar eine Kunigunde zum Schweigen. Schon raffte sie ihren Kram zusammen und verschwand hastig.

„Heilige Mutter Gottes, womit habe ich das bloß verdient?", murmelte Mathäus, bevor er sich wieder auf den Heimweg machte.

Heinrich begrüßte ihn mit einem schiefen Grinsen. „Alle Streitigkeiten geschlichtet?",

„Verlass dich drauf." Zu seiner Erleichterung war Jutta noch geblieben. Er ging in den Stall, sattelte Julius und führte ihn nach draußen, wo Jutta und Heinrich bereits warteten. Dann stieg er auf, reichte der jungen Frau eine Hand. Auch Heinrich war ihr beim Aufsitzen behilflich, indem er sie bei den Hüften packte und ihr Schwung gab. Schließlich saß Jutta im üblichen Damensitz vor ihrem Geliebten, der seine Arme wie zum Schutz um ihren schlanken Körper legte und nach den Zügeln tastete.

„Es war schön, Eure Bekanntschaft zu machen, Heinrich", verabschiedete Jutta sich lächelnd vom Freund ihres Geliebten. „Ich hoffe, wir sehen uns bald wieder."

„Darauf könnt Ihr Gift nehmen, Jutta", erwiderte Heinrich, „doch nein, tut das bloß nicht, es würde den letzten Rest Schönheit aus dieser schnöden Welt tilgen."

Jutta lachte laut auf. „Übertreibt Ihr immer so maßlos, Heinrich?"

„Niemals!"

„Diesmal offenbar schon."

„Hüh", machte Mathäus, und Julius setzte sich in Bewegung.

„Übrigens: Nennt mich *Hein*, werte Jutta, so wie alle meine Freunde", rief Heinrich ihr nach.

Sie ritten die Straße zum Unterdorf hinab. Als sie Rudolfs Hof passiert und das Ortsende erreicht hatten, lenkte Mathäus seinen Gaul nach rechts auf einen schmalen Pfad, den die Meroder „Strangsweg" nannten. Dieser Pfad führte zum Nachbardorf Schlich, dessen Dächer sich hinter den Büschen und Sträuchern der Flur abzeichneten. Mathäus ließ seinen Gaul in ein gemächliches Schritttempo fallen.

„Es ist mir überhaupt nicht recht, wenn du den Weg von Schlich nach Merode allein zurücklegst, Jutta", sagte der Dorfherr ernst. Es waren seine ersten Worte während des Ritts.

Jutta lächelte warm. „Warum nicht?"

„Du weißt, was mit der Anna geschehen ist."

„Die Arme."

„Ich will nicht, dass dir etwas Ähnliches widerfährt." Er mochte gar nicht daran denken.

„Sitzt der Mörder denn nicht im Burgverlies?"

„Heutzutage lauert überall Gesindel."

„Mir passiert schon nichts. Manchmal will ich dich eben einfach sehen. Das ist nun mal so."

Mathäus küsste sie zärtlich in den Nacken. Jutta besaß unerschütterliches Gottvertrauen.

„Dein Freund Heinrich – was ist ihm zugestoßen?", fragte Jutta nach einer Weile. Am Himmel krächzte ein Raubvogel.

Mathäus schluckte. „Er … er hat vieles durchgemacht."

„Ja, ich weiß."

„Was hat er dir erzählt?"

„Im Grunde nichts, aber ich hab's ihm angemerkt. Das, was ihn bedrückt, versucht er zu überdecken durch Heiterkeit, Frohsinn und Galanterie. Doch in seiner Seele lodert es."

„Du hast Recht. In seiner Seele lodert in der Tat ein unstillbares Feuer. Er -"

„Musst es mir nicht erzählen, Liebster. Ich werde für ihn beten."

Mathäus nickte dankbar. Jutta legte eine Hand auf sein Knie. „Warum bist du eifersüchtig?", fragte sie unvermittelt.

„Eifersüchtig? Ich?"

„Leugne es nicht, ich hab dich beobachtet. Bist eifersüchtig auf deinen Freund. Warum nur? Kannst du mir das verraten?"

Ein Kloß im Hals hinderte Mathäus am Sprechen. Über Juttas Gesicht huschte wieder jenes unvergleichliche Lächeln.

„Ich will dir mal was sagen, Mathäus, manchmal bist du wie ein kleiner Junge."

Oder wie ein gottverdammter Idiot!, brütete der Dorfherr vor sich hin.

8

Als Chlodwigs feuchte Zunge wieder über Mathäus' Gesicht glitt, überwand sich der erwachende Dorfherr. Vorsichtig tätschelte er den Kopf der Dogge. Chlodwig schmatzte zufrieden und streckte seinem neuen Gönner eine gigantische Pranke entgegen.

„Schon gut, Hund, schon gut! Auch dir einen guten Morgen." Mathäus erhob sich, um das Frühstück zu bereiten, blickte auf den schlafenden Heinrich, der zusammengekauert auf seiner Bettstatt lag. Mathäus betrachtete ihn eine Weile. Die Eifersucht, die er tags zuvor gegenüber seinem Freund empfunden hatte, kam ihm inzwischen mehr als unsinnig vor. Er schämte sich sogar dafür, denn in Wirklichkeit hatte Heinrich ihm imponiert. Sein Umgang mit Frauen war schon früher zwangloser, unverklemmter gewesen. Mathäus sah ein, dass wohl auch Neid seinen vorübergehenden Ärger geschürt hatte. Wieder eine Sünde, die er würde beichten müssen.

Am gestrigen Abend waren sie noch auf einen Trunk ins *Carolus Magnus* eingekehrt. Fast hätte der Dorfherr dem Freund in bierseliger Stimmung seine kleine Sünde der Eifersucht bekannt, doch letztlich verbiss er sich das Geständnis. Berichtete stattdessen von dem Mord an der jungen Anna, dem in Haft genommenen Kaufmann Tobias Hompesch und dem roten Stofffetzen, den er am Tatort gefunden hatte. Erzählte von den Gesprächen, die er geführt hatte, mit dem Verdächtigen, den Eltern, dem Verlobten. Und fragte den Freund am Ende offen nach seiner Einschätzung: Hatte er wirklich alles getan, um eine mögliche Unschuld des böhmischen Kaufmannes auszuschließen?

Mathäus rief sich den Rat in Erinnerung, den sein scharf-
sinniger Freund ihm daraufhin erteilte.

„Die Sache scheint mir eindeutig, Mätthes", hatte Heinrich
nachdenklich gesagt, „da ich aber deinen Gerechtigkeitssinn
kenne, der auch nicht den leisesten Hauch eines Zweifels dul-
det, würde ich weitere Erkundigungen über diesen Bauern
Ludwig einzuholen. Vorher wirst du wohl keine endgültige
Gewissheit erlangen."

Ja, Heinrich hatte Recht. Mathäus war froh, dass er seine
Ansichten bestätigt fand. Auch wenn die Zeit und vor allem
der Burgvogt Paulus drängten – jeder Mensch, auch ein ver-
muteter Mörder, war ein Geschöpf Gottes, dem man nicht
kurzerhand das Leben nehmen konnte, wenn es noch Spuren
von Ungewissheit gab.

Mathäus beschloss, bei Margarethe, der Tochter des Schuhmachers, vorbeizuschauen, um sie über den verrufenen Lust-
molch zu befragen. Auch Ludwig selbst würde er aufsuchen
müssen, auch wenn dies sicherlich Ärger heraufbeschwor.

Das Haus des Schuhmachers Albrecht lag ein kleines Stück
dorfabwärts, fast in des Dorfherrn unmittelbarer Nachbarschaft. Es war ein bescheidener Holzbau, in dem Albrecht
mit seinen beiden Kindern Margarethe und Philipp lebte und
eine kleine Werkstatt betrieb.

Albrecht war kein Einheimischer. Vor vielen Jahren, als seine
Kinder noch klein gewesen waren, war er hierhergekommen
und hatte sich mit der Genehmigung der Herren von Merode
niedergelassen. Albrecht war Witwer. Mathäus wusste, dass
sein Weib bei der Niederkunft ihrer Tochter Margarethe gestorben war. Sie hatten in Aachen gelebt, in der großartigen
Stadt der Könige und Kaiser. Doch als Gott die Frau heim rief,

wollte der trauernde Schuhmacher fort aus der Kaiserstadt, weit weg. Nichts sollte ihn mehr an sein geliebtes Weib erinnern und seinen Schmerz vergrößern. Der Herrgott – oder wer auch immer – hatte Albrecht und seine Kinder nach Merode geführt. In diesem Nest erinnerte nichts an die Stadt des großen Karl, ausgenommen vielleicht der Name des Wirtshauses.

Albrecht schien wenig erstaunt zu sein über den Besucher, der da vor seiner Tür stand. Sein zerfurchtes Gesicht war eine Maske aus träger Gleichgültigkeit und Lethargie. Weiße Bartstoppeln wucherten auf seinem Kinn.

„Kommt herein", sagte er mit matter Stimme und führte den Dorfherrn in die Stube, die zugleich auch seine Werkstatt war. In heilloser Unordnung lagen hier Werkzeuge, Lederriemen und Sohlen umher.

„Ich möchte mit Eurer Tochter sprechen", sagte Mathäus, bevor der Schuhmacher ihm einen Platz anbieten konnte. Nun war doch ein interessiertes Glitzern in Albrechts Augen zu erkennen. Er schlurfte zu einem kleinen Fenster im hinteren Teil der Stube, lehnte sich mühsam hinaus und rief den Namen seiner Tochter.

„Sie kümmert sich um die Gemüsebeete", erklärte er. Die Männer setzten sich.

Margarethe betrat die Stube. Sie trug ein helles Kleid, das am Oberkörper fest anlag und ihre fraulichen Formen auffallend betonte. Mathäus wusste, dass sich viele Dorfbewohner – vor allem aber die Dorfbewohner*innen* – über ihre städtische Art, sich zu kleiden, mokierten.

„Setz dich, der Dorfherr will mit dir reden", bemerkte der Vater.

Über Margarethes hübsches Gesicht huschte ein Schatten. Widerwillig ließ sie sich auf einen Hocker sinken. „Mit mir?"

Mathäus nickte und verspürte Unbehagen. „Es tut mir leid, aber bestimmte Umstände lassen es mir sinnvoll erscheinen, dich über Ludwig, den Bauern vom Hahndorn, zu befragen", erklärte er freundlich.

Margarethe sah ihn fassungslos an. „Über Ludwig? Diesen Dreckskerl?"

Sie hatte einen kleinen Sprachfehler, denn ihre ungewöhnlich dunkle, aber klare Stimme war gekennzeichnet von einem zischenden Lispellaut.

„Ob Ludwig ein Dreckskerl ist, Margarethe, entscheidet eines Tages jemand, der höher steht als unsereins", seufzte Mathäus.

„Dass er ein Dreckskerl ist, steht heute schon außer Frage", erwiderte Margarethe trotzig. „Was wollt Ihr wissen?"

Mathäus warf einen Seitenblick auf den Schuhmacher, der das Gespräch mit starrer Miene verfolgte. „Vielleicht wäre es besser, Margarethe, wenn ich alleine mit dir -"

„Nicht nötig", unterbrach ihn das Mädchen brüsk, „mein Vater weiß, dass Ludwig mich begehrt."

„Ach?"

„Und da Anna, sein anderes Spielzeug, jetzt tot ist, werde ich künftig wohl noch häufiger die Zielscheibe seiner Gelüste sein." Ihre Augen bekamen einen seltsamen Glanz. „Fragt Ihr wegen des Mordes?"

„Nein. Das heißt …"

„Man hat doch diesen fremden Kaufmann festgenommen, oder?"

„Mädchen, ich bin nicht gekommen, um dir Fragen zu beantworten. Den Mord lass ruhig meine Sorge sein." Sein Blick richtete sich auf den Vater. „Hat er Euch Geld geliehen?", fragte er geradeheraus.

Albrecht presste seine Lippen zu einem Strich und nickte stumm.

„Verstehe", murmelte Mathäus. Er wandte sich wieder an das Mädchen. „Margarethe, du musst Verständnis dafür haben, dass ich dir nun eine äußerst unangenehme Frage stelle. Hast du … ich meine, hat Ludwig -?"

„Ob ich mit ihm geschlafen habe, wollt Ihr wissen."

„Ja."

Margarethe verzog verächtlich ihren Mund. „Ja, leider, das habe ich."

„Häufig?"

„Hab's nicht nachgezählt. Es ist ja nicht nur das. Wenn Ihr wüsstet, welch abnorme Neigungen er hat."

„Hast du dich denn nie dagegen gewehrt?"

„Und ob, was glaubt Ihr denn? Aber dann bekam er fürchterliche Wutanfälle. Hat mich nicht nur einmal geschlagen." Wie zur Bestätigung ihrer Worte raffte sie ihren Rock ein Stück in die Höhe und präsentierte dem Dorfherrn einen faustgroßen Bluterguss auf ihrem Schenkel. „Er drohte, meinen Vater in den Ruin zu treiben. Was blieb mir also übrig?"

Mathäus nickte betreten. Seine Finger zupften unbeholfen an einem Lappen, der auf dem Tisch des Schuhmachers lag.

„Werden die Leute davon erfahren?", fragte Margarethe nach einer Weile leise.

„Sei beruhigt, niemand erfährt etwas von mir."

Albrecht rieb sich mit einer nervösen Bewegung das Kinn. „Leider bin ich kein Held, Herr Mathäus", brummte er heiser, „sonst hätte ich dem Spuk längst ein Ende gemacht. Wenn Ihr wüsstet, wie viele schlaflose Nächte mir das alles schon bereitet hat." Zweifellos schämte er sich zutiefst, dass Margarethe um seinetwillen zur Dirne geworden war.

„Ich werde mit dem Bauern reden."

„Mit Ludwig? Aber -"

„Seid unbesorgt, Ihr steht unter meinem Schutz, Albrecht. Er wird es nicht wagen, Euch deswegen zu belästigen."

In diesem Augenblick betrat Philipp, der Sohn des Schuhmachers, die Stube. Er mochte fünf oder sechs Jahre älter sein als seine Schwester. Die Ähnlichkeit in ihren Gesichtern war unverkennbar. Überrascht hoben sich seine Augenbrauen, als er den Dorfherrn sah.

„Wie sieht's denn hier aus?" Die Frage galt Margarethe. „Wie in einem Saustall. Man muss sich ja schämen vor dem Dorfherrn."

„Ich hatte im Garten zu tun", erklärte die Gescholtene barsch.

Philipp stemmte die Arme in die Hüften. „Hatte im Garten zu tun, hatte im Garten zu tun", äffte er die Schwester nach, wobei er gehässig ihr Lispeln imitierte. „Herr Mathäus muss ja denken, er sei in einer Räuberhöhle."

Nachdenklich betrachtete Mathäus den jungen Mann. Warum war der Bursche eigentlich noch unverheiratet? Andererseits mochte es für den Sohn eines mittellosen Schuhmachers nicht einfach sein, in einem Dorf mit vorwiegend bäuerlicher Bevölkerung eine Ehefrau zu finden. Außerdem fragte sich Mathäus, warum Albrecht mit seinen Kindern nicht wieder in die Stadt zog, wo das Schuhmachergewerbe zünftig organisiert war, schließlich gab es ja noch andere Städte als Aachen. Vielleicht war der Alte aber auch einfach nur verrückt geworden. Verrückt vor Leid, Kummer, Sorge und Scham. Zeugte davon nicht auch ein irres Glitzern in seinen Pupillen?

„Was verschafft uns denn die Ehre?", fragte Philipp den Dorfherrn. Beinahe klang es lauernd.

Mathäus aber erhob sich. „Alles schon geklärt. Wollte gerade gehen", erwiderte er kurz angebunden.

Er glaubte des alten Schuhmachers seltsamen Blick brennend auf seinem Rücken zu spüren, als er wieder ins Freie trat. Oder war es der des Sohnes?

Mathäus spürte sein Herz laut pochen. Vor ihm lag das stolze Gehöft Ludwigs, ein prächtiger, zweigeschossiger Fachwerkbau mit zahlreichen Stallungen und Scheunen, kein Vergleich mit den armseligen Hütten eines Rudolf oder Arnold.

Er trat durch einen Torbogen. Unter lautem Gekläffe kam ein schwarzer Hund herbeigerannt, der sich zähnefletschend vor dem Dorfherrn postierte. Mathäus wagte keine Bewegung, blickte dem Hund aber fest in die Augen.

„Wirst du wohl dein entzückendes Maul halten, verdammter Köter", flüsterte er zuckersüß. Das rote Zahnfleisch der Bestie förderte seinen Angstschweiß. Aus den Augenwinkeln heraus hielt er Ausschau nach Beistand. Mathäus glaubte schon, der Hund würde nun zum Sprung ansetzen, als eine laute Stimme über den Hof erschallte.

„Lass es gut sein, Dux!"

Der Hund warf einen fragenden Blick auf den Rufer, bevor er anstandslos gehorchte und flugs verschwand.

Am Rahmen zur Wohnungstür lehnte Ludwig. Seine Hände steckten in den Taschen seines Wamses, und sein rotes, feistes Gesicht drückte alles andere aus als ein Willkommen. In seinem Mundwinkel baumelte ein Holzspan, auf dem er herum kaute.

„Ihr solltet vorsichtiger sein, wenn Ihr fremde Grundstücke betretet!", rief er dem Dorfherrn zu.

Mathäus ignorierte seine dreiste Belehrung. „Ich habe mit Euch zu reden!", verkündete er ärgerlich.

„Oh, welche Ehre. Bitte, kommt nur herein, Herr Hüter der herrschaftlichen Ordnung!"

Die Wohnstube ließ Mathäus staunen. Zwei bunte Wandbehänge schmückten die weißgekalkten Wände. Ein riesiger Kachelofen, auf dem Lande wahrlich eine Rarität, mochte im Winter für behagliche Wärme sorgen. Sämtliche Möbelstücke, Borden, Tisch und Stühle, waren mit filigranen Schnitzereien verziert. Nicht einmal die Säle und Gemächer der beiden Herren von Merode waren so prachtvoll ausgestattet. Mit der Stube eines Bauern hatte das hier alles wenig gemein. Ja, ohne Zweifel, der Freibauer Ludwig war ein reicher Mann.

Sie nahmen Platz. Am Türrahmen tauchte ein Fleischberg auf. Mathilde, die fette Bäuerin, linste mit unverhohlener Neugier in die Stube. Ihre kleinen runden Äuglein erinnerten Mathäus unwillkürlich an die eines Schweines.

„Was glotzt du?", blaffte ihr Gatte. „Geh und sag der Magd, sie soll dem Dorfherrn etwas zu trinken bringen."

„Danke, ich bin nicht durstig", winkte Mathäus ab.

Ludwig zuckte die Schultern. „Dann eben nicht." Mit einer Handbewegung verscheuchte er seine Frau. Mathäus aber war überzeugt, dass sie dem Gespräch aus einem verborgenen Winkel lauschen würde.

„Was wollt Ihr also?", fragte Ludwig.

Mathäus ließ sich Zeit mit seiner Antwort, betrachtete den Bauern gründlich und fand, dass er krank aussah. Dunkle Augenränder hoben sich ab von einem aschfahlen Gesicht. Wie zur Bestätigung begann Ludwig mit einem Mal heftig zu husten. Mathäus wartete, bis dessen Atemwege sich wieder beruhigt hatten.

„Eure Gesundheit könnte besser sein."

„Scharfsinnig erkannt, Herr Mathäus. Wollt Ihr mir nun sagen, was Euch zu mir führt?"

Der Dorfherr lehnte sich zurück. „Ihr verleiht Geld?"

„Es ist die Pflicht eines guten Christen, in Not geratenen Mitmenschen helfend unter die Arme zu greifen. Benötigt Ihr auch welches?"

„Wenn dem so wäre, würde ich mich nicht an Euch wenden, Ludwig."

„So? Dann verstehe ich nicht, weshalb Ihr hier seid. Ordnungswidrigkeiten habe ich ja schließlich nicht begangen, oder etwa doch?"

„Tja, ich könnte über die Zinsen sprechen, die Ihr Euch gesetzeswidrig fragt. Aber deshalb bin ich nicht hier. Ihr würdet es ohnehin abstreiten, nicht wahr?"

„Kommt endlich zur Sache."

Mathäus verkniff sich ein Schmunzeln. Sein Vorhaben, den hochmütigen Bauern nervös zu machen, war ihm gelungen.

„Verleiht Ihr eigentlich auch Geld an Klienten, die *keine* hübschen Töchter haben?"

Wieder hustete Ludwig. „Was wollt Ihr damit andeuten?", keuchte er.

„Stellt Euch nicht dumm. Ihr wisst es, ich weiß es, und …", Mathäus erhob demonstrativ seine Stimme, „wahrscheinlich weiß es sogar Euer Weib."

„Was geht das Euch an?", knurrte der Bauer.

„Nichts. Solange Ihr die Mädchen nicht zwingt, es mit Euch zu treiben."

„Niemand zwingt hier irgendwen. In Wirklichkeit wollen sie es doch so."

„Wirklich? Wieso lässt ein seltsames Gefühl mich zweifeln an Euren Worten?"

Ludwig bleckte die Zähne. „Hab's nicht nötig, mich von Euch einen Lügner schimpfen zu lassen, Dorfherr. Wenn Ihr weiter solche Unverschämtheiten von Euch gebt, werde ich Euch von meinen Knechten hinauswerfen lassen."

„Einen Scheißdreck werdet Ihr tun, Ludwig!" Mathäus' Augen schossen Blitze. „Ich handle im Auftrag des Jülicher Markgrafen und beider Herren von Merode, falls Euch das nicht bewusst sein sollte. Wenn ich Euch Fragen stelle, dann habt Ihr mir diese zu beantworten, ob Euch das in den Kram passt oder nicht. Es sei denn, Ihr wünscht ein Kerkerloch von innen zu besichtigen."

Ludwig atmete schwer. Sein Unterkiefer schob sich hin und her. „Als ob ich so kurz vor der Ernte nichts anderes zu tun hätte", zischte er.

„Wohlan, hört gut zu, was ich Euch jetzt sage, denn ich werde es nicht wiederholen." Mathäus' Oberkörper schob sich nach vorne. „Kommt es mir zu Ohren, dass Ihr Mädchen aus der Herrschaft Merode zum Beischlaf zwingt, sie auf welche Weise auch immer nötigt oder gar prügelt, dann geht es Euch an den Kragen, Ludwig!"

„Hab's vernommen. Sonst noch etwas?"

„Wo wart Ihr vorgestern Nachmittag?"

Ludwig lachte laut auf. „Ha, ich ahnte schon, dass Ihr das fragen würdet. Es ist wirklich nicht zu glauben. Es geht um diese Ermordete, nicht wahr?"

„Wo wart Ihr, verdammt?"

„Ich war krank und bin's immer noch, das seht Ihr doch. Den ganzen Tag hab ich fiebernd im Bett gelegen und war kaum in der Lage, mich zu bewegen."

„Wer kann das bezeugen?"

„Mein Weib und das Gesinde."

„Sonst noch jemand?"

„Der Medicus", ertönte es von der Tür her. Wieder erschien dort Mathilde in all ihrer Gewaltigkeit. „Ich hab eigens einen Medicus aus Düren kommen lassen, um meinen Gatten zu behandeln."

„Wie ist sein Name?"

„Er nennt sich Cornelius. Seht Euch nur den Arm meines Gatten an, dort wo er zur Ader gelassen wurde."

Mit einem triumphierenden Blick präsentierte der Bauer seinen linken Unterarm, der an mehreren Stellen Blutergüsse auswies. „War's das jetzt?", fragte er leichthin.

Mathäus erhob sich. „Vorläufig zumindest."

„Wenn Ihr noch weitere Fragen habt, kommt einfach wieder vorbei, Herr Mathäus", sagte Mathilde mit schwabbelnden Wangen.

Mathäus verließ Ludwigs Gehöft. Vor ihm erstreckte sich der Hahndorn, der Dorfanger. Tief durchatmend betrachtete er die Hühner und Gänse, die den Platz in Scharen bevölkerten. Hier und da spielten Kinder. Vom Unterdorf her näherte sich ein Bauer mit einem Ochsenkarren.

Das Gespräch mit Ludwig hatte ihn erregt. Mit dumpfer Wut im Bauch überquerte er den Anger. Sein Weg führte ihn direkt zur Burg.

Die Zugbrücke war offen. Ein Wachhabender erkannte den Dorfherrn, ließ ihn passieren. Zielstrebig marschierte Mathäus zur Laube des Kastellans, wo er gegen die Tür hämmerte. Friedrich öffnete und schlug in gespielter Verzweiflung die Hände über dem Kopf zusammen.

„Der Dorfherr! Zu wem will er?"

„Keine Sorge, Friedrich. Diesmal möchte ich keinen der hohen Herren sehen. Ich brauche einen Boten."

„Maria und Josef, was Ihr so alles braucht."

„Sagt, wer von den Burgdienern ist ein guter Reiter?"

Friedrich musste nicht lange überlegen. „Didi ist der beste."

„Didi?"

„Naja, eigentlich heißt er Dietrich."

„Ah, Dietrich. Gut, den kenne ich. Und der Dümmste ist er zum Glück auch nicht, das passt. Lasst ihn rufen."

Friedrich winkte einen der Wächter herbei, befahl ihm, den Diener zu holen. Nach kurzer Zeit betrat Dietrich die Laube.

„Wie schnell kannst du nach Düren reiten, Dietrich?", fragte der Dorfherr.

„Düren? Dafür brauche ich allenfalls eine Stunde, Herr. Vorausgesetzt, ich muss keinen alten Klepper reiten."

„Du bekommst ein gutes Pferd, dafür sorge ich. In der Stadt wirst du einen Medicus namens Cornelius für mich aufsuchen. Von ihm will ich wissen, wo er vorgestern, am Nachmittag, gewesen ist. Wen hat er wie behandelt? Also frag ihn das alles und überbring mir seine Antwort."

Friedrich pfiff durch die Zähne. „Tja, das Leben kann voller Rätsel sein", grummelte er in der Hoffnung, die näheren Zusammenhänge zu erfahren. Mathäus aber sah über seine Neugier einfach hinweg.

„Du handelst im Auftrag der Herren von Merode, Dietrich", sagte er feierlich, „ein entsprechendes Schreiben werde ich dir mitgeben. Wenn du es schaffst, vor Einbruch der Dunkelheit wieder zurück zu sein, wirst du einen Tag vom Dienst freigestellt."

„Kein Problem, Herr."

„Du findest mich dann im *Carolus Magnus*, wo ich mir mit einem alten Freund noch einen Trunk genehmigen werde."

9

Leo, der Wirt, konnte an diesem lauen Sommerabend nicht über mangelnde Kundschaft klagen. Alle Tische in seiner Gaststube waren besetzt, und zu seiner Freude war auch wieder der Dorfherr anwesend, der zusammen mit seinem Kameraden, diesem eigenartigen Fremden, bereits das eine oder andere Bier getrunken hatte.

Mathäus berichtete Heinrich vom Gespräch mit Ludwig. Das ohnmächtige Gefühl der Wut in seinem Magen war längst noch nicht abgeklungen. Heinrich hörte wie immer aufmerksam zu, aber Mathäus bemerkte das Bemühen des Freundes, seine Gedanken nicht abschweifen zu lassen. Deshalb unterbrach er seine Berichterstattung abrupt.

„Spuck's aus, Hein. Was ist los mit dir?"

Heinrich lächelte matt. „Du kennst mich immer noch sehr gut."

„Ich höre also."

Der andere seufzte. „Johanna", sagte er nur.

Mathäus zog die Stirn in Falten. „Was hast du vor, Hein?"

„Ich muss sie sehen."

„Wie bitte? Ich denke, sie lebt in Aachen, verheiratet mit einem Ratsherren?"

„Das ändert nichts daran, dass ich sie sehen muss." Er blickte den Freund offen an. „Seit gestern muss ich immerzu an sie denken. Ich habe dich und Jutta gesehen, euer Glück und eure Liebe. Da wurde mir bewusst, dass auch ich dies alles hätte haben können. Ich hab's vermasselt, und zwar für immer."

„Warum zum Teufel willst du sie dann sehen? Es würde deinen Schmerz doch nur noch vergrößern."

Heinrich schüttelte den Kopf. „Erst wenn ich weiß, dass es ihr gut geht und dass sie glücklich ist, werde ich wieder Ruhe finden. Gleich morgen früh werde ich mich deshalb auf den Weg nach Aachen machen."

Mathäus stöhnte leise auf. „Ich nehme an, es gibt nichts, was ich dagegen tun könnte?"

„Nichts, mein Freund."

„Weißt du, was du bist, Hein?"

„Sag's mir."

„Ein gottverdammter Narr bist du! – Leo!" Er winkte den Wirt herbei. „Unsere Becher sind leer. Wo bleibt der Nachschub!"

„Sofort", beeilte sich Leo zu sagen, „ich wusste ja nicht, dass die Herren etwas Wichtiges zu feiern haben."

„Feiern?" Mathäus schaute seinen Freund fragend an. „Hab ich vielleicht den Eindruck erweckt, dass wir etwas feiern?"

„Unseren Abschied", sagte Heinrich.

Sie schwiegen. Wie aus weiter Ferne drang das Geplauder der Bauern in ihre Ohren. Erst als Leo mit einer Kanne zurückkehrte und ihre Becher füllte, kehrten sie ins Diesseits zurück.

„Sehr zum Wohle", wünschte der Wirt mit seiner piepsigen Stimme. „Frisch geschöpftes *Carolus*-Bräu. Daran hätte auch der große Karl seine Freude gehabt, nicht wahr?"

„Wie? Sicher. Danke, Leo."

Die beiden prosteten sich mit einem melancholischen Lächeln zu. Plötzlich befanden sie sich wieder in den Schenken Nideggens, wo sie nach Dienstschluss mit ihren Kameraden um die Wette getrunken hatten. Wo sie gelebt, gelacht und gefeiert hatten. Wo sie in ihrem Übermut wohl auch mit dem Teufel gezecht hätten.

Sie leerten die Becher in einem Zug, fast gleichzeitig setzten sie wieder ab. Und merkten nun erst, dass da jemand wartend vor ihrem Tisch stand.

„Dietrich!"

„Hab Euren Auftrag erledigt, Herr."

„Gut. Setz dich zu uns!" Bei Leo bestellte Mathäus ein weiteres Bier für den erschöpft wirkenden Diener.

„Und?", drängte der Dorfherr ungeduldig.

„Hab diesen Medicus befragt. An dem besagten Nachmittag war er hier in Merode und hat Ludwig vom Hahndorn einen Besuch abgestattet. Ludwig habe mit schwerem Fieber im Bett gelegen."

Mathäus faltete die Hände. Fast wirkte er enttäuscht. „Wie hat er ihn behandelt?", erkundigte er sich.

„Mit einem Aderlass, Herr. Hat ihm außerdem Nesseltee verordnet."

„War er freundlich zu dir? Wirkte er vielleicht nervös?"

„Zuerst war er etwas ungehalten, denn er war in Eile. Erst als ich ihm Euer Schreiben zeigte, wurde er entgegenkommender."

„Glaubst du, er hat die Wahrheit gesagt?" Es war Heinrich, der diese Frage stellte.

„Ja, Herr. Meister Cornelius hat in der Stadt einen guten Ruf. Auch mir erschien er glaubwürdig."

Mathäus verschränkte die Arme und atmete tief durch.

„Mir scheint, nun hast du deinen Mörder endgültig in die Ecke getrieben", meinte Heinrich.

Mathäus nickte. Tobias Hompesch war zweifellos schuldig. Nichts sprach mehr für einen anderen Täter.

„Was wirst du tun?"

„Ihn nochmals vernehmen. Jetzt gleich. Und ich will, dass du mit mir kommst, Hein. Ich will, dass du dir diesen Tobias

Hompesch genau ansiehst. Du weißt, ich bin ein großer Bewunderer deiner Menschenkenntnis. Sag mir dann, ob er in deinen Augen ein Mörder ist."

„Nicht das Bauchgefühl, sondern Beweise sollten ausschlaggebend sein für die Überführung eines Verbrechers, Mätthes."

„Das stimmt nicht ganz. *Beides* muss ausschlaggebend sein."

Am Himmel leuchtete noch ein letzter Rest von rotem Tageslicht. Mit lautem Gequietsche senkte sich die Zugbrücke der Meroder Burg.

„Heiliger Donatus, ihr solltet doch die Eisen schmieren", polterte Mathäus. „Ist das denn wirklich zu viel verlangt?"

Der Torwächter schaute betreten rein. „Werde das bald erledigen", versicherte er.

„Was du nicht sagst. Bald – wann ist das eigentlich bei euch Kerlen?"

Heinrich, der den Dorfherrn begleitete, verbiss sich ein amüsiertes Lachen. Der Krach, den das Herablassen der Zugbrücke verursachte, ließ den Kastellan herbeieilen. Als er sah, wer der späte Besucher war, verdrehte er seufzend die Augen.

„Herr Mathäus! Ihr habt wahrlich ein besonderes Talent, zu den unmöglichen Stunden hier aufzukreuzen."

„Seid lieber froh, dass ich nicht Mitternacht gekommen bin, Friedrich. Und nun führt mich und meinen Freund zum Burgvogt Paulus."

„Ausgerechnet zu dem", murmelte der Kastellan. „Der hat heute wieder eine Laune wie der Teufel zu Ostern. Wenn's aber sein muss …"

„Es muss!"

„Gewiss, gewiss. Bitte folgt mir!" Er führte sie in einen fackelbeleuchteten Saal des Ostflügels, wo der Burgvogt schon bald mit grimmigem Gesicht erschien.

„Wer ist denn der?", fragte er barsch und deutete mit dem Kinn auf Heinrich.

„Ein guter Freund von mir, Herr Paulus, sein Name ist Heinrich. Ich will, dass er dabei ist, wenn ich den Verdächtigen noch einmal verhöre."

„Was Euch so alles einfällt zu später Stunde", murrte Paulus kopfschüttelnd, „aber von mir aus. Wenn ich mir auch wünschte, diese Idee wäre Euch vor dem Saufgelage mit Eurem Kumpan gekommen."

Mathäus wusste, dass Paulus seine Spitzel überall hatte. Scheinbar entging ihm nichts, und wahrscheinlich wusste er auch, dass Heinrich seit nunmehr zwei Tagen bei ihm wohnte. Manchmal, wenn es ihm sinnvoll erschien, stellte der Burgvogt sich unwissend, ein anderes Mal offenbarte er dem Gegenüber seine Kenntnis mit gezielten Sticheleien. Mathäus beschloss für sich, Paulus' Bemerkung in diesem Fall zu ignorieren. Zu seinem Schrecken aber schaltete sich Heinrich in die Unterhaltung ein.

„Ihr also seid Paulus, der Burgvogt. Ich habe schon viel von Euch gehört. Von Eurer Geistesgröße, Eurem unverwechselbaren Liebreiz. Und was merke ich? Man hat sogar noch untertrieben mit solcherlei Behauptungen."

Des Burgvogts rechte Hand wanderte zu seinem Gürtel, wo ein silberner Dolch prangte. „Was wollt Ihr damit sagen?", fragte er heiser.

„Ihr habt's gehört. Ich bin Euer Bewunderer!"

„Führt uns jetzt in den Kerker", bat Mathäus, der seinen Freund am liebsten irgendwo hingetreten hätte. Ein Streit mit Paulus war jetzt so überflüssig wie ein Kropf.

„Augenblick!" Die Stimme des Burgvogts hob sich gefährlich. „Zuerst muss ich Euren Freund nach Waffen untersuchen. So will es die Vorschrift."

Der Dorfherr warf ihm einen verständnislosen Blick zu. „Ihn nach Waffen untersuchen? Das werdet ihr schön bleiben lassen."

Paulus zuckte mit den Achseln. „Vorschrift! Muss darauf bestehen!"

„Ich bürge für ihn. Den Teufel werdet ihr tun!"

„Ihr habt mir nichts zu befehlen!", brüllte Paulus. Zornige Röte färbte sein Gesicht. „Deshalb werde ich Euren Kumpan jetzt auf der Stelle nach Waffen untersuchen!"

„Nein, Ihr werdet das nicht tun!" Die drei Männer blickten zur Tür, wo eine kindliche, aber energische Stimme soeben den Disput für beendet erklärt hatte.

Rikalt trug ein weißes Schlafgewand. Er hatte die Arme vor der Brust verschränkt. Seine himmelblauen Augen blickten den Burgvogt vorwurfsvoll an.

Paulus bekam den Mund nicht mehr zu. „Rikalt! Geht zurück ins Bett", stammelte er verwirrt.

„Ich gehe ins Bett, wenn's mir passt", erwiderte der Knabe patzig. „Schließlich bin ich einer der Herren von Merode."

„Und ich vertrete Euren Vormund und tue hier nur meine Pflicht. Dazu gehört auch, jedem Fremden die Waffen zu nehmen, sofern er welche mit sich führt. Das dient schließlich vor allem Eurem Schutz."

„Da dieser Fremde jedoch ein Freund des Dorfherrn ist, erübrigt sich diese Maßnahme ja wohl. Wie Ihr hörtet, verbürgt sich Mathäus für ihn."

Der Burgvogt kaute an seiner Unterlippe. „Ihr braucht mich nicht zu belehren, Herr Rikalt", knirschte er mit gefährlich leiser Stimme. „Und Ihr wisst genau, dass Ihr mir nichts untersagen könnt."

„Ich könnte mich beschweren über Euch", konterte Rikalt triumphierend. „Was glaubt Ihr wohl, was mein Schwager, der ehrenwerte Gerhard von Wedendorp, dazu sagen würde, wenn ich ihm mitteilte, dass sein Vertreter nicht zu meiner Zufriedenheit waltet? Oder wenn er erfährt, dass Ihr Knaben prügelt?"

„Niemals hab ich Euch geprügelt, bei Gott!"

„Nicht mich, aber den Benno, auch bei Gott. Und Benno ist mein Freund!"

Der Burgvogt schluckte zornig.

„Das saß!", flüsterte Heinrich.

„Gehen wir ins Verlies", bestimmte Paulus kalt. Sein Gesicht war eine steinerne Maske. Er riss zwei Fackeln aus ihren Halterungen und schritt voran. Mathäus und Heinrich folgten ihm unaufgefordert. Als sie an Rikalt vorüberschritten, zwinkerte der Dorfherr ihm verschwörerisch zu. Er mochte den jungen Herrn von Merode, ein Gefühl, das auf Gegenseitigkeit beruhte. Manchmal bezeichnete Rikalt ihn lachend als seinen Oheim.

Rikalt hob grinsend seinen Daumen.

„Ein aufgeweckter Jüngling", bemerkte Heinrich leise.

Sie folgten dem Burgvogt durch einen finsteren Gang und erreichten ein eisenbeschlagenes Tor, das Paulus erst aufschließen musste. Eine Wendeltreppe aus Stein führte steil nach unten. Paulus stapfte voran, seine Begleiter keines Blickes würdigend.

„Die Sache scheint unserem Freund aufs Gemüt geschlagen zu sein", flüsterte Heinrich belustigt.

Mathäus tippte an seine Stirn. „Warum hast du ihn so gereizt? Hättest einfach die Klappe halten sollen."

„Das musst gerade du mir sagen. Du, der du die Base des Markgrafen als Sumpfhuhn bezeichnet hast."

„Das war was anderes."

„So? Immerhin waren die Auswirkungen verheerend."

Sie erreichten das Verlies. Wortlos reichte Paulus Mathäus eine Fackel und öffnete die Pforte. Er ließ die beiden eintreten, riegelte hinter ihnen wieder ab.

Mathäus sah sich um. Sein Befehl war ausgeführt worden. Man hatte die Zelle vom gröbsten Dreck befreit, obwohl es immer noch unerträglich nach Schweiß und Fäkalien stank.

Tobias Hompesch kauerte auf seinem Strohhaufen und schirmte seine Augen ab, da die plötzliche Helligkeit ihn blendete. Nach einer Weile erkannte er Mathäus.

„Gott sein Dank, Ihr seid's, Dorfherr. Ich hoffe, Ihr bringt mir gute Nachrichten. Wer ist das?" Mit dem Kinn deutete er auf Heinrich.

„Er unterstützt mich bei der Lösung des Falles."

„Das freut mich. Denn vier Augen sehen mehr als zwei, sagt man bei uns in Böhmen. Seid Ihr gekommen, um mich freizulassen? Wollt Ihr Euch bei mir entschuldigen? Nun ja, wir alle sind bloß Menschen."

Mathäus schüttelte den Kopf. „Ihr liegt falsch, Hompesch. Ich bin hier, um endlich Euer Geständnis zu hören. Die Sache sieht nicht gut für Euch aus. Um konkret zu werden: Alles spricht gegen Euch!"

Der Kaufmann begann hämisch zu lachen. „Das darf einfach nicht wahr sein", keuchte er und wühlte im Stroh, „hat sich denn alles gegen mich verschworen? Gütiger Gott, warum lässt du das zu?"

Der rote Stofffetzen, der plötzlich vor seiner Nase baumelte, ließ ihn verstummen.

„Wisst Ihr, was das ist?", fragte Mathäus.

„Offensichtlich gehört das zu meinem Gewand. Ich sagte Euch doch schon neulich, dass mir beim Austreten dieses Missgeschick passierte."

„Merkwürdig daran ist nur, dass ich diesen Fetzen nicht weit von dem Ort fand, an dem die junge Anna vergewaltigt und ermordet wurde."

Hompesch trommelte auf seine Oberschenkel. „Was beweist das schon? Ich habe diese Hure nicht umgebracht!"

Mathäus seufzte. „In drei Tagen komme ich wieder", erklärte er bestimmt, „dann erwarte ich Euer Geständnis."

„Das wird Euch noch leidtun", fauchte der Gefangene, „ich warne Euch. Ich habe den neuen König schon mit Tuchen beliefert und kenne ihn sehr gut. Wenn ihm dies zu Ohren kommt, dann gnade Euch Gott. Euch und diesem verfluchten Nest hier."

Mathäus klopfte dreimal gegen die Pforte. „Ich glaube kaum, dass der König einen Mörder schützen würde, Hompesch. Wir sehen uns in drei Tagen!"

Der Burgvogt schien mit sich zu kämpfen. Schließlich siegte seine Neugier. „Hat der Lump endlich gestanden?"

„Nein."

„Dann weiß ich, was ich zu tun habe."

Mathäus hob erbost den Zeigefinger. „Das werdet ihr vorerst bleiben lassen, verstanden?"

„Ich glaube, Ihr seid der Sache nicht gewachsen, Mathäus", sagte Paulus mit einem zynischen Lächeln. Die Drohgebärde des Dorfherrn amüsierte ihn. „Auch Herr Konrad wird nicht mehr lange Geduld haben mit Euch."

„Ich will sein Geständnis und habe ihm eine Frist von drei Tagen gesetzt. Ob's Euch passt oder nicht!"

„Was für eine Zeitverschwendung!"

Mathäus sah dem Burgvogt fest in die Augen. „Ihr wisst, dass ich diese Frist durchsetzen kann", erwiderte er kühl. „Zwischenzeitlich werdet ihr dem Gefangenen kein Haar krümmen."

Paulus nickte. Immer noch umspielte das spöttische Grinsen seine Mundwinkel. „Also gut, Dorfherr Mathäus. Drei Tage! Aber keinen Augenblick länger."

Am Himmel leuchtete ein halber Mond, als Mathäus und Heinrich sich auf den Heimweg machten. Gedankenverloren schritten sie nebeneinander her, hörten weder das Zirpen der Grillen noch das Plätschern des Dorfbaches.

„Was denkst du über ihn?", fragte Mathäus nach einer Weile.

Heinrich antwortete nach kurzem Überlegen. „Hompesch ist der Mörder."

„Was macht dich da so sicher?"

„Nicht nur die offensichtlichen Umstände. Er ist klug und gerissen, aber kein besonders guter Possenspieler."

„Erzähl!" Mathäus war gespannt auf seine Analyse. Denn hierfür hatte er ihn mitgenommen, den Menschenkenner, der sich manchmal selbst der größte Feind war.

„Die unscheinbaren Körpergesten sind es, die einen Lügner verraten. Worte können täuschen, nicht aber die Sprache des Körpers. Hompeschs wahres Wesen verbirgt sich hinter einer Maskerade."

Mathäus rieb nachdenklich sein Kinn. Irgendwo schrie ein Nachtvogel.

„Seine Gedanken sprangen hin und her", fuhr Heinrich fort, „fieberhaft versuchte er, uns zu täuschen. Er kann nicht ernsthaft geglaubt haben, du seiest gekommen, um ihn freizulassen oder dich zu entschuldigen. Es dürfte ihm ja auch kaum entgangen sein, dass die Kerkertür wieder hinter uns verschlossen wurde. Und dass er die Ermordete als Hure bezeichnete, entlarvt Fragmente seiner Erinnerung - und seiner Gesinnung. Die Drohung mit dem König war ein letzter Akt der Verzweiflung. Er hoffte wohl, man würde ihm ohne Weiteres abkaufen, dass er als Prager mit König Karl verkehrt."

Die beiden hatten das Häuschen des Dorfherrn erreicht. Drinnen winselte die Dogge, die ihren Herrn nahen hörte.

„Ist dir klar, dass dies unser letzter gemeinsamer Abend ist?", fragte Mathäus und starrte in den Sternenhimmel.

Heinrich nickte betreten. „Irgendwann werde ich wieder bei dir vorbeischauen."

„Und dein Entschluss, nach Aachen zu reisen, steht fest?"

„Felsenfest!"

„Gut. Dann werde ich dich begleiten."

„Du wirst – was?"

„Ich nehme mir frei und komme mit dir. Für eine Weile bin ich hier entbehrlich. Zumindest für drei Tage."

10

Am Morgen darauf, nach einem Frühstück aus Gerstenbrei und Brot, sattelte Mathäus Julius und ritt nach Schlich, um sich von Jutta zu verabschieden. Innig umarmten sie sich, als sei es ein Abschied für immer, und Jutta zeichnete dem Geliebten mit ihrem Daumen ein Kreuz auf die Stirn. Noch lange winkte sie dem Davonreitenden hinterher.

Mathäus ritt geradewegs zur Burg, benachrichtigte den Kastellan über seine Abwesenheit, kehrte dann zu seinem Haus zurück, wo Heinrich auf ihn wartete. Thusnelda, Heinrichs Rappe, war bereits gesattelt, und auch Chlodwig merkte, dass eine weite Reise bevorstand. Aufgeregt versuchte er seinen eigenen Schwanz zu fassen, indem er wie ein Kreisel rotierte.

Schließlich ritten die beiden Freunde im Schritttempo die Dorfstraße hinab, gefolgt von einem riesigen, aufgeregt bellenden Untier. Am Bach spielten Kinder und winkten der seltsamen Karawane hinterher.

Mathäus und Heinrich verließen Merode, ließen die Ortschaften Schlich und Dhorn zu ihrer Rechten liegen und erreichten bei Geich die große Heerstraße. In der Ferne war der hölzerne Turm der Echtzer Pfarrkirche zu erkennen. Wenn das sommerliche Wetter keine Kapriolen schlug, würden sie die Kaiserstadt am späten Nachmittag erreichen.

Erbarmungslos brannte die Sonne auf die Reisenden herab. Vorüberrollende Karren wirbelten mächtig Staub auf, sodass die Kehlen der beiden Männer nach kühlem Nass lechzten. Bald schon waren ihre Trinkschläuche geleert. Hinter Eschweiler beschlossen sie, in eine Schenke am Wegesrand einzukehren.

„Der Köter bleibt draußen!", blaffte ein glatzköpfiger Wirt, als sie durch eine morsche Tür die Wirtsstube betraten, „oder soll ich hier etwa auch noch Hundescheiße fegen?"

Mathäus blickte sich um. An einem der Tische saßen drei Benediktinermönche, vermutlich Pilger auf dem Weg nach Aachen, ansonsten gab es keine Gäste hier. Die Stube war dreckig und verwahrlost, die beiden Fensteröffnungen durch gigantische Spinnennetze verhangen. Der Dorfherr grüßte die Mönche mit einem Nicken und schritt mit gefährlicher Gemächlichkeit dem Glatzköpfigen entgegen, der sich gelangweilt über seinen Schanktisch lehnte. Mathäus baute sich vor ihm auf.

„In diesem Stall ist schon lange nicht mehr gefegt worden, Herr Wirt, und wenn's dem Hund tatsächlich einfallen sollte, in eine Ecke zu scheißen, dann würd's wohl nicht einmal auffallen. Bringt uns gefälligst Bier und lasst auch unsere Pferde versorgen, die wir in der Annahme, dies sei ein Gasthaus, draußen gelassen haben. Und dann bringt auch unserem Hündchen eine Schale mit Wasser, sonst kriegt der Gute schlechte Laune. Nicht lustig, wenn Chlodwig schlecht gelaunt ist! Alles verstanden?"

Stumm und sichtlich eingeschüchtert nickte der Wirt mit seinem fettigen Kopf. In der Annahme, eine wichtige Persönlichkeit vor sich zu haben – womit er ja immerhin nicht völlig Unrecht hatte – pfiff er einen halbwüchsigen Burschen herbei, der dem Aussehen nach zu urteilen nur sein Sohn sein konnte.

„Los, kümmere dich um die Pferde der werten Herren", blökte der Alte, während er selbst Bier in eine große Kanne abfüllte. Leiser fügte er hinzu: „Und gib diesem schwarzen Kalb was zu saufen."

Mathäus und Heinrich hatten sich unterdessen an einen der Tische gesetzt. Mit schnippenden Fingerbewegungen entfernte Mathäus tote Insekten von der Tischplatte. „In der Not frisst der Teufel Fliegen," seufzte er. Nochmals nickte er den Mönchen zu, die neugierig herüber schielten.

„Die Stuben der Menschen sind Spiegelbilder ihrer Seele", schmunzelte Heinrich, was in Mathäus Erinnerungen an das gestrige Gespräch in des Schuhmachers Werkstatt weckte. Albrechts verbrauchtes, zerfurchtes Gesicht kam ihm in den Sinn, seine kleinen, irren Augen … Mathäus schüttelte den Gedanken ab wie einen lästigen Käfer.

Der Gerstensaft, den der Wirt ihnen servierte, erinnerte in seiner Farbe an die Ausscheidungen einer Kuh und hatte auch die entsprechende Temperatur. Ihren ursprünglichen Plan, in dieser Schenke noch eine Kleinigkeit zu essen, begruben die Männer. Immerhin spülte das Bier den Staub aus ihren Kehlen. Eine stumme Weile saßen sie da und genossen die Verschnaufpause. Auch Chlodwig hatte seine Wasserration schon aufgeschlabbert und sich rülpsend unter den Tisch der Männer zurückgezogen.

„Du, Mätthes?", sagte Heinrich nach einer Weile.

„Hm?"

„Bist du eifersüchtig auf mich?"

Heinrichs Offenheit war wie ein Hammerschlag. „Ich? Eifersüchtig? Auf dich?"

„Entschuldige", erwiderte Heinrich, ohne auf die Verwirrung seines Freundes einzugehen, „es tut mir leid, wenn es so aussah, als habe ich Jutta umschwärmt. Glaub mir, nicht *sie* wollte ich beeindrucken, sondern nur mich selbst."

„Du spinnst", murmelte Mathäus.

„Sie ist eines der schönsten Mädchen, das ich je gesehen habe", fuhr Heinrich fort, „und wenn ein Mensch sie verdient, dann bist du das. Es war eine Ehre, mit ihr zu sprechen, ihr in die Augen schauen zu dürfen. Aber du hast keinen Grund, eifersüchtig auf mich zu sein. Glaub's mir nur."

Mathäus senkte den Blick, peinlich berührt durch die Tatsache, dass der Freund in die Gründe seiner Seele geblickt, seine Empfindungen durchschaut hatte. Verlegen spielte er mit seinen Fingern. „Ich weiß ja, dass ich ein Idiot bin", sagte er schließlich.

„Bist du nicht. Du bist mein Freund. Wir alle sind nur Menschen, Mätthes. Nicht wahr, Brüder?" Er wandte sich an die Benediktiner. „Wir sind alle bloß Menschen!"

Die Mönche nickten einträchtig. „*Sic est!*", meinte einer von ihnen salbungsvoll.

Unter dem Tisch ließ Chlodwig einen neuerlichen Rülpser hören. Heinrich schielte nach unten. „Schon gut, du Spötter. *Du* bist selbstverständlich kein Mensch. Wir wollten dich nicht beleidigen."

Mathäus rief den Wirt herbei und zahlte. Vor der Tür empfing sie sogleich wieder unbarmherzige Hitze.

„Hab Eure Pferde versorgt und gestriegelt", behauptete der Sohn des Wirtes, der draußen auf sie wartete.

„War er brav?" Mathäus deutete mit dem Kinn auf Julius.

„Brav, Herr! Sehr braves Tier."

„Hat nicht versucht, dich zu beißen?"

„Nee!"

„Guter Junge." Mathäus angelte ein Geldstück hervor und reichte es ihm. Der Knabe bedankte sich überschwänglich, hielt den Männern die Steigbügel, dann blickte er ihnen nach, bis sie in einer Staubwolke verschwunden waren. Nochmals betrachtete er zufrieden die Münze in seiner Hand. Die andere Hand aber wanderte zu seinem Gesäß, wo sie langsame, kreisende Bewegungen vollzog. „Dämlicher Gaul!", fluchte er leise vor sich hin.

Die Wucht der Sonnenstrahlen hatte nachgelassen, als die beiden Männer am Horizont erstmals die ummauerte Stadt Karls des Großen erkennen konnten. Sie zügelten ihre Pferde.

„Aquis granum!", verkündete Mathäus feierlich. Er war schon früher in Aachen gewesen, aber immer wieder wunderte er sich über die Größe dieser wehrhaften Stadt, gegen die selbst Nideggen wie ein unscheinbares Dorf wirkte. Staunend betrachtete er die Türme und Kirchen in der Ferne, die Brücken über dem Wassergraben, die Mauern und Tore. Die Stadt lag eingebettet zwischen waldigen Hügeln, als habe eine wunderbare Macht sie in Schutz genommen. Davor erstreckten sich Wiesen und Getreidefelder, auf denen reger Betrieb herrschte. Mathäus' Gedanken wanderten unwillkürlich wieder nach Merode. Die Erntezeit hatte begonnen.

Sie setzten ihren Ritt fort. Hechelnd und erschöpft trabte die Dogge hinter ihnen her. Nach einer knappen halben Stunde hatten sie das Kölntor erreicht. „Endlich!", pustete Mathäus. Und wunderte sich über die strenge Bewachung des Tores. Die Krönung Karls IV. lag über eine Woche zurück, der König musste die Stadt längst wieder verlassen haben.

„Der Schwarze Tod", murmelte Heinrich.

„Wie?"

„Sie fürchten, der Schwarze Tod könnte Einzug in die Stadt halten. Deshalb werden alle Einkehrenden gründlich befragt und gemustert."

Natürlich hatte auch Mathäus schon von dieser todbringenden Krankheit gehört, die ganze Landstriche entvölkern konnte. Aber er wähnte sie in fremden Ländern

110

und weit entfernten Winkeln des Reiches. Wieder einmal wurde ihm bewusst, welch abgeschiedenes Dasein er in Merode führte. Und dass er trotzdem – oder gerade deshalb – glücklich dort war.

An der Vorburg des Tores ließ ein Offizier der Stadtgarde die Männer von ihren Pferden steigen, befragte sie nach dem Woher und Wohin. Mathäus wies sich als Beamter des Markgrafen von Jülich aus und behauptete, Heinrich sei sein *secretarius*.

Die Mundwinkel des Offiziers zuckten verächtlich. „Ihr Jülicher seid uns in der Vergangenheit nicht immer willkommen gewesen", bemerkte er abschätzig.

Mathäus zuckte die Achseln. „Ich erwarte kein Empfangskommando. Dürfen wir jetzt passieren?"

Der Offizier nickte säuerlich. „Sobald Ihr mir Brust und Rücken gezeigt habt."

„Wozu um alles in der Welt soll denn das gut sein?"

„Er will sich davon überzeugen, dass wir keine Pestbeulen haben", flüsterte Heinrich.

Mathäus setzte an, dem Offizier ein paar Verwünschungen entgegenzuschmettern, doch Heinrichs besänftigender Blick ließ ihn innehalten. Mit schnellen Bewegungen öffneten die Männer ihre Wämse und drehten sich mehrmals um ihre eigene Achse.

„Nun?", fragte der Dorfherr ungeduldig. „Zufrieden?"

„Ihr dürft passieren."

„Zu gütig."

„Aber der Köter, der kann nicht mit rein."

„Wie?" Diesmal war es Heinrich, der beinahe die Fassung verlor.

„Keiner weiß, was den Schwarzen Tod verursacht. Wer sagt mir, dass es nicht große, schwarze Köter sind?"

„Ich sage das!"

Fast augenblicklich begann Chlodwig fürchterlich zu grollen und baute sich vor dem Soldaten auf. Drohend hoben sich die Lefzen des Tieres.

„Pfeift ihn zurück", befahl der Bedrohte und fummelte nervös am Lederriemen seines Helmes, „sonst lass ich ihn von meinen Armbrustschützen erlegen."

„Vorher hat er Euch dreimal an der Gurgel gepackt", prophezeite Heinrich.

„Verdammt, pfeift ihn zurück!"

„Würde ich ja gerne tun", behauptete Heinrich mit unschuldiger Miene, „aber Ihr habt ihn so enttäuscht, dass er mir nicht gehorchen würde."

Der Offizier warf seinen Leuten am Haupttor einen Hilfe suchenden Blick zu, doch die waren derweil mit anderen Dingen beschäftigt.

„Na schön, meinetwegen darf er rein", knurrte er. „Sieht ja ganz gesund aus, das Viech."

Heinrich stieß einen leisen Pfiff aus. Chlodwig sah seinen Herrn fragend an und watschelte schwanzwedelnd auf ihn zu. „Stell dir vor, du darfst mit", teilte ihm dieser mit übertriebener Seligkeit mit.

„Auch wenn's täuscht, das Viech ist kein Mensch", raunte Mathäus dem grimmig dreinblickenden Offizier zu.

„Was Ihr nicht sagt."

Die Männer bestiegen erneut ihre Pferde, überquerten die hölzerne Brücke des Wassergrabens und ritten durch das Kölntor in die Stadt.

Thusnelda und Julius wurden einem alten Pferdeknecht in Verwahrung gegeben, den der Dorfherr im Voraus bezahlte.

Nachdem Mathäus den Knecht über die Launen und Eigenschaften seines Gauls unterrichtet hatte – niemand sollte hinterher behaupten, er sei nicht gewarnt worden -, machten sich die beiden Männer auf den Weg in die Innenstadt. Chlodwig folgte ihnen wie ein Schatten.

Die vorübereilenden Menschen schenkten ihnen kaum Beachtung, was Mathäus ein wenig befremdlich fand. Schließlich war er es gewohnt, dass ihn die Leute der Herrschaft fast ehrfurchtsvoll begrüßten, wenn sie ihm auf der Straße begegneten. Andererseits fand er, dass diese Anonymität seine Vorzüge hatte.

Sie erreichten die innere Stadtmauer und gelangten durch das Kölnmitteltor ins Zentrum der Stadt. Hier pulsierte ein Leben, das die beschauliche Ruhe in Merode, an die Mathäus sich längst gewöhnt hatte, auf drastische Weise zu verhöhnen schien. Gleich der Betriebsamkeit in einem Bienenkorb schwirrten Menschen umher, alte und junge, Männer und Frauen, beflissene Handwerksburschen und um Almosen flehende Bettelleute, Händler mit ihren quietschenden Karren und Soldaten auf der Suche nach Huren und anderen Vergnügungen. Alle riefen und schwatzten und schimpften, rannten oder humpelten, lachten und fluchten, intonierten, jauchzten. Von irgendwoher war auch der Gesang von Spielleuten zu vernehmen.

„Fast wie in deinem Dorf", spottete Heinrich grinsend.

„Wärst du nicht mein Freund, würde ich jetzt sagen: Klappe halten!"

Als sie den Marktplatz erreichten, auf dem es erst recht von Menschen wimmelte, staunten sie über das neuerrichtete Rathaus, das sich in all seiner Pracht vor ihren Augen erhob. Hier und dort bedeckten noch hölzerne Gerüste die Fassade, wo eine Schar von Steinmetzen ihrer Arbeit nachging.

„Sie fertigen Standbilder an", stellte Mathäus bewundernd fest und dachte an den Lindenklotz, dessen derzeitiges Aussehen an alles Mögliche erinnerte, bloß nicht an die Jungfrau Maria und das Jesuskind.

„Standbilder der Könige und Kaiser", ergänzte Heinrich. Seine Stirn legte sich in Falten.

Mathäus klopfte dem Freund die Schulter. „Was geht das uns an? Später scheißen dann die Vögel darauf. Komm, suchen wir eine Unterkunft. Gasthäuser gibt's ja zum Glück mehr als genug hier."

Heinrich schüttelte den Kopf. „Such du dir ruhig ein Quartier. Ich habe nicht vor, dir weiter auf der Tasche zu liegen. Außerdem bin ich hierhergekommen, um etwas in Erfahrung zu bringen."

„Das fehlte noch, dass du auf der Straße nächtigst."

„Warum nicht? Da nächtigen Chlodwig und ich häufig."

„Heute nicht. Und deine Nachforschungen haben ja wohl auch noch bis morgen Zeit."

„Ach Mätthes, warum machst du dir Sorgen? Ich weiß schon, wie ich -"

„Nein!" Mathäus packte den Freund am Kragen. „Solange wir gemeinsam unterwegs sind, wirst du tun, was ich dir sage. Mein bester Freund wird die Nacht nicht im Dreck verbringen, kapiert?"

„Jawohl, Dorfherr", stammelte Heinrich erstaunt. „Obwohl du es warst, der sich mir angeschlossen hat und nicht etwa umgekehrt."

„Prügelt Euch woanders!", grunzte ein vorüber hastender Büttel streng.

„Halt die Klappe!", blaffte Mathäus zurück.

Ein Blick auf Chlodwig, und der Büttel entschied, es dabei zu belassen.

Mathäus löste seinen Griff vom Wams des Freundes. Deutete auf ein großes Haus, das dem Rathaus auf der anderen Seite des Marktplatzes fast direkt gegenüberlag. Über dem Eingang prangte ein geschwungenes Schild aus Metall. *Zum Schwan* war dort in goldfarbenen Lettern zu lesen.

„Sieht recht ansprechend aus, dort werden wir einkehren", erklärte er. „Anschließend wirst du mich begleiten, wenn ich mir einen lange gehegten Wunsch erfülle."

„Und der wäre?"

„Einmal in meinem Leben will ich das berühmte Königsbad aufsuchen. Nach dem anstrengenden Ritt stinke ich wie eine Wildsau und du nicht minder. Ein Bad wird uns gut tun."

Der *Schwan* war eine eher vornehme Herberge, in der vor allem wohlhabende Pilger bewirtet wurden. Der Wirt hob abwehrend die Hände, als Mathäus und Heinrich, besudelt mit Straßenstaub und gefolgt von einem Monstrum, die Schankstube betraten. Erst nachdem Mathäus sich als zahlungskräftig erwies, beruhigte er sich. Und als eine Münze klingend auf dem Schanktisch landete, erklärte er sich auch noch einverstanden, der Dogge das Quartier nicht zu verwehren. Mathäus und Heinrich brachten Chlodwig also in das kleine, aber saubere Zimmer im Obergeschoss, das der Wirt ihnen zur Verfügung stellte, ließen ihn hier mit einigen warmen Worten zurück und machten sich auf den Weg zum Königsbad. „Dorthin können wir dieses Kalb nun wirklich nicht mitnehmen", erklärte Mathäus dem Freund, der sich nur ungern von dem Tier trennte.

„Kein Mensch!", nickte Heinrich.

Angekommen, wurden sie von einem Diener sogleich in die Vorhalle geleitet, wo ein feister, schnauzbärtiger Badewirt lustlos auf einer Bank hockte und den Eintretenden fordernd eine geöffnete Pranke entgegenstreckte. Nachdem Mathäus ihn bezahlt hatte, führte ein weiterer Diener sie durch einen Torbogen in die Badehalle, wo den Männern angenehmer Wassergeruch in die Nase kroch. Der Diener deutete auf die Bänke entlang der hohen Seitenwände. „Entkleidet Euch dort", wies er sie an.

Mathäus ließ seinen Blick schweifen. In der Mitte des Saales befand sich, eingelassen in den Boden, das große Thermalbecken, in das man von allen Seiten über breite Stufen hinabsteigen konnte. Im Becken herrschte alles andere als entspannte Ruhe; manche der Badenden planschten wie ertrinkende Katzen, ruderten wie wild mit den Armen, und ihr Jauchzen schallte von den steinernen Wänden wider. Aber nicht das war es, was Mathäus stutzig machte. Er stieß seinen Freund an.

„Die baden ja alle ... nackend", stammelte er ungläubig.

Heinrich sah ihn verständnislos an. „Was hast du erwartet? Dass man in Pelze gehüllt wird, bevor man ins Wasser steigt?"

„Nein, aber -" Mathäus schluckte. „Da sind auch Frauen im Becken."

„Wie du wissen dürftest, gefiel es deinem Gott in seiner Allmacht, gleich zwei Geschlechter zu erschaffen", sagte Heinrich. „Was stören dich ein paar nackte Weiber? Es war dein Wunsch hierherzukommen, also lass uns die Kleider ablegen und ins Wasser steigen."

Sie entkleideten sich. Heinrich schritt voran. Mathäus folgte ihm, seine Blöße mit einer Hand schamhaft bedeckend, während er mit der anderen verlegen seinen Oberarm kratzte. Sie stiegen die Stufen zum Becken hinab. Das laue Wasser reichte ihnen bald bis zu den Hüften. Sie begaben sich in Hockstellung, sodass das Wasser ihnen nun buchstäblich bis zum Halse stand.

„Hattest Recht, ich habe mich selten so gut gefühlt", bekundete Heinrich mit wohliger Stimme.

Mathäus indessen fühlte sich trotz der Erfüllung seines lange gehegten Wunsches unwohl. Er beobachtete die Paare, die am Beckenrand Platz genommen hatten und dort nicht nur Unmengen von Wein tranken und sich küssten, sondern sich im Rausch der Sinne für jedermann sichtbar unzüchtig berührten. Doch niemand schien sich daran zu stören, Heinrich eingeschlossen.

„Die befummeln sich", stellte Mathäus heiser fest.

„Sind ja auch nicht in der Kirche hier", antwortete Heinrich mit einer unverhohlenen Portion Schadenfreude.

Mathäus dachte an Johannes, den Pfarrer der Herrschaft. Wie oft schon hatte der gegen die Sünden der Fleischeslust gepredigt, wie oft schon gegen die zunehmende Sittenlosigkeit gewettert als Zeichen des herannahenden Weltenendes. Moses, der Kaplan von Burg Merode, war da anders geartet. Zwar befürchtete bekanntlich auch er, der Jüngste Tag sei nicht mehr weit, war aber schon im eigenen Interesse der festen Überzeugung, dass Gott den Menschen jene Sünden verzieh, die durch den Drang der Natur hervorgerufen wurden. Mathäus hatte sich zu diesen Fragen eine eigene Meinung gebildet. Natürlich wollte Gott, dass Mann und Frau sich liebten, doch diese Liebe musste ein göttliches Geschenk sein, legitimiert durch den Ehebund, sie durfte nicht durch Scham- und Zügellosigkeit entweiht werden. Mathäus' Liebe galt einzig und allein Jutta, und er konnte sich schwerlich vorstellen, jemals eine andere Frau in seinen Armen zu halten.

„Wen haben wir denn da?", hauchte da eine verführerische Stimme hinter ihm.

Verstohlen sah Mathäus sich um. Die Stimme gehörte einer vollbusigen Schönheit, die mit klappernden Wimpern auf ihn herabschaute und die Arme in ihre prallen Hüften stemmte. Strähnen ihres rotgelockten Haares fielen ihr wild ins Gesicht.

Mathäus räusperte sich. „Ich -"

„Auch noch schüchtern, was?" Die Frau trat einen Schritt näher und befand sich nun unmittelbar neben ihm. Er starrte hilflos auf den Bauchnabel vor seinen Augen.

„Mir schwant nichts Gutes", murmelte Heinrich, der die Szene beobachtete. Eine Hand der Rothaarigen strich bereits durch Mathäus' kastanienbraunes Haar.

„Was soll das?", knirschte dieser unwillig.

„Wirst es gleich sehen, Süßer. Und bitte, sag Venus zu mir. So nennen mich alle, die ich schon beglückt hab." Sie zog seinen Kopf zu sich heran, doch mit einer platschenden Bewegung befreite Mathäus sich aus dem Griff der Amazone.

„Lass mich in Ruhe!", fauchte er.

Die Brüskierte wandte sich stirnrunzelnd an Heinrich. „Was ist denn mit dem los?"

„Tja … er mag wohl keine roten Haare."

„Sowas. Und wie sieht's bei dir aus? Magst *du* rote Haare?"

„Nun, was soll ich sagen? Rot ist rot, mein Täubchen. Es gibt wahrlich tristere Farben."

„Wäre schwarz dir lieber? Komm morgen wieder, dann bin ich schwarz", versprach sie.

Heinrich sah, wie der Freund in gehockter Haltung zum Beckenrand watschelte, wo er rasch hinausstieg und die Bank mit seiner Kleidung aufsuchte. Triefnass, wie er war, begann er sich hastig anzukleiden.

Heinrich warf der Rothaarigen einen vielsagenden Blick zu. „Mein Freund hat einen schlechten Tag, Venus. Versuch's besser bei jemand anderem", schlug er vor und folgte dem Freund.

„Komische Vögel", kommentierte Venus den Abgang der beiden kopfschüttelnd.

„Schon genug?", fragte der Badewirt gelangweilt, als Mathäus und Heinrich an ihm vorbeihuschten.

Mathäus blieb stehen, um dem Badewirt eine passende Bemerkung an den Kopf zu schmettern. „In Sodom bekamen sie nie genug", hob er an, aber Heinrich packte ihn bei den Schultern und schubste ihn sanft voran.

„Was ist mit ihm?", erkundigte sich der Badewirt.

Heinrich dämpfte seine Stimme. „Er hat … er ist … ach, Ihr wisst schon", sagte er geheimnisvoll.

„Und das schon in seinem Alter?", fragte der Badewirt mitleidig. „Es gibt Pillen gegen nachlassende Manneskraft. Wenn Ihr wollt, verkaufe ich Euch welche."

Heinrich seufzte. „Vergesst es." Er folgte seinem Freund nach draußen.

„Ich wollte ein Badehaus aufsuchen, kein Freudenhaus", trompetete Mathäus.

„So beruhig' dich doch. Wusstest du denn nicht, dass -?"

„Ich bin weiß Gott nicht prüde!"

„Nein, weiß Gott nicht."

„Aber was zu viel ist, ist zu viel. Ich sollte eine Beschwerde beim Rat der Stadt einreichen."

„Nun ja, wie du sicherlich bemerkt hast, sind die Sitten in der Stadt etwas anders als auf dem Lande."

Mathäus' Brustkorb hob und senkte sich unter schweren Atemzügen. Reglos starrte er vor sich hin. „Bin ich weltfremd geworden, Hein?", fragte er schließlich leise.

„Tja, ein bisschen vielleicht. Das bringt das Leben im Dorf wohl so mit sich. Du solltest öfter mal wieder hinaus in die Welt."

Mathäus lächelte zaghaft. „Ja, vielleicht. Vielleicht sollte ich aber auch einfach in Merode bleiben und dort dem Jüngsten Gericht entgegen harren."

„Möglich, dass du da lange warten musst", sagte Heinrich. „Übrigens wundere ich mich, dass du auf Frauen diesen unwiderstehlichen Reiz auszuüben scheinst."

„Blödsinn."

„Venus kam zuerst zu dir. Offenbar hast du mir den Rang abgelaufen. Denn früher war das umgekehrt. Du alter Schwerenöter!"

„Du alter Schwätzer!"

Sie machten sich auf den Rückweg, um im *Schwan* ihr Abendmahl einzunehmen.

11

Die letzten Sonnenstrahlen des Tages verliehen dem Wald, der sich wie ein schützender Wall um Merode erhob, geheimnisvollen Glanz. Die Bauern und Knechte hatten ihre Tätigkeit auf den Feldern für heute eingestellt; nach den schweißtreibenden Erntearbeiten gönnten viele sich nun einen Abendtrunk im *Carolus Magnus*. Noch immer war der Mord an Anna in aller Munde, und das Ultimatum, das Paulus und Mathäus ausgehandelt hatten, war längst von den Schergen des Burgvogts bekannt gemacht worden. Paulus hatte damit die allgemeine Ungeduld schüren wollen, doch zu seinem Unmut musste er feststellen, dass die meisten Dorfbewohner dies eher gelassen zur Kenntnis nahmen. Mehr noch, mancher gelangte zu der Überzeugung, dass das Warten dem Mörder unsägliche Qualen bereitete, dass der bloße Gedanke an Folter, Schmerz und Tod ihm wie ein glühendes Eisen in der Seele brennen musste und daher einen nicht geringen Teil der Sühne ausmachte. Einen Henker hatte man immer noch rasch herbeigerufen.

Umstrittener war das Vorhaben des Wolfsbauern und seiner Frau, den Leichnam ihrer Tochter nicht auf dem Friedhof in Dhorn zu beerdigen, sondern hinter ihrem Haus. Der Gemeindepfarrer wetterte seit Jahren gegen diese Unsitte, doch noch längst nicht waren alle seine Schafe bereit, mit den Traditionen zu brechen und die verstorbenen Familienmitglieder fernab ihres Heimes zu wissen. Aus diesem Grund hatte der Pfarrer dem Wolfsbauern und seiner Frau die Weihe des bereits ausgehobenen Grabes verweigert. Für die leidgeprüften Eltern stellte dies jedoch keine Schwierigkeit dar, wussten sie doch, dass Moses, der Kaplan von Burg Merode, den Segen dafür umso eifriger erteilen würde.

Während die Bauern im *Carolus Magnus* über solcherlei Angelegenheiten debattierten, plagte sich die alte Hebamme Sibylle mit ganz anderen Sorgen. Ihre Gelenke schmerzten höllisch, dennoch musste sie die letzte Helligkeit des Tages nutzen, um ihren Korb mit Kräutern und Heilpflanzen zu füllen, war doch der genaue Zeitpunkt des Sammelns bestimmter Gewächse von eminenter Wichtigkeit. Dunkelheit konnte ihrer Wirkung ebenso abträglich sein wie sengende Mittagshitze. Auch die Phasen des Mondes galt es zu berücksichtigen. Aber wer wusste das noch außer der alten Sibylle, die es wiederum von ihrer heilkundigen Mutter gelernt hatte.

Die Hebamme stöhnte auf vor Schmerzen. Das Rheuma in ihren Knochen stach und bohrte; sie blieb stehen, um zu verschnaufen. Ihr Blick wanderte vom Waldsaum hinab ins Dorf, das spätestens in einer Stunde im Mondschein liegen würde. Nur in der Burg der hohen Herren von Merode, da würde noch eine Zeitlang Licht flackern hinter den Fensteröffnungen. So war es immer schon gewesen, Sibylle konnte das beurteilen. Denn seit ihrer Kindheit bewohnte sie das kleine Haus am Waldrand, das einst die Köhlerhütte ihres Vaters gewesen war. Natürlich waren ihre Eltern schon seit Jahrzehnten tot, und Sibylle war das letzte lebende Mitglied ihrer Familie. Sie hatte nie geheiratet - was aber nicht bedeutete, dass sie nie geliebt hätte. Doch Jakob, ihren Geliebten, hatte eines Tages die Schwindsucht dahingerafft. Womöglich hatte dieser Schmerz sie vor noch größerem Schmerz bewahrt, denn als Sohn eines recht wohlhabenden Bauern hatte Jakobs Liebe zu ihr ohnehin geheim bleiben müssen. Vielleicht hätte der Herr von Merode einer Verheiratung sogar zugestimmt, niemals aber Jakobs Vater: Die Schwiegertochter das Kind eines ungehobelten Köhlers? Undenkbar!

Sibylle seufzte schwermütig. Vor ihr erstreckte sich das Getreidefeld, wo sie Jakob als junges Mädchen bei der Arbeit beobachtet hatte. Meistens hatte sie in einem Gebüsch am nahen Waldrand gehockt und mit gierigen Augen den entblößten muskulösen Oberkörper des jungen Mannes bewundert. Ach, wie sehr hatte sie ihn begehrt.

Nun huschte doch ein müdes Lächeln über das faltige Gesicht der alten Hebamme. Die Freuden des Fleisches, sie lagen eine Ewigkeit zurück. Und nun plagte sie der Rheumatismus bereits im Hochsommer. Sie würde auch für sich selbst ein paar Kräuter suchen müssen. Aus Gänse-Fingerkraut würde sie sich einen Sod aufbrühen. Aber zunächst galt es Ausschau halten nach Weißdorn und Taubnesseln, nach Wundklee und nach Hirtentäschel. Denn nur Hirtentäschel taugte als Wehenmittel und vermochte Gebärmutterblutungen nach der Geburt zu stillen.

Wie immer, wenn sie Kräuter sammelte, ließ Sibylle ihre Gedanken in die Vergangenheit schweifen. Ach, wie hatten die Zeiten sich doch verändert, nichts war mehr wie früher. Viele Dörfler vertrauten nicht mehr auf ihre Heilkünste, sondern riefen einen Quacksalber aus der Stadt herbei, wenn sie krank wurden. So wie erst kürzlich dieser Bauer vom Hahndorn, Ludwig, dem sie einst mit ihren eigenen Händen in diese Welt geholfen hatte. Den sie als Knaben von einem hässlichen Hautausschlag befreit hatte. Dessen Schulter sie mindestens zwei Mal wieder eingerenkt hatte. Und das war nun der Dank. Aber sie hatte es damals schon gewusst: Dieser Knabe besaß das Gesicht eines Verbrechers. Recht behalten hatte sie. Verlieh Geld, der Ludwig, und nahm Zinsen, wie ein Jude. Geld! Was es aus dem Menschen machte! Doch Verbrecher von Ludwigs Sorte wurden ja längst nicht mehr zur

Rechenschaft gezogen. Vielleicht hatte letztlich doch der Allmächtige seine strafende Hand im Spiel, wenn er dem Kranken einen Quacksalber schickte, der nicht anderes wusste, als ihn mit sinnlosen Aderlässen zu peinigen.

Ja, früher war alles anders gewesen. Da hatten selbst die hohen Herren von Merode ihre Hilfe gesucht. Ohne sie wäre der inzwischen zur Legende gewordene Werner schon im zarten Kindesalter aus dieser Welt geschieden. Hatte beim Sturz von einem Baum schwerste Verletzungen erlitten. Als nach zwei Tagen heftiges Wundfieber auftrat und der junge Werner dem Tod näher war als dem Leben, ließen die verzweifelten Eltern das Kräuterweib herbeirufen. Eine ganze Woche lang kämpfte Sibylle mit Tinkturen gegen das Fieber und mit Wundumschlägen aus Kräutern gegen den herannahenden Sensenmann. Und siehe, der Sensenmann musste den Kampf letztlich verloren geben. Man stelle sich vor, der junge Werner wäre damals gestorben – niemals wäre ihm der heilige Matthias erschienen, niemals wäre es zu der Klostergründung im Wald gekommen. Wussten die frommen Mönche auf Schwarzenbroich überhaupt, wem sie diese Gründung am Ende in Wahrheit verdankten? Wohl nicht, denn noch nie hatte einer der Kreuzherren bei dem Kräuterweib vorgesprochen und sich bedankt. Eigentlich erwartete sie das auch nicht. Von der Menschheit, der Geistlichkeit eingeschlossen, hielt sie sowieso nicht mehr viel. Vielmehr beschäftigte sie der Gedanke, ob Werner, der fünfte Meroder seines Namens, heute noch lebte, wäre er daheim gewesen, als ihn später diese rätselhafte Krankheit ereilte. Bestimmt hätte sie ihm helfen können, davon war sie überzeugt. Aber Werner weilte fern seiner Burg in Köln, wo er dann auch starb. Sibylle schauderte bei der Vorstellung, wie die städtischen Ärzte ihn wohl behandelt haben mochten.

Die Sammlerin linste in ihren Korb. „Für heute reicht's", murmelte sie. Das nachlassende Tageslicht und ihre einge-schränkte Sehkraft ließen ihr ohnehin keine andere Wahl. Für einen Moment kamen ihr die Weissagungen der Auguren in den Sinn. Stand der Weltuntergang unmittelbar bevor? War das schmerzhafte Bücken und Zupfen überhaupt noch der Mühen wert? War das Kurieren und Lindern von Krankheiten und Gebrechen nicht sinnlos, wenn bald die Posaunen des Ge-richts erklangen? Der gewaltsame Tod der jungen Anna – wa-ren die Boten des Bösen bereits unterwegs, um zu ernten, was es noch zu ernten gab? Und der Schwarze Tod, der die Welt in Schrecken versetzte, war er eine der vorausgehenden Plagen?

Ein Knacken im Unterholz ließ sie aufhorchen. Schwerfäl-lig drehte sie sich um und bemühte ihre alten Augen. Irgend-wo flatterte ein großer Vogel davon.

Erneut das Knacken.

Ein Tier, dachte Sibylle. Wieder begannen ihre Gelenke zu pochen. Wie verschwommen nahm sie einen Schatten wahr. „Wer da?", sagte sie schroff.

Schweigen. Dann wieder das Knacken. Der seltsame Schat-ten bewegte sich langsam auf sie zu. Die Hebamme blinzelte mit den Augen.

„Gib dich zu erkennen, wenn du kein Halunke bist!"

Ein schauerliches Knurren war die Antwort. Ein Knurren, das Sibylle das Blut in den Adern gefrieren ließ. Und der Schatten kam näher.

„Hinfort mit dir!", rief Sibylle. Ihre Stimme begann zu zit-tern. „Hast du nicht gehört?"

Der Schatten gehorchte nicht. Das Knurren wurde so laut, bis es wie ein dumpfes Grollen aus den tiefsten Abgründen der Hölle klang. Sibylle wollte zurückweichen, doch ihre müden Beine versagten ihr den Dienst. Entsetzt starrte sie auf die dunkle Gestalt, die sich vor ihr in all ihrer Größe aufbaute. Zwei zottige Arme reckten sich drohend in die Höhe.

Sibylles Herz drohte auszusetzen. Endlich erkannte sie das Wesen, aus dessen Kehle jene grauenerregenden Töne drangen. Es war ein Dämon!

Sibylle wollte schreien, doch Angst lähmte ihre Stimme. Bei Gott, ein Dämon aus der Unterwelt, ein Bote Luzifers, des gefallenen Erzengels. Sie sah die großen Augen, den behaarten Leib, die gebleckten Zähne des Höllendieners. Sie roch den schauderhaften Gestank, der von ihm ausging. Vor allem aber spürte sie seine unerträgliche Nähe.

Endlose Augenblicke verstrichen. Sibylle schnappte nach Luft. Der Korb mit den Pflanzen und Kräutern war ihr aus den Händen gefallen. Vergessen waren mit einem Mal die Leiden ihres zitternden Körpers. Sie spürte, wie das Gefühl der Ohnmacht einem Instinkt wich. Endlich löste sich ein heller Schrei aus ihrer Kehle. Auch ihre Beine spürte sie wieder. So schnell sie konnte, humpelte sie davon, weg, nur weg von diesem Ort des Grauens.

12

Am Morgen darauf frühstückten Mathäus und Heinrich in der Schankstube des *Schwan*. Der Wirt tischte ihnen helles Brot und Käse auf, wobei er einen scheelen Blick auf Chlodwig warf, der es sich unterm Tisch bequem gemacht hatte. Ob des großzügigen Trinkgeldes, das Mathäus dem Wirt gegeben hatte, verbiss dieser sich den Protest.

„Habt Ihr auch einen Leckerbissen für meinen kleinen Liebling, Herr Wirt?", fragte Heinrich.

„Kleinen … Äh, sicher." Nach ein paar Augenblicken kehrte der Wirt mit einem Markknochen zurück. Freudig machte sich Chlodwig darüber her.

„Wohlan, wie gehen wir heute vor?" Mathäus faltete seine Hände über dem Tisch.

„Wir?"

„Ja, wie sollen wir Johanna ausfindig machen?"

Heinrich kratzte sich an der Nase. Mit großen Augen sah er den Freund an. „Nimm's mir nicht übel, Mätthes, aber ich will das alleine erledigen!"

„Ich könnte dir bei der Suche doch helfen."

„Nein!" Heinrich schüttelte den Kopf. „Es ist meine Sache, mein Schmerz. Ich muss allein damit fertig werden. Und vor allem will ich nicht, dass jemand mein wutverzerrtes Gesicht sieht, wenn ich feststelle, dass sie einen eitlen Pfau geheiratet hat."

„Du wirst dich doch hoffentlich nicht zu irgendeinem Unsinn verleiten lassen? Wenn du einem Ratsherrn an den Hals gehst, verbringst du die nächsten Nächte in einem Kerkerloch."

Heinrich lächelte gequält. „Ich kann mich beherrschen. Werde sie nur beobachten, sonst nichts. Sie wird es nicht einmal merken, also bleib entspannt, mein Freund."

„Ach, Hein, was bezweckst du bloß damit? Warum quälst du dich so?"

„Ich muss wissen, ob es ihr gut geht!" Heinrichs Stimme hatte etwas Endgültiges. Mit hartem Blick gab er dem Freund zu verstehen, dass er nicht weiter darüber zu sprechen wünschte.

Schweigend verzehrten sie ihr Frühstück. Nur das Krachen des Knochens, den Chlodwig zermalmte, zerschnitt die angespannte Stille.

„Ich möchte dich um etwas bitten, Mätthes", sagte Heinrich nach einer Weile.

Mathäus zwang sich zu einem Lächeln. „Du darfst mich um alles bitten. Das weißt du doch."

„Es geht um Chlodwig. Kannst du ihn heute mit dir nehmen?"

„Ich?"

„Er mag nicht den ganzen Tag alleine sein. Und heute kann ich ihn beim besten Willen nicht in meiner Nähe gebrauchen."

„Tja, wenn ich dich schon nicht begleiten darf, da wollte ich mir eigentlich die Stadt ansehen."

„Chlodwig wird dir folgen und gehorchen."

„Ach was?"

Der Hund lugte unter der Tischplatte hervor, gähnte und legte eine Pranke auf das Knie des Dorfherrn. Der tätschelte vorsichtig seinen riesigen Schädel. „Na schön", brummte er.

„Danke. Und heute Abend treffen wir uns hier wieder."

Immer noch bevölkerten Hunderte von Pilgern die Stadt, obwohl das Zeigen der Reliquien längst stattgefunden hatte und die Heiligtumsfahrt für beendet erklärt worden war. Erst in sieben Jahren würde man den Gläubigen die Heiligtümer erneut vorzeigen, doch nur Gott allein wusste, wer von all diesen Menschen dann noch am Leben sein würde. Ob die Welt dann überhaupt noch existierte? Mathäus spürte die Furcht dieser Menschen, die Furcht vor dem herannahenden Schwarzen Tod, der womöglich das Ende der irdischen Welt ankündigte. Er spürte das Bedürfnis der Leute, ihre Seelen zu erleichtern, um sündenfrei vor den Herrgott zu treten. Vielleicht konnten ja Blicke auf das Kleid der Gottesmutter oder auf die Windeln des Heilands einen Ablass bewirken. Die Geistlichen des Marienstifts hatten vor Wochen ernsthaft erwogen, die Heiligtumsfahrt zu verlängern, die Krönung Karls IV. aber hatte solcherlei Pläne vereitelt. Die Sicherheit des Königs hätte in einer Stadt voller erregter Menschen nicht gewährleistet werden können. Zahlreiche Pilger waren dennoch geblieben, und noch immer trafen Nachzügler ein.

Mathäus stand auf dem Münsterplatz und betrachtete nachdenklich die Menschenmenge, die in den Dom drängte. Chlodwig hatte neben ihm Platz genommen. Mit umständlichen Bewegungen kratzte er sich an den Ohren.

„Wollt Ihr ein Pilgerhorn kaufen?" Eine bucklige Frau stand vor dem Dorfherrn und streckte ihm ein gebogenes Widderhorn entgegen. Ein weiteres Dutzend Hörner hing schwer über dem gebeugten Rücken der Frau, in deren Mund noch ein einziger Zahn leuchtete.

Mathäus zückte seinen Geldbeutel und bezahlte das Horn. Als die Händlerin wieder verschwunden war, verschenkte er es an einen pockengesichtigen Knaben, der bettelnd auf einer Mauer kauerte. Dann sah er Chlodwig streng an und hob drohend einen Finger. „Du bleibst hier sitzen, verstanden?"

Chlodwig leckte schmatzend sein Maul.

Mathäus reihte sich in die Menge derer ein, die in den Dom drängten. Nach einer Weile fand er sich im Oktogon der Pfalzkapelle wieder, wo trotz des Andrangs ehrfurchtsvolles Schweigen herrschte. Er bewunderte die prächtigen Schreine, die kostbaren Figuren und die mächtigen Säulen. Über alldem schwebte erhaben das himmlische Jerusalem in Form eines riesigen Kronleuchters, den Kaiser Barbarossa einst dem Stift vermacht hatte. Auf dem oberen Umgang des Oktogons war der marmorne Thron der deutschen Könige zu erkennen, auf dem jeder Herrscher für die Dauer eines Vaterunsers gesessen haben musste, um für das Königtum legitimiert zu sein. Noch vor kurzem hatte dort der junge Karl gethront, und Mathäus bedauerte, dass er nicht Zeuge dieses historischen Augenblicks hatte sein können. Nicht ohne Neid hatte er Rikalts begeisterter Schilderung gelauscht. Gleichwohl war er sich darüber im Klaren, dass er als bürgerlicher Dorfherr eines entfernten Kuhdorfs hier fehl am Platz gewesen wäre.

„Ein Pestkranker!", hallte eine helle Stimme durch den Dom.

Mathäus erhaschte einen Blick auf den Rufer, der in seiner unmittelbaren Nähe stand: der sommersprossige, grinsende Knabe machte sich jedoch augenblicklich aus dem Staub. Mit der Ruhe zwischen den heiligen Wänden freilich war es nun vorbei. Die Leute schrien und fuchtelten, drängelten voller Panik durch das große bronzene Portal nach draußen, wo sie auf die Front der Wartenden prallten.

„Ruhig bleiben, Leute", rief Mathäus, „jemand hat sich einen schlechten Scherz erlaubt!"

Niemand hörte auf ihn. Der Dorfherr half zwei älteren Frauen, die der Mob niedergetrampelt hatte, wieder auf die Beine. Endlich trat er wieder ins Freie. Die Menschen hasteten in alle Richtungen. In der Mitte des Platzes aber saß wie ein Fels in der Brandung Chlodwig, der das Durcheinander um ihn herum unbeeindruckt verfolgte.

Mathäus seufzte und schritt auf das Tier zu. „Auf, wir gehen", bestimmte er nachdenklich. Der Schwarze Tod war in den Köpfen der Menschen allgegenwärtig. „Deine Gleichgültigkeit ist wirklich erschreckend, Hund!"

Chlodwig wedelte mit dem Schwanz, als sei er soeben tüchtig gelobt worden. Sie flanierten durch die Gassen der Innenstadt, und Mathäus bewunderte die Fachwerkbauten, die sich links und rechts von ihm in die Höhe streckten. Zahlreiche Handwerker hatten hier ihre Werkstätten, auch Gold- und Silberschmiede boten ihre Waren an.

„Wie wär's mit einem Ring für die Liebste?", sprach ihn ein junger Mann an, der mit verschränkten Armen vor der Tür seines Ladens stand. Sein Lächeln war durchaus gewinnend.

Jutta! Mathäus rieb sein Kinn. Warum war er selbst noch nicht darauf gekommen? Er befahl Chlodwig barsch, sich zu setzen und folgte dem jungen Goldschmied in den Laden. Der präsentierte ihm wortreich sein Sortiment wertvoller Schmuckstücke, die Mathäus fast den Atem raubten. Nicht oft hatte er so viel Glanz auf einen Haufen gesehen. Er griff nach einem Ring, in dessen Fassung ein rotes Steinchen eingearbeitet war, steckte ihn an seinen kleinen Finger.

„Was soll der kosten?", fragte er.

„Sechs Gulden, nur für Euch, versteht sich."

Mathäus wurde blass. „Sechs Gulden? Das kann nicht Euer Ernst sein."

Der Goldschmied holte tief Luft. „Wo kommt Ihr her, werter Herr?", fragte er geduldig.

„Ich? Aus Merode."

Der andere runzelte die Stirn. „Merode? Wo soll das sein? Am Arsch der Welt?"

Mathäus verschluckte eine ärgerliche Bemerkung.

„Ihr habt die einmalige Gelegenheit, etwas Glanz in Eure Heimat zu bringen", fuhr der Goldschmied fort, „Eure Liebste wird mit diesem Ring wie eine Königin sein."

„Meine Liebste ist auch ohne diesen Ring wie eine Königin", raunzte Mathäus, während er fahrig den Ring von seinem Finger zog. „Und außerdem scheint Ihr mich für Krösus zu halten. Habt Ihr nichts in Silber?"

„Natürlich!" Mit etwas weniger Enthusiasmus kramte er eine weitere Kiste hervor. Doch die Schmuckstücke, die er vor dem Dorfherrn ausbreitete, waren wie ein fahler Abglanz zu den vorher Gezeigten. Mathäus schielte zu jenem Goldring hinüber, den der Goldschmied wohl aus Berechnung noch nicht weggeräumt hatte.

„Vier Gulden!", sagte er plötzlich.

Der andere hob den Kopf. „Wie?"

„Vier Gulden für den Ring mit dem Edelstein. Und keinen Pfennig mehr."

„Ihr wollt mich ruinieren."

Mathäus zuckte mit den Achseln und bewegte sich zur Tür. „Dann eben nicht."

„Wartet! Vier Gulden, abgemacht!"

Mathäus kramte triumphierend seinen Geldbeutel hervor. „Na, wer sagt's denn."

Der Goldschmied packte das Schmuckstück in eine Schachtel und reichte sie dem Dorfherrn. „Ich muss verrückt sein", sagte er kopfschüttelnd.

Lächelnd schob Mathäus die Geldstücke über den Ladentisch. „Ich hoffe, Ihr müsst deswegen am Hungertuch nagen."

Mit einem freundlichen Gruß verließ er den Laden. Hinter ihm kratzte der Goldschmied grinsend das Geld vom Tisch.

„Diese Städter halten mich wohl für dumm", sagte Mathäus zu Chlodwig. „Aber nicht mit mir! Du dagegen würdest dich bestimmt übers Ohr hauen lassen, Hund – wenn du ein Mensch wärst. Ich darf gar nicht daran denken."

Ihr müßiger Rundgang durch die Stadt der Karolinger führte sie schließlich auf den Katschhof hinter dem Rathaus. Hier stand das Gebäude der „Acht", wo, wie Mathäus wusste, das Königliche Schöffengericht zu tagen pflegte. Davor hatte sich eine Menschenmenge versammelt. Pöbelndes Geschrei und Gelächter schallten über den Platz, und erst, als Mathäus näher trat, sah er, was dort vor sich ging. Zwei Büttel versuchten unter Aufbietung all ihrer Kräfte eine junge Frau an den Pranger zu stellen, doch die wehrte sich verbissen, schlug, trat wild um sich und stieß laute Verwünschungen gegen die Knechte aus. Einige Burschen aus der Zuschauermenge applaudierten ihr jauchzend, doch schließlich gewannen ihre Bewacher Oberhand und fixierten sie an das hölzerne Gestell. Ihrer Beweglichkeit beraubt, ließ sie dennoch nicht davon ab, weiter arge Flüche von sich zu geben, während sie mit verzweifelten Bewegungen des Kopfes versuchte, die langen Haarsträhnen aus ihrem Gesicht zu schütteln, in ihrer Lage freilich ein vergebliches Unterfangen.

Einer der Büttel verkündete das Vergehen dieser Person, doch Mathäus konnte bei dem allgemeinen Gejohle kaum etwas verstehen. Das Mädchen tat ihm leid, egal, was es verbrochen haben mochte. Seine Gedanken wanderten unwillkürlich nach Merode, zur Burg, wo in einem engen Verlies ein anderer Missetäter auf seine Bestrafung wartete. Ein Missetäter, den Satan dazu verleitet hatte, einen Menschen zu töten. Seitdem Heinrich ihm seine Meinung über Tobias Hompesch kundgetan hatte, waren die letzten Zweifel verflogen. Hatte er zumindest geglaubt. Der Strafvollzug vor seinen Augen aber ließ Mathäus einen spontanen Entschluss fassen.

„Du wartest hier auf mich", sagte er zu Chlodwig, „mir ist da eben eine Idee gekommen."

Mit zur Seite geneigtem Kopf beobachtete Chlodwig, wie der Dorfherr den Platz überquerte, vorbei an der gaffenden Menge, um dann in einem großen Haus zu verschwinden, das gleich neben dem Gebäude der „Acht" lag.

Nach einer Weile kehrte er zurück. „Bin in der Tuchhalle gewesen, Hund", erklärte er dem Wartenden feierlich, „und weißt du, was ich dort erfahren habe?"

Chlodwig gähnte.

„Keiner der Tuchhändler kennt einen Mann namens Hompesch!" Mathäus starrte ins Leere. „Was beweist, dass er ein notorischer Lügner ist." Er atmete erleichtert auf. Der Zweifel, der ihn vorhin wieder aufgesucht hatte wie ein ungebetener Gast, löste sich in Wohlgefallen auf. Hompesch war ein durch und durch schlechter Mensch. Und ein Mörder.

„Gebt Ihr ein Almosen für die Aussätzigen?" Eine dunkle Stimme und ein Rasseln holten Mathäus aus seinen Gedanken. Neben ihm stand eine lange, dürre Gestalt, die einen bis zu den Knien reichenden weißen Mantel trug. Ihr Kopf wurde von einem großen Hut bedeckt, der lange Schatten in ihr Gesicht warf. In ihrer linken Hand klapperte eine Rassel, während die rechte, behandschuhte Hand sich für eine Gabe streckte.

Chlodwig begann dumpf zu grollen.

„Still, Hund!", befahl der Dorfherr und kramte ein Geldstück hervor, das er dem Unheimlichen reichte. Der nickte stumm und zog rasselnd weiter. „Das nennt man Nächstenliebe, kapiert, Hund? Aber was verstehst du schon davon?"

Mathäus wischte über seine Stirn und war sich nicht sicher, ob der Schweiß von der sengenden Sonne rührte oder von der Begegnung mit dem schauerlichen Schellenknecht. Seine düsteren Gedanken verbannend, schlenderte er Richtung Marktplatz. Gelangweilt trottete Chlodwig hinter ihm her. Am Stand eines Händlers kroch der verführerische Duft gebratener Fleischpasteten in ihre Nasen. Chlodwig sah Mathäus erbarmungswürdig an, sodass dieser seufzend seinen Geldbeutel zückte und zwei Pasteten kaufte. Kopfschüttelnd sah der Dorfherr mit an, wie die Dogge ihre in Windeseile verschlang. „Gefräßigkeit ist eine Sünde, Hund. Ach, was rede ich überhaupt noch mit dir?"

Nach dem Essen überkam Mathäus bleierne Müdigkeit. Da ihre Herberge ganz in der Nähe lag, beschloss er, sich kurz auszuruhen. Er überlegte, ob vielleicht die Pastete schuld an seiner Erschöpfung sei. Denn wer wusste schon genau zu sagen, wie die Fleischermeister in der Stadt ihr Gewerbe handhabten?

Schon bald lag Mathäus ausgestreckt auf seinem Lager, starrte schläfrig gegen die holzvertäfelte Decke, während Chlodwig sich mehrmals um die eigene Achse drehte und schwerfällig auf die Dielen plumpste.

Als Mathäus aufwachte, fühlte er sich schwer wie Blei. Außerdem war ihm übel. Er ging zum Fenster und sah hinaus. Die Sonne stand immer noch hoch am Himmel, allzu lange konnte er demnach nicht geschlafen haben. Stöhnend richtete er sich auf und rieb sich die Augen. Auch Chlodwig war wach. Saß in der hintersten Ecke der Kammer und warf Mathäus einen seltsamen Blick zu.

„Hund, was siehst du mich an, als hättest du etwas zu verbergen", befand Mathäus mit matter Stimme, während er mit den Füßen nach seinen Stiefeln tastete.

„Ich glaub's einfach nicht!" Mathäus war mit einem Mal hellwach. Sein Blick wanderte unstet hin und her, fixierte mal die schuldbewusste Dogge, mal die ledernen Fetzen dort vor seinem Bett, die einmal seine Stiefel gewesen waren.

„Bist du noch zu retten, du … du vermaledeites Höllenvieh? Hattest du in deiner Langeweile nichts Besseres zu tun, als meine Stiefel zu zerfleddern?"

Chlodwig schaute schmatzend in eine andere Richtung.

Mathäus blickte wütend um sich auf der Suche nach Gegenständen, die er dem Übeltäter an den Schädel werfen könnte. „Wie stellst du dir das jetzt vor, Hund?", lamentierte er. „Soll ich vielleicht barfuß heimkehren?" Er griff nach einem Stiefelrest und betrachtete ihn von allen Seiten. „Vielleicht kann ein Schuhmacher sie ja wieder reparieren", sagte er wie um sich selbst zu trösten. Noch einmal warf er der Dogge einen vernichtenden Blick zu.

„Du bleibst hier und rührst dich nicht vom Fleck, während ich eine Werkstatt suche, kapiert?", fauchte er.

Wutentbrannt und ohne Schuhwerk warf er sich erneut ins Stadtgetümmel. Wenigstens war durch seinen Zorn die Übelkeit wie weggeflogen. Und zum Glück brauchte er nicht lange nach einer Schuhmacherei zu suchen.

„Seid Ihr der Meister hier?", blökte Mathäus, als er die Werkstatt betrat.

Hinter einem Tisch hockte ein Mann mittleren Alters, der mit Seelenruhe ein Stück Leder zurechtschnitt. Er machte sich nicht einmal die Mühe aufzuschauen. Erst als er seine Tätigkeit beendet hatte, hob er den Kopf. „Ganz recht, ich bin Meister Wilhelms", sagte er blinzelnd und rieb sich die Nase, auf der eine behaarte Warze wucherte. „Was kann ich für Euch tun?"

Mathäus wedelte mit den Resten seiner Stiefel. „Ratet mal", knurrte er.

„Ihr wollt doch nicht allen Ernstes, dass ich das wieder zusammenflicke?"

„Ist das etwa zu viel verlangt?"

Meister Wilhelms legte den Kopf schief. „Ich bin kein Flickschuster, werter Herr", bemerkte er pikiert, „und ein Zauberer bin ich auch nicht. Wenn Ihr wollt, könnt Ihr bei mir Schuhwerk *kaufen!*"

„Da, wo ich herkomme, erledigt der Schuhmacher auch die fälligen Reparaturen", brummte Mathäus.

Meister Wilhelms Gesicht verzog sich zu einem schmalen Grinsen. „So kommt Ihr vom Land?", erkundigte er sich.

Die Antwort war ein Seufzen. Musste ihm das denn wirklich jeder um die Ohren hauen?

„Nun gut, dann verkauft mir gefälligst ein neues Paar Stiefel, auf dass ich nicht weiter barfuß durch die Gegend stapfen muss."

Der Schuhmacher nickte knapp, bat den Dorfherrn, sich zu setzen und ging auf eine große Regalwand zu. Hier hielt er Ausschau nach passendem Schuhwerk, indem er mit gestrecktem Zeigefinger durch die Reihen stöberte.

Mathäus spürte, dass sein Ärger über den nichtsnutzigen Hund sich allmählich verflüchtigte. Ohnehin hätte er bald neue Stiefel gebraucht. Nur konnte er diesen Auftrag diesmal nicht dem Schuhmacher Albrecht und seinem Sohn erteilen, was ihm leid tat. Albrecht, Philipp, Margarethe - plötzlich war er mit seinen Gedanken wieder ganz in Merode. Die unaufgeräumte Werkstatt des Schuhmachers, der hässliche Bluterguss auf Margarethes hübschem Bein, der irre Blick des Vaters ...

„Passt wie angegossen. Gefällt er Euch?"

„Wie?" Jetzt erst wurde Mathäus bewusst, dass der Schuhmacher ihm einen Stiefel über den rechten Fuß gezogen hatte. „Oh, sitzt ganz gut."

„Hier, probiert auch den linken."

„Passt prächtig, Meister."

„Geht ein paar Schritte damit."

Mathäus tat es.

„Nun? Sie kosten einen Gulden."

Mathäus hatte immer noch Schwierigkeiten, in die Gegenwart zurückzukehren. Verwirrt betrachtete er die Warze auf Meister Wilhelms Nase. „Sagt, kennt Ihr einen Schuhmacher namens Albrecht?"

Meister Wilhelms hob den Kopf. „Albrecht? Und wie weiter?"

„Was weiter?"

„Sein Familienname?"

„Tja, den kenne ich nicht."

„Ich kannte einen Schuhmacher namens Albrecht Weidengass. Aber der lebt schon seit vielen Jahren nicht mehr hier. Eines Tages, nachdem seine Frau im Kindbett gestorben war, machte er sich mit seinen beiden Kindern auf und davon. Wollte nicht länger am Sterbeort seiner Frau leben. Hab ihn nie wieder gesehen. Kennt Ihr ihn?"

„Flüchtig."

„War ein netter Kerl, wenn auch etwas seltsam. Obwohl er seine Gemahlin abgöttisch geliebt hat, war er einem kleinen Seitensprung nie abgeneigt."

„Ach?"

„Und sein Sohnemann, wie hieß er doch gleich ...?"

„Philipp."

„Philipp, richtig. Der Knirps hat die ganze Stadt zusammengeheult, als seine Mutter das Zeitliche segnete. Hat gejammert und geflucht, selbst auf die selige Jungfrau Maria. Unglaublich, wie viel Gift so ein Knirps verspeien kann."

„Sicher hat er sehr an seiner Mutter gehangen."

„Abgöttisch! Ihr kauft also die Stiefel?"

Kurz darauf verließ der neu gestiefelte Dorfherr von Merode die Werkstatt des Schuhmachers und schüttelte über sich selbst den Kopf. Offenbar war es ihm unmöglich, seine Gedanken vom Ballast der letzten Tage zu befreien. Wie auch immer, es war an der Zeit, nach Merode zurückzukehren, zu viele Fragen bedrückten ihn. Ob Paulus sein Versprechen gehalten und den Gefangenen in Ruhe gelassen hatte? Würde Tobias Hompesch endlich gestehen? Und Jutta – was würde sie zu dem Ring sagen, den er ihr zu schenken gedachte?

Wie in einer Vision erschien plötzlich das Bild des geilen Bauern Ludwig und seiner fetten Gattin Mathilde vor seinen Augen. Vor den beiden knieten Rudolf und sein Sohn Eberhard, hoben beschwörend ihre Arme, als flehten sie um Gnade. Sie trugen blutbefleckte Schlachterschürzen …

Eine Hand, die an seinem Hosenbein zupfte, beendete den Tagtraum. Eine in dreckige Lumpen gehüllte Frau reckte Mathäus die Hand entgegen. Mathäus schenkte ihr ein Geldstück.

Als er in die Wirtsstube des *Schwan* trat, sah er Heinrich einsam an einem der Tische sitzen. Trübsinnig starrte er in einen Becher. Mathäus setzte sich zu seinem Freund. Müde hob Heinrich sein Gesicht.

„Ah, Mätthes. Wie war dein Tag?"

„Später. Zuerst musst du mir berichten, Freund. Hast du sie gefunden?"

Heinrichs Hände klammerten sich um den Becher. „Sie ist glücklich", sagte er nur.

Mathäus nickte stumm. Der Wirt brachte ihnen Bier.

„Ich weiß, was du denkst", sagte Heinrich nach einer Weile, „ich sollte mich freuen über ihr Glück. Ja, das tue ich. Aber alte Wunden heilen schlecht."

„Du hast es so gewollt, Hein. Hättest auf mich hören sollen."

Heinrich nagte an seiner Unterlippe. „Gewiss. Diese Buße habe ich mir selbst auferlegt."

„Hast du mit ihr gesprochen?"

Heinrich schüttelte den Kopf. „Sie hat mich nicht gesehen. Habe mich immer im Hintergrund gehalten. Wie ein Schatten."

„Woher weißt du dann, dass sie glücklich ist?"

„Weil ich sie beobachtet habe, Mätthes. Glaub mir, ich kann einen glücklichen Menschen von einem unglücklichen unterscheiden. Stell dir vor, ich sah, wie meine Geliebte von einst im Arm eines Mannes durch die Straßen schritt. Ein schmerzliches Gefühl ist das, aber das stand zu erwarten. Er macht einen guten Eindruck, dieser feine Ratsherr, ich muss es gestehen. Keiner von den eitlen Pfauen, von denen es sonst in den Städten so wimmelt. Er himmelt sie an, und sie ist glücklich mit ihm. Wie sie es früher einmal mit mir war."

Mathäus nippte betreten an seinem Becher. „Tja. Und sie haben dich wirklich nicht bemerkt?"

Zum ersten Mal ließ Heinrich den Ansatz eines Lächelns erkennen. „Du unterschätzt mein Talent als Spion. Wenn du wüsstest, was ich alles nebenher in Erfahrung gebracht habe."

„Ach ja? Was denn, zum Beispiel, Herr Meisterspion?" Es war gut, Heinrichs Gedanken auf etwas anderes zu lenken.

„Zum Beispiel, was in der letzten Ratssitzung besprochen wurde."

„Vielleicht solltest du wieder in die Dienste des Markgrafen treten. Der kann einen guten Schnüffler immer gebrauchen."

„Nichts für mich", winkte Heinrich ab. „Außerdem würde es den Markgrafen wohl wenig interessieren, dass man einigen Fleischern an den Hals will, weil sie angeblich Ratten in ihren Pasteten verarbeiten."

Aus dem Gesicht des Dorfherrn wich jegliche Farbe.

„Was ist?", erkundigte sich Heinrich stirnrunzelnd.

„Nichts." Mathäus griff nach seinem Bier und nahm ein paar kräftige Schlucke. Nicht mehr an die Pastete denken! Er war froh, dass diesmal Heinrich das Thema wechselte.

„Hat Chlodwig sich gut benommen?"

Mathäus holte tief Luft. „Meine Stiefel gefielen ihm nicht sonderlich. Wollte unbedingt, dass ich mir neues Schuhwerk zulege."

Heinrich kratzte sich verlegen am Kopf. „Ich hätte dich warnen sollen", brachte er hervor. „Er hat eine Schwäche für fremde Latschen."

Mathäus machte eine wegwerfende Handbewegung. „Sprechen wir nicht mehr davon. Ich will dir lieber etwas zeigen! Hier –" Er kramte den Ring aus seinem Wams hervor.

Heinrich betrachtete das Schmuckstück wie ein Kenner von allen Seiten. „Alle Achtung", staunte er, „der ist gut und gerne seine zwei Gulden wert."

„Zwei? Pah, von wegen! Sechs Gulden kostet er, aber der Trottel von Goldschmied hat ihn mir für vier verkauft."

Heinrich warf dem Freund einen belustigten Blick zu, doch als er sah, dass dieser es ernst meinte, reichte er ihm den Ring zurück. „Deine Jutta wird sich mächtig darüber freuen", prophezeite er.

„Das hoffe ich. Morgen reite ich zurück. Ich kann's kaum erwarten, sie wiederzusehen. Wirst du mit mir kommen?"

Heinrich schüttelte den Kopf. „Nein, das weißt du doch. Aber ich werde dich noch ein Stück begleiten. Dann gehe ich wieder meine eigenen Wege."

Mathäus nickte bedrückt. „Wann wirst du mich das nächste Mal besuchen, Hein?", fragte er nach einer Weile.

„Irgendwann, Mätthes. Irgendwann."

„Versprich's mir. Eine innere Stimme sagt mir nämlich, dass ich dich und deinen Scharfsinn künftig noch brauche."

Heinrich hob die Augenbrauen. „Ich wusste nicht, dass du Stimmen hörst."

„Dieselbe Stimme drängt mich jetzt nach Hause. Irgendwas ist vorgefallen in Merode."

„Vielleicht rüsten ja die Dorfweiber schon wieder zur Schlacht am Bach."

„Ja, vielleicht."

„Dann lass uns trinken." Heinrich erhob seinen Becher. „Auf die Stimme. Auf die Dorfweiber. Auf dass du wieder Ruhe und Ordnung in das gottverlassene Nest bringst."

„Ja, mach dich ruhig lustig über alles."

„Einen guten Rat will ich dir für die Zukunft geben: Wenn du nach einer Lösung suchst, und sie will dir beim besten Willen nicht einfallen, dann frag' die Leute Löcher in den Bauch."

„Werde an deine Worte denken. Zum Wohle, mein Freund!"

13

Als am späten Nachmittag die waldigen Hügel von Merode am Horizont auftauchten, tätschelte Mathäus erleichtert den Hals seines Pferdes. „Die Heimat, Brauner."

Hatte er wirklich Heimat gesagt? Mathäus war verwundert über sich selbst. Wohl zum ersten Mal hatte er Merode als seine Heimat bezeichnet.

Reiter und Pferd verließen den Heerweg, erreichten bald die Felder der Bauern des Unterdorfes. Die Erntearbeiten waren im vollen Gange; Dutzende von Bauern und Knechten sichelten die Getreidehalme nieder, während Frauen und auch Kinder sie zu Garben banden. Einige der Arbeitenden erkannten den Dorfherrn von weitem und hoben zaghaft eine Hand zum Gruß. Mathäus winkte zurück. Irgendetwas in den Gesichtern der Leute gefiel ihm nicht. War es Furcht, die er darin las? Wieder beschlich ihn das Gefühl einer Vorahnung.

Die Straße des Unterdorfes war menschenleer, nicht einmal ein paar Kinder tollten um den Bach. Andererseits war dies kein Wunder, waren doch fast alle Dorfbewohner auf den Feldern beschäftigt.

„Vermutlich ist das hier tatsächlich der Arsch der Welt", murmelte Mathäus. Er hatte sein kleines Haus erreicht, hievte sich steifgesessen aus dem Sattel. Sein Hinterteil schmerzte von dem langen Ritt. Er führte Julius in den Stall, versorgte ihn mit Heu und Wasser. Dann betrat er seine Stube, wo jemand Ordnung geschaffen hatte.

Jutta war hier gewesen. Er konnte ihre Präsenz regelrecht noch spüren. Ein wunderbares Gefühl. Andererseits war sie vermutlich wieder ohne Begleitung nach Merode gekommen. Es war ihm nahezu unmöglich, sich keine Sorgen um sie zu machen, auch wenn Annas Mörder für niemanden mehr eine Gefahr darstellte, ein für alle Mal.

Auf dem Tisch stand eine Schale mit frischen Äpfeln. Hungrig langte er zu. Sein Blick fiel auf den Lindenklotz, den Jutta in eine hintere Ecke des Raumes befördert hatte. Mathäus seufzte. Noch immer war es nur ein grober Lindenklotz! Schließlich warf er sich auf sein Bettlager und starrte zur Decke. Fühlte sich müde und ausgelaugt. Seine Gedanken waren bei Heinrich, den die merkwürdigen Fügungen des Schicksals erst vor wenigen Tagen zu ihm geführt hatten. Den er zuvor zehn lange Jahre nicht gesehen hatte. Der ein seltsames Leben führte.

Mathäus vermisste Heinrich. Ein wenig vermisste er sogar Chlodwig. Wie viel Zeit würde wohl verstreichen, bis es erneut zu einem Wiedersehen mit dem Freund käme? Würden sie sich überhaupt jemals wieder begegnen?

Allmählich wurden ihm die Augenlider schwer. Die Eindrücke der letzten Tage schwirrten wild durch seinen Kopf. Dann übermannte ihn der Schlaf.

Der war allerdings nicht von langer Dauer. Jemand pochte gegen seine Tür. Es dauerte ein paar Augenblicke, bis Mathäus zu sich kam. „Was?", rief er heiser.

In die Stube trat Dietrich. „Gut, dass Ihr wieder da seid, Herr", sprach er aufgeregt, „die Herren von Merode wünschen Euch zu sehen."

Mathäus strich durch sein zerzaustes Haar. „Was gibt's denn so Wichtiges, Didi?"

„Ihr wisst es noch nicht?"

„Würde ich sonst fragen, verdammt?"

„Die alte Sibylle hat einen Dämon gesehen!"

„Sie hat *was* gesehen? Hast du gerade *Dämon* gesagt?"

„Ja, Herr."

Mathäus stöhnte auf. Mit einem schwerfälligen Ruck erhob er sich. „Gehen wir", sagte er missmutig.

Mit sorgenvoller Miene und geheimnisvollen Andeutungen führte der Kastellan den Dorfherrn in den Westflügel der Burg. Im Saal der „Scheiffarts" saßen Konrad, Paulus von Mausbach und der junge Rikalt um den langen Tisch versammelt. Die Mundwinkel des Burgvogts zuckten spöttisch, als Mathäus eintrat und sich vor den hohen Herren verneigte.

„Sieh an, unser Dorfherr ist zurück", sagte Paulus spitz, „hoffentlich hat Euch die kleine Reise gut getan, auf dass Ihr mit neuem Schwung an die Dinge herangeht, die es …", er hob die Stimme, „endlich zu erledigen gilt."

Konrad kicherte und forderte den Ankömmling mit amüsierten Geste auf, sich zu ihnen zu setzen. Mathäus warf dem Burgvogt einen vernichtenden Blick zu. „Reisen belebt und schärft den Geist in der Tat, Herr Paulus." Er räusperte sich. „Man sagte mir, die alte Sibylle habe einen Dämon gesehen. Ist das wahr?"

„Ja, das stimmt." Konrad bemühte sich nur halbherzig um Ernsthaftigkeit. „Der Bote der Hölle ist ihr am Waldrand leibhaftig erschienen und hat sie fast zu Tode erschreckt."

Mathäus runzelte die Stirn. „Wann war das?"

„Vorgestern", antwortete Rikalt. „Was denkt Ihr", fügte er mit kindlicher Aufregung hinzu, „gibt es wirklich echte Dämonen in unserem Wald?"

Mathäus lächelte. „Wer weiß? Möglich wäre das. Ebenso wie Gott allgegenwärtig ist, können auch die Geschöpfe der Hölle überall und jederzeit erscheinen."

Konrads Augen funkelten. Mit gekünstelter Inbrunst wandte er sich an seinen jungen Vetter. „Wie könnt Ihr fragen, Rikalt? Selbstverständlich gibt es Dämonen in unserem Wald. Ebenso wie es Engel gibt. Ist Eurem tadellosen Vater Werner nicht sogar eines dieser Flügelwesen im Wald erschienen und hat ihm die Gründung eines Klosters ans Herz gelegt?"

Rikalt war sichtlich verärgert. „Kein Engel, sondern der Apostel Matthias ist ihm im Traum erschienen", erwiderte er mit hochrotem Kopf.

„Ach ja!" Konrad schlug die Hände vor den Kopf. „Matthias, der Apostel! Wie konnte ich das durcheinander bringen?" Er suchte den Blick des Dorfherrn. „Der Vater meines Vetters pflegte Umgang mit den Heiligen, was sagt Ihr dazu? Glaubt auch Ihr, dass er ein Auserwählter war? Oder träumte er nur schlecht, weil er schlechten Wein trank?"

Mathäus ging nicht auf die Spottrede ein. „Sibylle ist immer eine vertrauenswürdige Person gewesen", warf er in die Runde.

Paulus schnaubte verächtlich. „Findet Ihr? Es gibt nicht wenige, die sie für recht sonderlich halten. Und das ist vorsichtig ausgedrückt."

„Sie hat niemals Unwahrheiten verbreitet."

„Auf jeden Fall ist sie gebrechlich und sieht schlecht."

„Wie hat sie den Dämon beschrieben?"

Paulus machte eine unwirsche Handbewegung. „ Wie man sich einen Dämon eben so vorstellt."

„Und das wäre wie?"

„Herrgott nochmal. Behaart, riesig, blutunterlaufene Augen, fürchterliche Reißzähne … Aber wie gesagt, sie kann ja kaum noch sehen."

„Was hat sie noch gesagt?"

146

Paulus verdrehte die Augen. „Der Dämon habe gebrummt wie ein Bär und gestunken wie eine ganze Horde Wildschweine."

Der Dorfherr runzelte die Stirn. „Was haltet Ihr davon?" Die Frage galt der gesamten Runde.

Konrad grinste vieldeutig. Sein Zeigefinger wanderte spielerisch an seine Stirn und verharrte dort. Rikalt starrte vor sich hin, offenbar hatten Paulus' Worte dafür gesorgt, dass sich seine Nackenhaare sträubten. Der Burgvogt selbst ließ eine Faust auf den Tisch krachen. „Ich glaube, unsere Meinung zu dieser angeblichen Begegnung ist offensichtlich", posaunte er. „Was mir nur Sorgen macht, ist die Reaktion der Dörfler. Die Leute sind verunsichert und verängstigt. Sie fürchten, der Dämon könnte schon bald im Dorf sein Unwesen treiben." Der Ritter fixierte den Dorfherrn mit loderndem Blick. „Viele dieser dummen Bauern glauben an einen bösen Zauber. Andere verbreiten, der Dämon sei gekommen, um alle Bewohner der Herrschaft zu verschlingen, weil man einen Mörder zu lange ungestraft lässt."

Kühl hielt Mathäus dem Blick des Aufgebrachten stand. Einen Herzschlag lang überlegte er, ob der Burgvogt vielleicht selbst der Initiator des schauerlichen Schauspiels am Waldrand gewesen sein könnte, um den Lauf der Dinge in seinem Sinne zu beschleunigen. Freilich wäre es ein aussichtsloses Unterfangen gewesen, ihm das nachzuweisen. Also verschluckte Mathäus die böse Bemerkung, die ihm auf der Zunge lag. „Ich hoffe, Ihr habt Euch an Euer Versprechen gehalten, Herr Paulus", sagte er stattdessen.

Der Angesprochene lachte auf. „Natürlich habe ich das. Dem Pfeffersack wurde nicht ein Haar gekrümmt. Aber gestanden hat er deshalb noch immer nicht. Ist alles reine Zeitverschwendung gewesen."

„Für mich kennt das Recht keine Fristen", bemerkte Mathäus schulterzuckend.

Auf der Stirn des Paulus entstand eine steile Zornesfalte. „Aber meine Geduld kennt Fristen. Und die des Herren Konrad auch."

Konrad hob eine Augenbraue und spreizte die Hände. „Da muss ich ihm Recht geben", sagte er, „der Gefangene muss verurteilt werden, Geständnis hin oder her. Sonst stürmen am Ende noch aufgebrachte Bauern die Burg."

Mathäus sah den Herrn von Merode nachdenklich an.

„Es ist ja keineswegs so", fuhr Konrad fort, „dass nicht alles gegen ihn spräche."

„Womit mein Vetter das wichtigste aller Argumente an den Schluss seiner Rede gesetzt hat", sagte Rikalt halblaut. „Mehr als die Frage nach der Gerechtigkeit beschäftigt ihn wohl die Furcht vor aufgebrachten Bauern."

Nicht zum ersten Mal wunderte Mathäus sich über den Feingeist des Elfjährigen. Rikalt hatte seinen Kopf in beide Hände gestützt und sah den Vetter mit wachen Augen an. Konrad ließ sich durch die freche Bemerkung des Jüngeren nicht aus der Fassung bringen. Mit einem süffisanten Lächeln betrachtete er den protzigen Ring an seiner Hand. „Die Rangfolge von Argumenten in dieser Angelegenheit möchte ich mit Euch besser nicht erörtern, werter Vetter", sagte er, ein Gähnen unterdrückend. „Werdet erst einmal erwachsen und sammelt Lebenserfahrungen."

Mathäus erhob sich und holte tief Luft. „Also gut, werte Herren, ich werde den Gefangenen Tobias Hompesch ein letztes Mal verhören. Sollte er dann immer noch nicht gestehen, mögen die Schöffen über ihn richten."

„Und wenn er gesteht?", wollte Rikalt wissen.

Paulus blähte seine Brust auf. „Dann hängt er noch heute", knirschte er.

Konrad schüttelte lachend den Kopf. „Aber Herr Paulus, wo bleibt denn Euer Stil? Glaubt Ihr wirklich, dass es den Bauern Genugtuung verschafft, wenn der Mörder unter Ausschluss der Öffentlichkeit stirbt? Nein, sie wären unzufrieden. Die Hinrichtung muss ein Schauspiel werden. Ich denke da an das Erntefest, das kommenden Sonntag stattfindet. Wir werden einen Henker aus der Stadt kommen lassen, der sich in der Kunst des Tötens auskennt."

„Dazu braucht Ihr keinen Henker aus der Stadt", brummte Paulus mit Bestimmtheit. „Dieses Amt kann ich selbst übernehmen."

Mathäus hatte dem Wortwechsel stumm gelauscht. „Das glaube ich Euch aufs Wort, Herr Paulus. Aber noch haben die Schöffen ihr Urteil nicht gesprochen."

„Die Schöffen", zischte Paulus verächtlich und rieb sein verstümmeltes Ohr. „Macht Euch um die keine Sorgen, Mathäus. Ich kann mir nicht vorstellen, dass die etwas gegen unseren Willen entscheiden." Er grinste verschlagen.

„Wie auch immer. Würdet Ihr nun die Güte besitzen, mich ins Verlies zu bringen?"

„Euch ins Verlies bringen? Oh, es gibt nichts, was ich lieber tun würde, Dorfherr."

Konrad seufzte beglückt auf. „Ach, wie schön ist es, wenn zwei Streithähne sich wieder vertragen."

Du musst es ja wissen, dachte Mathäus und folgte dem Burgvogt.

Der Gefangene schien geschlafen zu haben, als Mathäus mit einer Fackel die Zelle betrat. Ächzend richtete er sich auf. Der

Dorfherr erschrak, als er den ausgemergelten Tobias Hompesch sah. Sein Gesicht glich einer Totenmaske, auf der das flackernde Fackellicht die Schatten tanzen ließ.

„Bringt Ihr mir etwas zu essen?", krächzte er.

Mathäus schüttelte den Kopf. „Ihr habt gelogen", sagte er. „Ihr seid kein Tuchhändler!"

Tobias machte ein obszönes Geräusch. „Was erzählt Ihr da?"

„Wie kommt es, dass in der Aachener Tuchhalle, wo Ihr angeblich Geschäfte tätigt, niemand Euren Namen kennt?"

Hompesch schwieg.

„Wer seid Ihr wirklich?"

„Ich handle vor allem in Flandern", behauptete der Kaufmann gleichgültig.

„Mag sein. Aber nicht mit Tuchen. Jedenfalls wäre es besser für Euch, mir endlich die Wahrheit zu sagen, Hompesch, oder wie immer Euer richtiger Name auch lautet. Gesteht endlich den Mord, den Ihr begangen habt."

„Wie könnte ich das gestehen? Ich bin unschuldig."

Mathäus schüttelte einmal mehr den Kopf. „Ihr habt gemordet! Leugnet es nicht länger."

„Und ich dachte, Ihr würdet mir helfen."

„Helfen kann Euch nur noch Gott. Gesteht, und ich lasse einen Priester rufen, damit Ihr Eure Seele erleichtern könnt."

„Lasst die Pfaffen, wo sie sind. Ach, verflucht …" Mit einer jähzornigen Bewegung kratzte er durch sein Gesicht. „Diese Bauernhure …", fuhr er wütend fort.

Angewidert verzog Mathäus sein Gesicht und schickte sich an, das Verlies wieder zu verlassen.

„Ach, Dorfherr." Der Gefangene wirkte mit einem Mal wieder gefasst.

Mathäus drehte sich um.

„Warum lasst Ihr mich hungern?"

„Was soll das heißen?"

„Seit Tagen hat man mir nichts mehr zu essen gebracht. Wollt Ihr mich etwa durch Hunger zu einem Geständnis zwingen? Das ist nicht sehr christlich von Euch."

Mathäus schluckte verärgert. Es gab keinen Zweifel, wer hinter dieser Maßnahme steckte. „Ich sorge dafür, dass Ihr zu essen bekommt", knirschte er. Klopfte dreimal gegen die Kerkertür, und der Burgvogt ließ ihn wieder hinaus.

„Ihr hattet mir etwas versprochen!", fauchte der Dorfherr.

Paulus hob amüsiert eine Augenbraue. „Und?"

„Ihr habt den Gefangenen hungern lassen!"

„Habe ihm aber kein Haar gekrümmt. Wie es ausgemacht war."

Mathäus nagte an seiner Unterlippe. „Gebt ihm zu essen", sagte er fast flehend.

In Paulus' Augen glitzerte es. „Hat er jetzt gestanden?", fragte er.

„Nein."

Der Burgvogt zuckte die Achseln. „Wie auch immer, an seiner Strafe wird sich nichts ändern."

„Gebt ihm zu essen", sagte Mathäus noch einmal.

„Da Ihr mich so höflich darum bittet, will ich es tun, Mathäus", versprach der Burgvogt mit bösem Grinsen. „Und Ihr habt sogar Recht: Wer will schon einen halb verhungerten Jämmerling auf dem Richtplatz sehen?"

Mathäus wandte sich wortlos um und ließ ihn stehen.

Auf dem Burghof hatten sich einige Bedienstete um einen Mann geschart, der, auf einem Schemel stehend, mit beschwörenden Worten und großen Gesten auf sie einredete – Moses, der Burgkaplan.

„Das Himmelreich ist nahe", verkündete er und strich durch seinen wallenden Bart. Dann hob er die Hände gen Himmel. Die Zuhörer knieten nieder, falteten inbrünstig ihre Hände.

Mathäus konnte sich ein Schmunzeln nicht verkneifen. Moses war in seinem Element.

„Das Himmelreich ist nahe!", hallte es nochmals über den Burghof. „Aber zuvor werden wir das Ende dieser Welt ertragen müssen. Die Mächte des Bösen werden wie Heuschrecken über uns herfallen. Jener Dämon, den die alte Hebamme sah, war einer ihrer Boten!" Er machte eine Pause und betrachtete die angsterfüllten Gesichter seiner Zuhörer. Ein kleines Mädchen begann fürchterlich zu flennen. „Dann aber werden die Mächte des Himmels dem Bösen entgegentreten", fuhr Moses dröhnend fort, „und das Schwert des heiligen Michael wird fürchterlich wüten unter den Höllischen!"

„Was wird dann aus uns?", schniefte eine Magd.

„Gott selbst wird über uns richten. Die Guten wird er zu seiner Rechten versammeln, die Bösen aber zu seiner Linken!"

Mathäus durchquerte den Torbogen und verließ den Burgbereich. Blieb zu hoffen, dass es Platz genug gab zu Gottes Linken am Tag des Jüngsten Gerichts, überlegte er. Die vergangenen Tage hatten ihn sehr angestrengt. Im *Carolus Magnus* nahm er noch einen Schlaftrunk zu sich, doch das Geschwafel der Bauern über Teufel und Dämonen machte ihn missmutig. Also ging er heim und warf sich erschöpft auf sein Bett, wo er den Schlaf, aus dem Dietrich ihn vorhin gerissen hatte, fortsetzte.

14

Schon in den in frühen Stunden des Tages stülpte sich eine unbarmherzige Hitzeglocke über die Ortschaften der Herrschaft. Dessen ungeachtet herrschte auf den Feldern bald reger Betrieb. Die Ernte musste eingefahren werden, und sengende Hitze war immer noch besser als ein verregneter Sommer, der das Getreide verdarb. Genau das war vor zwei Jahren der Fall gewesen, viele Dörfler hatten wahrhaft Hunger leiden müssen.

Eine Missernte war diesmal nicht zu befürchten. Dennoch erfüllte die Menschen quälende Furcht. Hatte man die verbreiteten Weltuntergangsprophezeiungen zunächst noch gelassen zur Kenntnis genommen, so war die Stimmung seit dem Mord an der Anna umgeschlagen. Gerüchte vom unaufhaltsamen Herannahen des Schwarzen Todes taten ein Übriges, und der Dämon, dem die alte Sibylle am Waldrand begegnet war, mochte tatsächlich ein Vorbote des Weltenendes sein.

Scheinbar unbelastet von solcherlei Gedanken schlenderte Margarethe, die Tochter des Schuhmachers Albrecht, den Hahndorn hinauf. Obwohl es ein gewöhnlicher Wochentag war, trug sie ein weißes Festtagskleid aus feinstem Gewebe, ein Erbstück ihrer Mutter, denn für ihr Treffen wollte sie hübsch und begehrenswert aussehen. Bis zum heutigen Tag hatte sie sich nicht getraut, es anzuziehen. Das Kleid passte, als sei es eigens für sie angefertigt worden. Ihr hübsches Gesicht glänzte froh, denn erstmals seit längerem hatte sie wieder eine Botschaft von ihrem Geliebten erhalten. In den vergangenen Tagen war es nicht ratsam gewesen, sich zu treffen. So schrecklich Annas Tod auch sein mochte, für Margarethe und ihren Geliebten bedeutete er die herbeigesehnte Wendung des Schicksals.

Margarethes Blick fiel auf den Hof des Ludwig, und sogleich huschte über ihr Gesicht ein dunkler Schatten, der jede Glückseligkeit daraus verbannte.

„Wart's nur ab, Hurenbock, bald geht's dir an den Kragen", flüsterte die Schuhmacherstochter. Sie sah sich um. Weit und breit keine Menschenseele. Alle waren auf den Feldern, auch die Kinder. Umso besser, niemand brauchte zu sehen, wohin sie nun ging.

Sie erreichte den oberen Hahndorn, wandte sich links. Ließ die letzten Behausungen der Ortschaft hinter sich und folgte einem breiten Weg, der sie in den Wald führte, wo ihr Geliebter sie am genannten Treffpunkt zu sehen wünschte. Rechterhand erblickte sie die Arbeitenden auf den Äckern des Buschfelds. Hoffentlich sah niemand zu ihr hinüber, ihr weißes Kleid war auffällig genug. Andererseits würde die Wahrheit eines Tages ohnehin ans Tageslicht kommen. Was dann einer Erlösung gleichkäme.

Ja, sie hatte seine Botschaft erhalten. Gemeinsam würden sie Pläne schmieden. Nicht alle dieser Pläne wären gottgefällig, aber das war ihr einerlei. Um Gnade und Vergebung konnte man den Herrn immer noch bitten. Irgendwann würden sie Bußwallfahrt machen, das hatten sie längst beschlossen. Eine Sünde, begangen um der Gerechtigkeit willen, würde Gott ihnen gewiss verzeihen.

Margarethe hatte den Wald erreicht. Sog den herbfrischen Duft der Kiefern in sich auf. Die Hitze des frühen Tages tat sich schwer, diese letzte kühle Bastion zu erobern. Zahllose Vögel zwitscherten lebensfroh. Margarethe beschleunigte ihren Schritt. Begann schließlich wie ein Kind zu hüpfen. Zu ihrer Linken plätscherte friedvoll die nie versiegende Quelle des heiligen Born. Margarethe hätte singen können vor Glück.

Mit einem Mal fiel ihr der Dämon ein, den die alte Sibylle gesehen haben wollte. Ob dieses teuflische Wesen wirklich in diesem Wald sein Unwesen trieb? Oder hatte sich die schrullige Hebamme das nur eingebildet? Margarethe wusste nicht, was sie von den Geschichten halten sollte, die inzwischen über jene schauerliche Begegnung kursierten. Vielleicht war es ja in der Tat ein Dämon gewesen. Doch vermutlich hatte er längst das Weite gesucht, nachdem Burgkaplan Moses tags darauf den Ort der Begegnung aufgesucht und dort einen Kübel mit geweihtem Wasser ausgeschüttet hatte. Damit hatte der Kaplan dem Wunsch der verängstigten Bevölkerung entsprochen, er selbst mochte nicht an die Veränderlichkeit des Schicksals glauben, das der Menschheit unmittelbar bevorstand.

Margarethe fürchtete sich nicht. In Anbetracht ihres Glückes war ihr jeder Gedanke an das Weltenende fern. Und für den Fall, dass das Höllenwesen ihr wider Erwarten doch begegnete, hatte sie sich ein paar wirksame Abwehrmaßnahmen überlegt. Zuerst würde sie das Kreuzzeichen des dreieinigen Gottes schlagen. Dann würde sie dem vor Pein brüllenden Dämon das Vaterunser ins hässliche Gesicht schmettern, das würde ihm den Rest geben. Unter lautem Wehgeschrei würde er verschwinden, versinken ins Erdreich, auf Nimmerwiedersehen. Ha, sollte er bloß kommen. Ihr Glück bezwang jede Angst.

Sie erreichte eine Abzweigung und wandte sich rechts. Zwei Rehböcke kreuzten ihren Weg und verschwanden im Dickicht. Margarethe spürte, wie ihr Herz immer schneller ging. Gleich würde sie ihren Liebsten sehen. Sie würden sich um den Hals fallen, sich leidenschaftlich küssen. Seine starken Hände würden unter ihr Kleid gleiten, sie zärtlich streicheln, an allen erdenklichen Stellen. Ach, wie wunderschön es doch mit ihm war. So konnte sie die Demütigungen, die Ludwig ihr antat, leicht vergessen.

Endlich erreichte sie den Forellenweiher. Sah sich um. Noch war sie allein. Der Geliebte würde sicher nicht lange auf sich warten lassen. Bestimmt kostete es ihm einige Mühe, sich unter einem glaubwürdigen Vorwand von der Feldarbeit zu entfernen. Margarethe hob ein paar Steinchen vom Boden auf, schmiss sie in den Weiher, beobachtete das Kräuseln der Wasseroberfläche. Die Blätter eines nahen Gebüsches begannen zu rascheln.

Schmunzelnd spähte sie umher. „Liebster?", rief sie mit ihrer dunklen, lispelnden Stimme.

Rascheln. Margarethe verschränkte die Arme und hob keck das Kinn. „Komm raus, ich hab dich gesehen!" Was würde er wohl über ihr betörendes Kleid sagen?

Als immer noch niemand hervortrat, verlieh die Tochter des Schuhmachers ihrer Stimme einen beleidigten Unterton. „Komm jetzt raus! Ich sehne mich nach dir!"

Diesmal gehorchte der Verborgene und kam zum Vorschein. Aus einem Baumwipfel flatterten Vögel aufgeregt davon. Margarethes Schrei erstarb ihr im Hals. Angst krallte sich um ihr Herz. Vor ihr stand – der Dämon!

Schwarz, behaart, grunzend, so stand er vor ihr. In seinen Augen höllischer Hass. Trat mit weiten Schritten auf das Mädchen zu, hob drohend seine schwarzen Klauen.

Margarethe stand wie gelähmt. Eine Stimme tief in ihrem Innern befahl ihr, die rechte Hand zu heben und das Zeichen des Kreuzes zu schlagen. Sie schlug es, schlug es wieder und wieder. Aber der Dämon kam näher. Voller Entsetzen stellte Margarethe fest, dass das Symbol des Gekreuzigten dem

Dämon nicht zu schaden vermochte. Im Gegenteil, er schien recht amüsiert zu sein über ihre verzweifelten Versuche, ihn zu vertreiben. Ein grausiges Grinsen umspielte seine Lippen. Margarethe konnte ihm nun direkt in die Augen sehen. Ihr Mund stand weit offen, und ihre unsagbare Furcht wich einem Gefühl ohnmächtiger Fassungslosigkeit. Sie wollte den Kopf schütteln, doch die Klauen des Dämons hatten sich bereits um ihren Hals gelegt.

Sie wehrte sich nicht. Tausend Bilder erschienen vor ihren Augen, ihr Leben spielte sich vor ihr ab. Sie spürte nichts von der rohen Gewalt, die ihre Kehle zerquetschte. Es war ihr nicht einmal bewusst, dass keine Luft mehr in ihre Lungen strömte. Irgendwann begannen feurige Räder vor ihren Augen zu tanzen. Ihr letzter Gedanke galt Vater und Bruder. Dann wurde es schwarz um sie.

15

Gegen Mittag sattelte Mathäus Julius. Seit drei Tagen war er wieder daheim, doch seine Pflichten hatten es ihm bislang nicht ermöglicht, die Angebetete in Schlich aufzusuchen. Lediglich am vergangenen Sonntag, in der Pfarrkirche zu Echtz, hatten die beiden sich kurz sehen können.

Mit klopfendem Herzen schwang er sich auf Julius' Rücken und ritt los. Fest hatte er sich vorgenommen, seiner Angebeteten den Ring, den er in Aachen erstanden hatte, zu überreichen.

Unterwegs kamen ihm Zweifel, ob der Kauf des Ringes nicht zu voreilig gewesen sei. Würde das Geschenk die Liebste nicht zu einer Entscheidung drängen? Genau das aber war es, was Mathäus vermeiden wollte. Die Entscheidung musste in Jutta selbst reifen, durfte nicht durch Liebesgaben oder Gesten jedweder Art beeinflusst werden. Noch bevor er sie also auf dem Feld ausfindig machte und in seine Arme schloss, gelangte er zu dem Entschluss, ihr das Schmuckstück vorerst doch nicht zu überreichen.

Jutta nahm sich Zeit für ihn, ging mit ihm ins Haus. Auch ihre Eltern kehrten ein, gesellten sich zu ihnen. Dies behagte Mathäus überhaupt nicht, er fühlte sich in der Gegenwart des Vaters, des knorrigen Johann, äußerst unwohl. Schließlich machte Johann keinen Hehl aus seinem Wunsch, seine Tochter – wenn sie sich, wie er hoffte, für ein weltliches Leben entschied – mit einem der Bauernsöhne aus der Nachbarschaft zu verheiraten. Nur widerwillig akzeptierte er Juttas Gefühle für diesen Beamten, der wahrscheinlich noch nie in seinem Leben einen Dreschflegel in den Händen gehalten hatte. Gleichwohl bemühte sich Johann um einen höflichen

Umgangston. Seine Frau Heilwig war mehr als nur höflich, sie hatte den Geliebten ihrer Tochter offensichtlich ins Herz geschlossen. Möglich, dass diese warmherzige Frau eines Tages zum Zünglein an der Waage wurde.

Nach einer knappen halben Stunde verabschiedete sich Mathäus, denn er wollte die Bauern nicht allzu lange von ihrer mühseligen Erntearbeit abhalten. Zumal auch auf ihn selbst noch Pflichten warteten. Draußen gab Jutta ihm noch einen zärtlichen Kuss, dann schwang er sich auf Julius' Rücken und galoppierte mitsamt Ring zurück nach Merode.

Vor seinem Haus sah er schon von weitem Dietrich stehen, der ein Pferd am Zügel hielt und offensichtlich auf ihn wartete. Nichts Gutes ahnend, ritt Mathäus auf den rotgelockten Jüngling zu.

„Nicht, dass ich dich nicht mag, Didi, ganz im Gegenteil, aber jedes Mal, wenn ich dich sehe, überkommt mich ein mulmiges Gefühl. Du bist mir nicht gerade als Bote erfreulicher Nachrichten im Gedächtnis haften geblieben."

Der Diener machte eine hilflose Handbewegung. „Ich fürchte, so ist's auch diesmal, Herr."

„Spuck's schon aus."

„Wieder ein Mord!"

Mathäus wurde bleich. „Was?"

Dietrich schaute zu Boden, als sei er selbst schuld am Elend dieser Welt. „Wieder im Wald, diesmal am Forellenweiher", bemerkte er leise.

Mathäus schluckte. „Wer?", fragte er nur.

„Die Tochter des Schuhmachers. Wurde erwürgt, wie's aussieht - wie die Anna!"

Der Dorfherr schüttelte fassungslos den Kopf. „Margarethe! Das ... das kann doch alles nicht sein." Tausend Gedanken strömten durch sein Gehirn. Schmachtete im Burgverlies am Ende doch ein Unschuldiger?

Sein Blick richtete sich auf das Haus des Schuhmachers in seiner Nachbarschaft. „Weiß es ihr Vater schon?", fragte er mit hohler Stimme.

„Nein, Herr. Ich soll Euch bitten, dass *Ihr* ihm Bescheid gebt."

Der Dorfherr seufzte tief. „Schon gut, ich werd's ihm sagen. Später. Zuerst will ich die Tote sehen."

Dietrich nickte betreten, stieg auf sein Pferd. „Folgt mir, Herr."

Diesmal war es der Burgvogt selbst, der mit zweien seiner Männer am Tatort auf ihn wartete. Julius erhob sich wiehernd auf die Hinterläufe, und nur mit Mühe gelang es Mathäus, den Gaul zu beruhigen. Dann stieg der Dorfherr aus dem Sattel.

„Was ist denn mit dem los?", fragte Paulus, mit dem Kinn auf Julius deutend.

Mathäus tätschelte den Hals des Tieres. „Er mag nun mal keine Leichen."

„Was Ihr nicht sagt!" Paulus setzte ein schiefes Grinsen auf. „Aber anderen Leuten in den Arsch zu beißen, da ist er weniger zimperlich, hab ich mir sagen lassen."

„Gebissen wird nur, wer's auch verdient."

„Euer Gaul sei nicht ganz dicht im Kopf, heißt es. Ob das an seinem Herrn liegt?"

Mathäus atmete geräuschvoll aus. „Es gibt momentan Wichtigeres zu bereden als die Eigenschaften meines Gauls, Burgvogt. Vor Euch liegt die Leiche einer jungen Frau. Wie man unschwer erkennen kann, ist sie erwürgt worden. Wie

auch die Anna." Er vermutete, dass die belanglosen Sticheleien des Burgvogtes lediglich von dessen Verunsicherung
ablenken sollten. Denn auch Paulus musste es seltsam erscheinen, dass innerhalb weniger Tage ein zweiter, scheinbar
identischer Mord geschehen war - obwohl Annas Mörder
doch längst im Verlies der Burg weilte. Freilich würde Paulus
sich kaum die Blöße geben, dies einzugestehen.

„Mit Mördern ist es wie mit den Fliegen", brummte der
Burgvogt, „sie kommen selten allein. Fragt sich bloß, warum
sie ihr bestes Gewand trägt, als gäb's ein Tanzfest hier mitten
im Wald."

Weil sie vermutlich jemanden treffen wollte, ging es Mathäus durch den Kopf. Ein Stelldichein, und zwar keineswegs
mit einem ihr Unbekannten. Laut fragte er: „Wer hat sie gefunden?"

„Ich!" Einer von Paulus' Männern, ein junger Knappe, trat
nach vorne.

„Wann war das?"

„Vor gut einer Stunde. Ich hatte den Auftrag, ein paar Fo-
rellen zu fangen. Der junge Herr Rikalt hatte nämlich unbän-
digen Appetit auf Fisch."

„Sowas. Und mir hat der junge Herr von Merode unlängst
erzählt, dass er Fisch hasst wie Bauchweh. Könnte es sein,
dass vielmehr der Burgvogt entsprechende Gelüste hegte?"

Paulus schob den Knappen unsanft beiseite. „Und wenn
schon", sagte er schroff. „Widmet Euch gefälligst Euren Auf-
gaben. Wen interessieren jetzt Fische?"

Stumm betrachtete Mathäus das tote Mädchen, mit dem er
vor wenigen Tagen noch gesprochen hatte. Ihr lebloser Körper
war noch warm. Auf ihrem starren Gesicht, das im Leben so
hübsch gewesen war, krabbelten Ameisen. Ihre Worte kamen

ihm in den Sinn, ihre schonungslose Anklage gegen Ludwig. Ihn würde er wohl zuerst verhören müssen, denn eines stand fest: Tobias Hompesch konnte schwerlich der Täter sein.

Als hätte Paulus die Gedankengänge des Dorfherrn erraten, murrte er: „Vielleicht besitzt dieser Pfeffersack ja Zauberkräfte. Wir hätten ihn längst richten sollen."

„Euer Scharfsinn ist manchmal wirklich überwältigend, Herr Paulus."

„Am Ende werdet Ihr noch behaupten, der Kaufmann habe den Mord an der Anna gar nicht begangen."

„Jedenfalls dürfte selbst Euch klar sein, dass ein Gefangener, der seit Tagen in einer Zelle schmachtet, für diesen Mord nicht verantwortlich sein kann. Und kommt mir nicht mit Zauber. Ich erinnere mich, dass Ihr Euch gestern noch recht abfällig über Zaubereien geäußert habt."

Paulus spuckte im hohen Bogen in den Weiher. Sein Unterkiefer schob sich nach vorne. „Es gibt eben zwei Mörder!", erwiderte er grimmig.

„Ja, so wird es sein. Meine Untersuchungen werden es zeigen."

Der Burgvogt lachte verächtlich. „Dann untersucht mal fleißig."

Mathäus kniete sich neben die Tote. Er entdeckte eine lange Borste am Ausschnitt ihres weißen Kleides, nahm sie zwischen Daumen und Zeigefinger und betrachtete sie akribisch im Licht der Sonne.

„Was habt Ihr da?", fragte Paulus skeptisch.

„Sieht aus wie eine Wildschweinborste."

„Ach ja? Hochinteressant."

„Die Frage lautet: Wie kommt die Borste eines Wildschweins auf das Kleid der Ermordeten?"

Paulus hob theatralisch die Hände. „Oh natürlich, dass ich da nicht von selbst drauf gekommen bin: Eine Wildsau ist der Täter!"

„Natürlich nicht, was soll die Posse? Dennoch stellt sich doch die Frage, wieso sich auf dem Kleid der Toten eine Borste dieses Tieres findet."

Paulus machte eine weit ausholende Handbewegung. „Seht Euch hier mal um, Mathäus. Wo, glaubt Ihr, sind wir hier eigentlich? Glaubt mir, im Wald soll es auch Wildschweine geben."

„Als erfahrener Jäger dürftet Ihr wissen, verehrter Herr Paulus, dass Wildschweine am helllichten Tag im Unterholz den Schlaf der Gerechten halten."

„Herrgott, ich werd' nochmal verrückt mit dem Kerl." Paulus presste eine Hand auf seine Stirn, als habe er unerträgliche Kopfschmerzen.

Der Dorfherr verbiss sich einen spitzen Kommentar. „Ich möchte, dass Ihr mir die alte Sibylle herholt", sagte er stattdessen.

„Die alte Sibylle", echote Paulus mit gequälter Stimme. „Was zum Teufel wollt ihr von der schon wieder? Ihr wisst doch, dass sie kaum noch gucken kann und nichtsdestotrotz behauptet, sie hätte einen Dämon gesehen"

„Macht schon, holt sie her!"

Der Burgvogt hob seufzend die Schultern und nickte seinen Knappen zu. Diese bestiegen sogleich ihre Pferde und ritten los.

„Und dass ihr sie diesmal anständig behandelt!", rief Mathäus ihnen nach.

„Gestattet, dass ich mich jetzt verabschiede", brummte Paulus, „ich hab auch noch anderes zu tun."

„Lasst Euch nicht aufhalten. Schickt mir später jemanden, der die Leiche abholt."

Paulus verbeugte sich spöttisch und sprang mit erstaunlicher Leichtigkeit auf sein Pferd. Mathäus sah dem Davonreitenden stirnrunzelnd hinterher.

„Herr?"

Erst jetzt merkte Mathäus, dass Dietrich immer noch treu und brav hinter ihm stand und auf Befehle wartete.

„Was ist, Dietrich?"

Der Diener deutete auf die Leiche des Mädchens, das zu Lebzeiten die Herzen eines jeden Burschen hatte höher schlagen lassen. „Wer ist zu so was fähig?"

„Ich hoffe, das bald herauszufinden."

„Glaubt Ihr, dass es der Dämon war?"

Mathäus zog die Stirn in Falten. „In gewisser Weise ja. Jeder, der so etwas vollbringt, wird von einem Dämon geleitet."

„Aber ... wenn es der Dämon höchstselbst war?"

„Ich persönlich glaube, dass die Mächte des Bösen nur durch Menschen wirken. Satan benutzt uns als seine Instrumente. Also sollten wir die Umgebung dieser Mordstätte nach völlig irdischen Spuren absuchen. Hilfst du mir?"

„Gewiss, Herr."

„Gut. Du gehst hier lang, ich dort. Halte Ausschau nach allem, was dir ungewöhnlich erscheint."

Es dauerte nicht lange, und Dietrich rief den Dorfherrn herbei. Der junge Diener hockte hinter einer großen Eiche, wenige Rutenlängen vom Weiher entfernt, betrachtete die Erde zu seinen Füßen. „Fußspuren!", verkündete er aufgeregt.

Mathäus kniete sich neben ihn. Eine Libelle schwirrte um sie herum.

„Das ist seltsam", murmelte der Dorfherr.

„Was denn, Herr?"

„Was fällt dir auf, Didi, wenn du die beiden Fußabdrücke dort betrachtest?"

„Sie sind noch frisch. Sieht aus, als hätte sich jemand hinter diesem Baum versteckt."

„Richtig! Aber jetzt sieh dir die Erde zwischen dem Wurzelwerk an. Nun?"

„Sie ist feucht."

„Genau! Dabei hat es in den vergangenen Tagen nicht geregnet."

Dietrich sah den Dorfherrn verwundert an. „Ihr habt Recht, Herr."

„Warum also ist es gerade dort feucht, wo sich offenbar jemand versteckt hat?"

Der Diener rieb sein Kinn. „Vielleicht hat derjenige ja ein Bad im Weiher genommen?"

„Tja, wer weiß? Und nun sieh dir die Fußspuren an. Was fällt dir auf?"

„Bauernstiefel."

„Und was noch?"

Dietrich überlegte angestrengt. „Nichts, Herr. Das heißt … wenn man genau hinschaut, erkennt man auf der linken Sohle ein Kreuz."

Mathäus klopfte dem Diener auf die Schulter. „Sag mal, welchem der Herren von Merode dienst du eigentlich?"

„Ich gehöre zu Rikalts Leuten, Herr." Offenbar betrachtete er sich nicht als Marionette des Burgvogtes.

„Das freut mich!"

„Herr?"

„Schon gut." Er griff nach einem Holzzweig und maß die Länge der Fußspuren ab. Mit seinem Dolch machte er eine

Markierung. Warf dann einen letzten Blick auf das Kreuz in der linken Sohle, das auf der linken Seite des Querbalkens einen leichten Knick nach unten zeigte. Schließlich raffte er etwas Laub zusammen und bedeckte die Fußspuren sorgsam. „Lass uns weitersuchen, Didi. Vielleicht finden wir ja noch andere interessante Spuren."

Trotz gründlicher Suche machten sie keine weiteren Besonderheiten in der näheren Umgebung aus. Schon bald deutete Hufgetrampel auf Ankömmlinge hin. Die beiden Knappen des Burgvogtes kehrten zurück. Die alte Sibylle kauerte hinter einem der Reiter und schien diesmal keinen Widerstand zu leisten. Ihr Gesicht war fahl und eingefallen, die Begegnung mit dem Dämon hatte offensichtlich Spuren hinterlassen. Dietrich half ihr vom Pferd.

„Wieder eine Leiche", krächzte sie, als sie den Dorfherrn erblickte. „Der Dämon mag nur frisches Blut, meins hat er verschmäht. Was wollt Ihr von mir?"

Mathäus faltete bittend seine Hände. „Entschuldigt, dass ich Euch schon wieder behelligen muss, Sibylle. Aber auf Euer Wissen kann ich schwerlich verzichten."

Sibylle machte eine abwehrende Handbewegung. „Was nützten Euch all meine Kenntnisse, wenn der Jüngste Tag anbricht? Wollt Ihr schon wieder von mir wissen, ob sich jemand an dem Mädchen vergangen hat?"

„So ist es."

„Und wenn Ihr's wisst, welchen Sinn macht's? Dämonen tun mal dies, mal das, ganz in höllischer Willkür. Ihre Absicht ist es, die Menschen zu verwirren."

„Bitte, tut es trotzdem für mich."

„Ihr glaubt nicht, dass es ein Dämon war."

Mathäus schwieg.

„Als ich in Eurem Alter war, Dorfherr, hätte ich auch nicht daran geglaubt. Wenn man jung ist, wähnt man sich klug und erhaben über solche Dinge. Doch glaubt mir, wenn das Alter über einen kommt, ändern sich die Sichtweisen."

„An Eurer Weisheit zweifle ich nicht. Werdet Ihr mir den Gefallen erweisen?"

„Gewiss, weil Ihr es seid. Ihr seid zwar kein Einheimischer, und ich hab Euch nicht auf diese Welt geholfen. Aber Ihr habt mich immer mit Respekt behandelt. Ich werde die arme Tote untersuchen."

Mit klopfendem Herzen stand der Dorfherr vor der Tür des Schuhmachers, um die schreckliche Nachricht vom Tod seiner Tochter zu überbringen. Am liebsten wäre er weit, weit fort gewesen.

Albrecht selbst empfing ihn. Sein Gesicht war blass, und seine seltsamen Augen flackerten unheilvoll. Im Hintergrund, am Tisch sitzend, erblickte Mathäus Philipp, in seinen Händen eine alte Sandale, die er mit einer großen Nadel bearbeitete. Neugierig spähte der junge Mann zur Tür.

„Albrecht, ich … muss mit Euch zu reden", sagte Mathäus leise.

Der Schuhmacher hob verwundert die Augenbrauen. „Gewiss, kommt herein. Aber Margarethe ist nicht da."

Mathäus trat in die Stube. Albrecht bot ihm Platz an. Philipp legte die Sandale beiseite und sah den Dorfherrn fragend an. Auch Albrecht setzte sich und faltete erwartungsvoll die Hände.

Mathäus senkte den Blick. „Margarethe … Sie ist tot", erklärte er mit hohler Stimme.

Schweigen, lähmendes Schweigen. Erst nach einer schier endlosen Weile wagte Mathäus den Blick zu erheben. Albrecht starrte ausdruckslos vor sich hin. Sein Gesicht eine Totenmaske. Philipp dagegen schüttelte fassungslos den Kopf, und über seine Wange kullerte eine dicke Träne. „Was soll das heißen, *sie ist tot?*", hauchte er. „Was ist geschehen?"

„Jemand hat sie erwürgt. Im Wald."

„Im Wald? Was … hatte sie im Wald zu suchen?"

Mathäus schüttelte den Kopf, er hatte gehofft, dass der Bruder oder der Vater eine Antwort auf diese Frage wüssten. „Sie trug ein weißes Festtagskleid", sagte er leise.

„Mutters Kleid", stieß Philipp heiser hervor. Sein Vater stöhnte auf.

„Wer hat ihr das angetan?", fragte Philipp.

„Ich weiß es noch nicht", räumte Mathäus ein, aber Albrecht glaubte die Antwort zu wissen.

„Ludwig!" Seine Hände wurden zu Fäusten.

„Ihr verdächtigt ihn?"

„Habt Ihr denn nicht gehört, was meine Tochter Euch über ihn berichtet hat?"

„Aber Ludwig war schließlich auch nicht der Mörder der Anna."

Die Fäuste des Schuhmachers trommelten auf dem Tisch. „Was heißt das schon? Meine Tochter hat er jedenfalls umgebracht, dieser lüsterne Teufel."

„Was macht Euch da so sicher?"

„Margarethe erzählte uns gestern voller Stolz, dass sie ihm gedroht habe."

„Gedroht?"

„Dass sie ihn umbringen würde, wenn er sich ihr noch einmal unziemlich näherte."

„Hat sie auch erzählt, wie Ludwig auf diese Drohung reagierte?"

„Mit einem Wutanfall. Aber das war ihr einerlei. Aus einem Grund, den ich nicht kenne, war sie plötzlich voller Entschlossenheit. Einerseits freute ich mich über diesen Lebensmut. Doch auf der anderen Seite fürchtete ich die Konsequenzen, die sich aus ihrer Ablehnung ergeben könnten." Der Schuhmacher vergrub das Gesicht hinter seinen Händen. „Deshalb hat das Schwein sie umgebracht", sagte er eisig. Sein Kinn begann zu zittern. „Und wahrscheinlich hat er sie vorher geschändet, dieser verfluchte Hurenbock!"

Mathäus räusperte sich. „Es wird Euch kaum ein Trost sein, Albrecht, aber ich kann Euch versichern, dass niemand sich vor ihrem Tod an ihr vergangen hat."

„Wer behauptet das?"

„Sibylle. Sie hat Eure Tochter untersucht."

„Pah!" Philipp wischte sich die Feuchtigkeit aus den Augen. Trotzig sah er den Dorfherrn an. „Sibylle? Für mich ist das alte Weib eine Hexe, wie die meisten Weiber. Auf den Scheiterhaufen und dann zur Hölle mit ihnen allen. Ich jedenfalls kauf's ihr nicht ab, dass sie einen Dämon gesehen hat. Ihr etwa?"

„Auch ich bezweifle das, Philipp. Aber ich glaube durchaus, dass sie jemanden gesehen hat, der wie ein Dämon aussehen *wollte*."

Philipp zuckte ärgerlich die Achseln. „Wann werdet Ihr den Bauern verhaften?"

„Ich werde ihn zunächst anhören müssen."

„Hoffentlich zaudert Ihr diesmal nicht so lange wie bei diesem Pfeffersack."

Mathäus ließ es dabei bewenden, obwohl die respektlose Rede Philipps ihn reizte. Der Schmerz über den Tod der

Schwester musste tief sitzen in ihm, und es blieb nicht aus, dass die Schmähreden von Paulus' Leuten wie ein steter Tropfen allmählich ihre Wirkung zeigten.

Der Dorfherr atmete tief. Sein Blick wanderte zwischen Vater und Sohn hin und her. „Wer immer Margarethe umgebracht hat", sagte er leise, aber fest, „ich werde den Mörder finden, und er wird seine gerechte Strafe erhalten. Darauf habt Ihr mein Wort." Er erhob sich und schritt zur Tür.

„Herr Mathäus?"

Das verbissene Gesicht des jungen Schuhmachers starrte ihn an.

„Ich hoffe, dass Ihr den Mörder *bald* findet! Sonst werde ich es für Euch tun."

Der Dorfherr warf ihm einen durchdringenden Blick zu. „Der Tod deiner Schwester tut mir leid, Philipp. Er berührt mich. Aber überleg dir künftig gut, was du sagst und was tu tust. Narreteien helfen niemandem weiter."

Mit diesen Worten verließ er die Stube.

16

Am Rand des Feldes stand wie ein Felsklotz Mathilde, die wuchtige Gattin des Bauern Ludwig. Mit herrischem Blick beaufsichtigte sie die schweißtreibende Arbeit der Mägde und Knechte. Sie hatte ihre fetten Arme ineinander verschränkt, schnaubte ab und zu einen Befehl und achtete nicht auf die Fliegen, die ihr fettig glänzendes Gesicht umkreisten. Auch den Dorfherrn, der sich ihr von hinten näherte, bemerkte sie nicht.

„Das Wetter meint es in diesem Jahr gut mit den Bauern, nicht wahr, Mathilde?"

Die dicke Bäuerin fuhr herum und blinzelte misstrauisch.

„Nicht nur mit uns Bauern, Herr Mathäus. Eine Missernte würde auch Euch um Euer Brot bringen."

Mathäus beschattete seine Augen und überblickte den Acker. Kein anderer Bauer der Herrschaft hatte ein solch zahlreiches Gesinde. Der größte Teil des Getreides war schon geschnitten und wurde nun auf Karren geladen. „Wo ist Euer Gatte, Mathilde?"

Die Bäuerin sah ihn verwegen an. „Was wollt ihr denn von ihm?"

„Mit ihm reden."

„Weswegen?"

Mathäus ignorierte die Frage. „Wo ist er?"

„Daheim, im Bett. Er hat einen Rückfall gehabt und hustet sich die Seele aus dem Leib."

Mathäus runzelte zweifelnd die Stirn. „Ist er allein?", erkundigte er sich.

„Ach was!" Mathildes Stimme bekam einen säuerlichen Klang. „Eine Pflegerin hat er sich dabehalten."

Dann kann es ihm so schlecht nicht gehen, überlegte der Dorfherr. Nickte der Bäuerin zu und machte kehrt. Dann verharrte er mitten im Schritt und drehte sich nochmals um. „Ach, Mathilde?"

Die Bäuerin spielte nervös mit ihren Fingern.

„Seid doch so gut und gebt mir einen Eurer Knechte mit, der mir den Hofhund vom Hals hält."

„Wie Ihr seht, Herr Mathäus, wird hier gearbeitet. Ich kann auf keine Arbeitskraft verzichten."

„Ihr bekommt ihn ja gleich wieder. Oder wär's Euch lieber, wenn ich mir ritterlichen Begleitschutz von der Burg hole? Aber was denken dann die Leute, nicht wahr?"

Mathilde schluckte verärgert, winkte einen der Knechte herbei und raunzte ihm etwas zu. Der Knecht nickte beflissen und machte sich zusammen mit dem Dorfherrn auf den Weg. Argwöhnisch blickte Mathilde ihnen hinterher.

Schon bald erreichten Mathäus und sein Begleiter Ludwigs Hof. Der Knecht ließ ihn eintreten und führte ihn eine schmale Treppe hoch. Schließlich standen sie direkt vor Ludwigs Schlafkammer. Der Knecht verzog sein Gesicht und klopfte zaghaft an die Tür. Es dauerte eine Weile, bis sie sich einen Spalt weit öffnete und das rosige Gesicht einer jungen Magd hervor spähte. Mathäus dankte dem Knecht mit einem Nicken, bat ihn sich zur Verfügung zu halten. Dann verschaffte sich Mathäus Eintritt, indem er die verdutzte Magd mit sanfter Gewalt zurückdrängte.

„Der Herr ist krank", stammelte sie hilflos.

Mathäus hob beruhigend seine Hände. „Ich weiß, Mädchen, ich weiß." Die Kleidung der Magd befand sich in verdächtiger Unordnung. Eine Haube trug sie nicht, und vor ihrem Gesicht zappelten wilde Haarsträhnen. Der Dorfherr wies sie mit einer ruhigen Kopfbewegung an, den Raum zu verlassen. Stumm gehorchte die Magd.

Der Geruch von Krankheit erfüllte die Luft des Schlafgemachs, vermischte sich mit der drückenden Schwüle des Sommertages. Ludwig lag hüstelnd auf seinem Bett und sah den Dorfherrn feindselig an. „Hoffentlich könnt Ihr mir den Grund für Euer unverschämtes Eindringen erklären, Herr Hüter der herrschaftlichen Ordnung", krächzte er mit heiserer Stimme.

Mathäus betrachtete ihn eine Weile schweigend. Mit entblößtem Oberkörper lag er da auf seiner Bettstatt, während ein weißes Lammfell seinen Unterleib und seine Beine bedeckte. Mathäus hätte sein Haus darauf verwettet, dass Ludwig darunter völlig nackt war.

„Wie gut für Euch, dass Ihr jemanden habt, der Euch pflegt", bemerkte Mathäus nach einer Weile mit süffisantem Lächeln.

Ludwig hustete verärgert. „Was wollt Ihr?"

Unaufgefordert setzte sich Mathäus neben das Bett. „Wo wart Ihr heute Morgen?", fragte er geradeheraus.

„Wo ich war, wollt Ihr wissen? Seht mich an, Dorfherr. Ich war hier, wo sonst? Glaubt Ihr, ich lege mich während der Erntezeit nur so zum Spaß ins Bett?" Er zog etwas Schleim hoch und spuckte in einen Becher. Mühsam schnappte er nach Luft. „Bin kaum in der Lage, auch nur zwei Schritte zu gehen."

Eines musste Mathäus sich widerwillig eingestehen: Dieses Wrack konnte schwerlich jene grauenhafte Tat begangen haben, um derentwillen er hier war.

„Was zum Teufel wollt Ihr überhaupt von mir?", schnaufte der Bauer.

„Heute Morgen ist ein weiterer Mord geschehen", erklärte Mathäus ungerührt.

„Ach ja? Und welche Unglückliche hat es diesmal erwischt?"

Mathäus hob den Kopf. „Woher wisst Ihr denn, dass es sich um ein Weib handelt?"

„Weil ich nicht dämlich bin, werter Dorfherr. Ich bin kein Kind von Traurigkeit, Ihr wisst das, jeder weiß es. Und was ich haben will, bekomme ich. Was kümmert mich das Geschwätz der anderen, die in Wirklichkeit nur neidisch sind?" Er spuckte abermals in den Becher. „Ich weiß, was Ihr von mir haltet, aber das ist mir einerlei. Ich weiß auch, dass Ihr mir an den Kragen wollt, aber das wird Euch nicht gelingen. Ihr würdet mich wohl kaum aufsuchen, wenn es nicht wieder eine junge Frau wäre, die da ermordet wurde."

Mathäus' Mundwinkel zuckten verächtlich.

„Nun, um wen handelt es sich also, Herr Hüter der herrschaftlichen Ordnung?"

„Die Tochter des Schuhmachers."

Das Gesicht des Bauern verriet keinerlei Regung. Ausdruckslos starrte er vor sich hin. „Margarethe", murmelte er nach einer Weile, „das ist schade um sie."

„Habt Ihr sie gut gekannt?"

Ludwig grinste matt. „Ich hab sie gemocht. Und sie mochte mich auch."

„Wirklich? Mir ist da anderes zu Ohren gekommen!"

„Euch kommt vieles zu Ohren, wenn der Tag lang ist, Dorfherr. Vielleicht ist das auch der Grund dafür, dass diesem fremden Pfeffersack immer noch nicht der Prozess gemacht wurde."

„Das soll nicht Eure Sorge sein, Ludwig. Jeder bekommt eines Tages, was er verdient."

„Gewiss, der eine früher, der andere später. War's das?"

174

„Nein. Ich will alle Stiefelpaare sehen, die Ihr besitzt."

Ludwig lachte laut, doch das Lachen ging bald in ein dumpfes Husten über. „Schaut sie Euch an, wenn Ihr unbedingt wollt. Vorher gebt Ihr sowieso keine Ruhe." Er klatschte laut in die Hände. Nach wenigen Augenblicken betrat die Magd schüchtern das Zimmer.

„Bertha, mein kleiner Engel, bitte sei so gut und hole alle Stiefelpaare her, die ich besitze."

Die Magd machte ein verwundertes Gesicht.

„Nun mach schon!"

Sie entfernte sich und kam bald voll bepackt zurück.

„Leg sie alle auf den Boden, Bertha", befahl der Dorfherr. Sie gehorchte und entfernte sich auf einen Wink des Kranken wieder.

Schon auf den ersten Blick erkannte Mathäus, dass die Größe der Stiefel mit den Abdrücken im Waldboden übereinstimmen mochte. Sorgfältig betrachtete er sämtliche Sohlen, entdeckte aber nirgends das ominöse Kreuz. „Eine ganze Menge Stiefel besitzt Ihr", murmelte er, um seinen Unmut nicht zu zeigen.

Ludwig zuckte mit den Achseln. „Der eine hat, der andere eben nicht. Warum verachtet Ihr mich eigentlich? Weil ich ein Freibauer bin?"

„Das juckt mich nicht. Ich verachte Euch, weil Ihr die Nöte der Menschen schamlos ausnutzt." Mathäus ließ den letzten Stiefel auf den Boden plumpsen und erhob sich. „Wünsche Euch gute Genesung, Ludwig." Mit großen Schritten verließ er den Raum. Vor der Tür wartete der Knecht auf ihn. Auch die Magd stand dort und zupfte verunsichert an ihren Haaren. Mathäus trat ihr entgegen. „Dein Herr war den ganzen Morgen in seinem Bett, nicht wahr, Bertha?", fragte er mit ruhiger Stimme.

„Ja, Herr."

„Und die Stiefel – du hast mir doch hoffentlich kein Paar vorenthalten, oder?"

„Nein, Herr! Bestimmt nicht!"

Mathäus suchte nach einem verräterischen Zucken in ihrem Gesicht, doch vergebens. Er war fast sicher, dass die Magd ihn nicht anlog.

„Sag, Mädchen: Ist dein Herr eigentlich gut zu dir?", fuhr er leise fort.

Bertha wich seinem durchdringenden Blick aus. „Ich leide weder Hunger noch Durst", antwortete sie ausweichend. „Außerdem sorgt er gut für mein Baby."

„Du hast ein Kind?"

„Ja, Herr." Noch immer mied sie seinen Blick.

Mathäus nickte verstehend. Er legte eine Hand auf die Schulter des Mädchens. „Sollte der Tag nahen, an dem du weder ein noch aus weißt, dann wende dich an mich", flüsterte er. Dann verließ er das Haus.

Gedankenverloren marschierte er bald darauf den Hahndorn hinab, der wie ausgestorben vor ihm lag. Selbst das Federvieh hatte inzwischen Schutz vor der schwülen Hitze gesucht und war nirgends auszumachen. Mathäus bemerkte, dass der Dorfbach längst nicht so laut plätscherte wie sonst. Wenn die Hitze noch ein paar Tage anhielt, würde er ausgetrocknet sein.

„Schon die zweite Tote!", krächzte plötzlich eine Stimme.

Mathäus fuhr herum. „Lazarus!"

Der Irre blickte beschwörend in den Himmel. „Teufel hält reiche Ernte!"

„Die Einzigen, die hier Ernte halten, sind die Bauern", erwiderte Mathäus unwirsch. „Woher um alles in der Welt weißt du schon von dem Mord? Wer hat's dir erzählt?"

Lazarus schien die Frage des Dorfherrn nicht gehört zu haben. Entrückt hob er seine Arme. „Teufel geht um, Gnade uns allen." Dann begann er zu kichern und hüpfte davon.

Mathäus stöhnte verärgert auf. Mitunter war es ihm ein Rätsel, wie rasch Neuigkeiten sich in diesem gottverlassenen Nest zu verbreiten pflegten. Vermutlich waren hierfür Paulus' Leute verantwortlich. Und wahrscheinlich wussten es inzwischen auch schon die Bauern auf ihren Feldern.

Mathäus schlug den Weg zur Burg ein. Tausend Fragen verwirrten ihn. Dieser zweite Mord trug nun wirklich nicht dazu bei, seine im Mordfall Anna gewonnenen Erkenntnisse zu erhärten. Dabei hatte er es sich wirklich nicht leicht gemacht, hatte jeden Widerstand gegen seine Untersuchungsmethoden gebrochen. Und als er endlich keinen Zweifel mehr hegte an der Schuld des böhmischen Kaufmanns, war dieser zweite fürchterliche Mord geschehen.

Er beschloss, Annas Mörder noch einmal aufzusuchen. Maßlose Wut, dass Hompesch noch immer nicht gestanden hatte, brodelte in ihm. Auch wenn das Schicksal des Kaufmanns nicht weiter von einem Geständnis abhing, störte die unselige Beharrlichkeit des Tobias Hompesch Mathäus' Sinn für Ordnung und Gerechtigkeit. Es war fast wie eine persönliche Beleidigung.

Friedrich, der Kastellan, empfing ihn aufgeregt. „Paulus hat Euch bereits gesucht, Mathäus."

„Was gibt's denn?"

„Ihr werdet's nicht glauben, aber seine Männer haben schon wieder jemand festgenommen. Wieder ist's ein Fremder."

Mathäus blinzelte ungläubig. „Wirklich?"

„Soll er's Euch doch selbst erzählen. Folgt mir!"

Friedrich führte ihn in den Jagdsaal des Ostflügels, den Konrad soeben verließ. „Oh, Dorfherr", krähte er albern,

„stellt Euch vor, der Fall ist gelöst. Und das einmal mehr ohne Eure Hilfe. Nichts für ungut, nehmt es nicht zu tragisch, Mathäus. Entschuldigt mich jetzt, ich muss gehen. Die Pflichten." Ein Liedchen summend verschwand er.

„Mathäus, gut, dass Ihr kommt!" Rikalt erhob sich von seinem Stuhl und trat dem Dorfherrn entgegen.

Mathäus spähte durch den Saal. Paulus saß am Tisch, nippte gelangweilt an einem Becher und schenkte dem Ankömmling kaum Beachtung. Mit tristem Blick beäugte er ein vielleicht fünfjähriges Mädchen mit pechschwarzen, langen Haaren und großen Kulleraugen. Verstört kauerte es in einer Ecke des Saales auf dem Boden. Die Hautfarbe des Kindes war von auffallender Bräune.

„Wer ist das?", wunderte sich Mathäus.

Paulus machte sich nicht die Mühe, ihn anzusehen. „Meine Männer haben den Mörder festgenommen. Vor der Dorfschenke. Er hatte diese Göre an der Hand."

„Ist sie seine Tochter?"

„Schwerlich. Sie spricht ein fremdes Kauderwelsch."

Mathäus setzte sich hin und blickte zu dem Mädchen hinüber. „Das Kind wird aber wohl kaum seine Mittäterin sein."

Paulus grinste und nippte erneut an seinem Becher. Er genoss es, den Dorfherrn im Gefühl der Unwissenheit zu belassen.

„Natürlich ist dieses Mädchen keine Mörderin", sagte Rikalt, „aber wie Herr Paulus schon sagte, es befand sich in der Begleitung des Kaufmannes."

„Und nun ratet, wer dieser Kaufmann ist", fügte Paulus hinzu. Endlich suchte er den Blick des Dorfherrn.

„Zum Teufel, woher soll ich das wissen? Aber ich bin sicher, Ihr werdet es mir gleich sagen!"

„Margarethes Mörder ist Hompeschs Bruder!"

„Wie bitte?"

„Kain hat einen Bruder - und der heißt auch Kain."

Mathäus verdrehte ärgerlich die Augen. „Hättet Ihr die Güte, etwas konkreter zu werden?"

Rikalt legte eine Hand auf den Arm des Dorfherrn. „Stellt Euch vor, Herr Mathäus: Tobias Hompesch ist kein Tuch-, sondern ein Menschenhändler. Ebenso sein Bruder Walter, den Paulus' Männer festnehmen konnten. Walter hatte dieses Mädchen bei sich. Es versteht unsere Sprache nicht."

Paulus spreizte die Hände. „Die Sache ist offensichtlich", stellte er fest, „beide Brüder trafen im Wald auf ihre Opfer und beschlossen, sie als Waren feilzubieten. Aber als die Mädchen sich wehrten …" Er fuhr mit dem Zeigefinger über seinen Hals.

Mathäus runzelte die Stirn. „Menschenhändler?"

„In den Häfen Flanderns wimmelt es von solchen Kerlen", behauptete Paulus, „denn dort floriert der Markt. Die beiden Brüder waren sicher auf dem Weg dorthin. Vermutlich hatten sie sich hier irgendwo treffen wollen. Dummerweise begingen sie dieselbe Untat und ließen sich dabei erwischen. Tja, Brüder eben. So leicht entwirren sich manche Rätsel."

„Hat jener Walter die Tat gestanden?"

„Geht das schon wieder los", sagte Paulus laut seufzend, „natürlich hat er nicht gestanden. Warum sollte er anders sein als sein Bruder? Als ob Mörder einen Vertag mit der Wahrheit hätten."

Das kleine Mädchen begann leise zu wimmern. Rikalt ging zu ihr hinüber. Fürsorglich legte er einen Arm um ihre Schulter, redete beruhigend auf sie ein.

Paulus betrachtete seinen Weinbecher. „Was sollen wir mit der Kleinen machen?"

Mathäus schauderte bei dem Gedanken, dass der Burgvogt über das Schicksal des Mädchens entscheiden könnte. „Macht Euch ihretwegen keine Sorgen", antwortete er rasch, „ich werde schon eine Lösung finden. Lasst sie einstweilen gut von den Mägden versorgen. Sie sieht ein wenig abgemagert aus."

„Dann beeilt Euch gefälligst mit Eurer Lösung", knurrte Paulus, „ich sehe nicht ein, warum hier fremde Bälger auf unsere Kosten durchgefüttert werden sollten."

„Auf *meine* Kosten, Herr Paulus!" Rikalt warf dem Burgvogt einen feindseligen Blick zu. „Auf *meine* Kosten", wiederholte er, „schließlich bin *ich* der Herr von Merode. Nicht Ihr."

„Wie auch immer, bis morgen muss sie fort sein. Will sie dann nicht mehr hier sehen."

„Ich will den Gefangenen sehen", sagte Mathäus. „Wo ist er?"

„Bei seinem Bruder, wo sonst", grunzte Paulus.

„Ihr habt die beiden in ein- und dieselbe Zelle gesteckt?"

„In unserem Teil der Burg gibt es nur diese eine Zelle, vergessen?" Paulus betonte jedes Wort, als habe er einen Idioten vor sich.

„Warum habt Ihr ihn nicht in die Kerkerzelle des Westflügels gesteckt?"

Paulus verdrehte die Augen. „Weil sie belegt ist. Herr Konrad hat zwei seiner Mägde einsperren lassen."

„Was haben die Ärmsten denn verbrochen?"

„Sie wurden bei einer heimlichen Weinprobe ertappt."

„Ein schlimmes Verbrechen, in der Tat."

„So ist mein Vetter nun mal", meinte Rikalt säuerlich. „Er käme nie auf den Gedanken, die Dinge für uns alle zu vereinfachen."

„Ich habe beide Gefangenen anketten lassen", erklärte Paulus, „damit sie nicht auf dumme Gedanken kommen. Hoffentlich habt ihr diesmal nichts dagegen einzuwenden, Mathäus", fügte er hämisch hinzu.

„Bringt mich zu ihnen!", verlangte Mathäus.

17

Als hinter ihm die Kerkertür krachend zufiel, spürte der Dorfherr sofort die geballte Feindseligkeit, die ihm von den Gefangenen entgegenschlug. Man hatte sie an die Wand gekettet, sodass sie einander nicht die Hände reichen konnten. Mathäus musterte die auf dem Boden kauernden Gestalten. Der ausgemergelte Tobias Hompesch zog eine Grimasse und klirrte mit seiner Kette.

„Sieh an, der ehrenwerte Dorfherr", krächzte er. Seine Stimme war schwach, aber feindselig wie ehedem. Wortlos wandte Mathäus sein Gesicht dem anderen Gefangenen zu.

„Ihr seid Walter Hompesch?"

„Nein, ich bin der heilige Franziskus."

Er schien jünger zu sein als sein Bruder Tobias, aber die Ähnlichkeit war unverkennbar. Auch er sprach den harten böhmischen Akzent. Vor allem aber war es sein zur Schau gestellter Hochmut, der Mathäus keinen Augenblick lang daran zweifeln ließ, hier den Bruder des Tobias Hompesch vor sich zu haben.

„Ihr seid ein Witzbold, Walter", sagte Mathäus, „aber ich fürchte, das Scherzen wird Euch schon bald vergehen."

„Und Ihr seid?"

„Mathäus, Dorfherr von Merode. Ich untersuche die begangenen Morde."

Walter hob die Schultern. „Wie mein Bruder bin ich unschuldig. Ich habe niemanden umgebracht."

„Das wird sich zeigen."

Walter schüttelte den Kopf und begann hämisch zu lachen. „Es war ein Fehler, sich in diesem Kuhdorf zu verabreden, Bruder. Hier wimmelt es ja von Verrückten, die einem ahnungslosen Fremden mal eben einen Mord in die Schuhe schieben wollen. Sagt mal, Dorfherr von Merode, werden hier häufig Frauen umgebracht?"

„Nicht, bevor Ihr kamt. Wieso wolltet Ihr Euch eigentlich in Merode treffen? Das Dorf liegt abseits der Heerstraße."

Walter legte den Kopf schief. „Weil einer unserer Zunftbrüder – Gott verdamme ihn! – behauptete, in diesem Kuhdorf gäbe es das beste Bier weit und breit."

„Ein Zunftbruder?" Mathäus verzog verächtlich seinen Mund. „Gründen Sklavenhändler neuerdings Zünfte?"

„Klugschwätzer!" Walter zerrte an seiner Kette. „Wisst Ihr überhaupt, was draußen in der Welt los ist?", tobte er. „Doch nein, Ihr kennt ja nur dieses vertrottelte Nest hier."

„Nun, klärt mich auf, was ist denn los in der Welt?", fragte Mathäus mit gefährlich ruhiger Stimme.

„Pest, Hunger und Krieg!", blaffte Walter ihn wütend an. „Habt Ihr jemals einen Überfall wilder ungarischer Gesetzloser erlebt? Natürlich habt Ihr das nicht, denn ihr lebt ja hier unter dem Schutz dieser prahlerischen Kleinadligen. Aber lasst Euch gesagt sein, im Osten geht es rauer zu als hierzulande, da wird geplündert, gebrandschatzt und gemordet." Er schlug eine Fliege auf seinem Bein zu Matsch. „Leider gibt es dort auch entsprechend viele Waisen. Was würde aus ihnen, wenn Leute wie wir sich ihrer nicht annähmen?"

„Wie selbstlos", schnurrte Mathäus, „nicht Geldgier, sondern christliche Nächstenliebe ist Euer Motiv. Die Piraten an Flanderns Küsten und die Bordellwirte dort führen bestimmt auch nur Gutes im Schilde." Seine Stimme wurde abrupt härter. „Die beiden ermordeten Mädchen waren übrigens keine Waisenkinder."

Walter hob resignierend die Hände. „Das mag ja so sein. Aber wir haben die Mädchen schließlich auch nicht umgebracht."

„Zeigt mir Eure Stiefel, Walter."

„Meine …?"

„Eure gottverdammten Stiefel sollt Ihr mir zeigen, seid Ihr taub?"

Der Kaufmann streckte dem Dorfherrn seine Stiefel entgegen. Mathäus nahm sie genau in Augenschein. Kein ominöses Kreuz! Er versuchte seine Enttäuschung zu verdrängen. Alles wäre so logisch gewesen. Aber die Gerechtigkeit hatte Vorrang und durfte keineswegs durch Antipathien oder heimliche Wünsche beeinflusst werden.

„Nun? Gefallen Euch meine Stiefel?"

Mathäus runzelte die Stirn. „Ihr seid ein gewissenloses Schwein, Walter", sagte er nachdenklich, „aber ich weiß nicht, ob Ihr ein Mörder seid. Allerdings werde ich das bald herausfinden."

Er wandte sich dem anderen Gefangenen zu, der das Zwiegespräch müde verfolgt hatte. „Aber Ihr", er deutete anklagend mit dem Zeigefinger auf Tobias, „*Ihr* seid ein Mörder!"

„Was könnte ich darauf sagen, Ihr glaubt mir ja sowieso nicht."

„Wohl wahr, ich glaube Euch nicht. Kein Wort, nicht ein einziges! Aber es macht mich wütend, dass Ihr nicht gestehen wollt."

„Nun, das ist wohl Euer eigenes Problem, Dorfherr."

„Die Beweise sprechen gegen Euch, das wisst Ihr. Wollt Ihr am Ende Eures Lebens nicht Frieden mit Euch selbst schließen? Und mit Gott?"

Mathäus glaubte Feuchtigkeit in den kleinen Augen des Kaufmannes glitzern zu sehen. War die Schale nun durchbrochen?

„Was liegt Euch an meinem Frieden?"

Mathäus stützte sein Kinn. „Wisst Ihr, was die Leute glauben werden?", fragte er nach einer Weile.

„Was interessieren mich die Leute?"

Mathäus ließ sich nicht beirren. „Sie glauben an Teufelswerk! Sollte sich die Unschuld Eures Bruders erweisen – und im Moment gibt es ja wirklich keine Beweise gegen ihn – dann wird man Euch auch noch für den zweiten Mord verantwortlich machen."

„Wie hätte ich jemanden umbringen können, wo ich doch in diesem Loch schmachtete?"

„Wie ich schon sagte: Teufelswerk!" Mathäus sah den älteren der Brüder traurig an. „Man wird behaupten, dass Ihr mit dem Leibhaftigen im Bunde steht, zumal die alte Hebamme des Dorfes ihn kürzlich selbst gesehen haben will. Wisst Ihr, was dann passieren wird?"

Fast unmerklich schüttelte Tobias den Kopf.

„Man wird einen Ketzerrichter herbeirufen. Und auch der wird Euch befragen, aber in anderer Weise, als ich das tue, verlasst Euch drauf. Gegen die Handlanger eines Ketzerrichters ist selbst Paulus ein Samariter." Mathäus seufzte. „Wenn Ihr dann trotz erbärmlichster Folterqualen abstreitet, mit dem Teufel zu paktieren, wird Euch das nichts nützen, denn niemand wird Euch glauben. Und vielleicht ist genau das die Absicht des Mörders der Margarethe. Drum sagt Ihr mir besser hier und jetzt die Wahrheit. Ein letztes Mal gebe ich Euch die Gelegenheit dazu. Bedenkt, der Tod auf dem Scheiterhaufen ist ein äußerst erbärmlicher."

„Was soll dieses Geschwätz", rief Walter empört, „lass dich nicht einschüchtern von diesem Dorftrottel, Bruder. Gestehe nichts!"

Tobias hob abwehrend eine Hand. Sein Gesicht wirkte jetzt noch eingefallener, und seine Augen fixierten das dunkle Gemäuer des Verlieses. Eine Weile herrschte Totenstille. Das Flackern der Fackel ließ die Schatten der drei Männer an den Wänden tanzen.

„Es ist einfach so über mich gekommen", flüsterte Tobias schließlich mit gesenktem Kopf. „Ich ritt durch den Wald, sah plötzlich dieses Weibsbild, das im Gebüsch Beeren sammelte." Er blickte Mathäus offen ins Gesicht, seine Stimme wurde etwas lauter. „Ich grüßte sie, und sie lächelte mich an. Wir kamen ins Gespräch, ich stieg vom Pferd. Sie war geschmeichelt, dass ich ihr Beachtung schenkte."

Walter presste die Hände gegen seinen Kopf. „Bruder, hast du etwa -"

„Still!", herrschte Tobias ihn an. „Ich half ihr beim Beerenpflücken, und ihr Lächeln wurde immer engelsgleicher. Schließlich überkam mich der Drang, sie zu küssen. Ich presste sie an mich, aber sie riss sich los und lief fort." Er betrachtete seine zitternden Hände. „Ich hielt das für eines dieser Spielchen, das Weiber gerne veranstalten, bevor es zur Sache geht. Also folgte ich ihr, holte sie ein, riss sie zu Boden, und …"

„Vergewaltigte sie", vervollständigte Mathäus, als der andere nicht weitersprach.

Tobias Hompesch nickte stumm.

„Als ihr Widerstand immer größer wurde, habt Ihr sie erwürgt."

„Ich wollte es nicht", warf Tobias verzweifelt ein, „ich weiß auch nicht, warum es so passiert ist. Ich wollte es nicht tun, aber es überkam mich. Verdammt, ich wollte sie nicht umbringen."

„Dennoch habt Ihr es getan", seufzte Mathäus und betrachtete den Geständigen nachdenklich. Binnen kürzester

Zeit war Tobias Hompesch ein anderer Mensch geworden. Jeglicher Hochmut schien aus seinem Wesen verbannt. Walter aber sah seinen Bruder ungläubig an.

„Du hast sie tatsächlich umgebracht?", stammelte er mit offenem Mund.

Mathäus verspürte einen Hauch von Mitleid. „Warum gesteht Ihr erst jetzt?", fragte er Tobias, „ist es die Angst vor dem Ketzergericht?"

Tobias zuckte mit den Schultern, seine Augen flackerten ängstlich. „Vielleicht hielt mich ja der Teufel in seinen Fängen. Bitte versprecht mir eines, Mathäus."

„Wenn es in meiner Macht steht."

„Besorgt mir etwas Gift."

„Nein. Aber ich werde mich dafür einsetzen, dass Euch ein schneller Hinrichtungstod ereilt."

„Immerhin." Tobias schloss die Augen. Er wirkte jetzt etwas gefasster.

„Euer Geständnis werde ich zu Protokoll nehmen", erklärte Mathäus, wandte sich wieder dem Jüngeren zu. „Und Ihr? Habt Ihr mir nach wie vor nichts zu sagen, Walter?"

Walter schluckte nervös. Noch immer war sein fassungsloser Blick auf seinen Bruder gerichtet.

„Nichts!"

„Na schön." Mathäus klopfte gegen die Kerkertür.

„Ach noch etwas, Dorfherr!"

Tobias Hompesch sah ihn bittend an. „Ich brauche nun doch einen Pfaffen."

Mathäus nickte. „Ich schicke Euch den Burgkaplan."

Abends saß Mathäus im *Carolus Magnus* und starrte in seinen Trinkbecher. Längst war der zweite Mord in aller Munde, laut debattierten die Gäste über die schreckliche Tat. Man bedrängte den Dorfherrn mit allerlei Fragen, doch der wollte nur alleine sitzen und hob abwehrend die Hände. Schließlich ließ man ihn respektvoll in Ruhe.

Tausend Gedanken schwirrten ihm durch den Kopf. Tobias Hompesch hatte gestanden. Endlich! Aber ein zweiter Mord war geschehen. Nun war es keine Frage mehr, dass es verschiedene Täter gab. Gab es dennoch einen Zusammenhang? Wollte der zweite Täter den ersten Mord nachahmen? Aber warum? Anna war vor ihrem Tod vergewaltigt worden, Margarethe war diese Demütigung erspart geblieben. Deutete dies nicht auf ein gänzlich anderes Motiv hin? Trotzdem: Irgendwo *musste* es einen Zusammenhang geben. Und welche Rolle spielte dabei Walter Hompesch, der Bruder des Tobias? War er wirklich unschuldig? Was hatte es mit dieser seltsamen Stiefelspur auf sich? Trug Margarethes Mörder ein Kreuz unter der Sohle?

Am kommenden Sonntag, also in fünf Tagen, fand das alljährliche Erntefest auf dem Hahndorn statt. Bis dahin wünschten Konrad und Paulus Klarheit. Die beiden Mörder Tobias und Walter Hompesch sollten nach einer Gerichtsverhandlung vor aller Augen hingerichtet werden, zur Not halt auch ohne Schuldbeweis. „Die Bauern wollen ihre Gerechtigkeit!" Derzeit waren dies Paulus' meistbenutzte Worte.

Mathäus stürzte sein Bier die Kehle hinab und wünschte sich nichts sehnlicher, als dass Heinrich ihn bei all diesen verwirrenden Fragen beraten könnte.

„Ist dein Kopf voll Kummer, gönn dir'n *Carolus-Bräu* zum Schlummer!"

Mathäus schreckte hoch. „Wie? Ah, Leo. Gewiss, Euer Bräu ist das Beste."

„Leos Bier - das mundet dir!"

„Ja, ja."

„Was gibt Kraft? Leos Gerstensaft!"

„Und Eure Trinkreime sind immer wieder vom Feinsten."

„Also trinkt Ihr noch eins?"

„Nein, ich gehe." Er ließ eine Münze auf dem Tisch zurück und verließ die Schenke.

Bald darauf lag er in seinem Bett, wälzte sich aber schlaflos hin und her. Auch der Gedanke an das kleine, fremde Mädchen mit den Kulleraugen bedrückte ihn plötzlich. Niemand wusste, woher es kam, welche Sprache es sprach.

Was sollte er bloß mit ihr anfangen?

Lange nach Mitternacht kam ihm ein Einfall. Zufrieden fiel er in einen traumlosen Schlaf.

18

Mit einer schwungvollen Bewegung hievte Mathäus das Mädchen auf Julius' Rücken, stieg dann selbst auf und griff nach den Zügeln. Friedrich, der Kastellan, stand mit verschränkten Armen daneben.

„Ganz schön verängstigt, die Kleine."

„Kein Wunder. Sie muss einiges durchgemacht haben."

„Was habt Ihr mit ihr vor?"

Mathäus schmunzelte. „Ich werde sie zu ihrer neuen Mutter bringen. Dafür werde ich allerdings einen Trick anwenden müssen."

„Na dann viel Glück." Der Kastellan winkte ihnen hinterher.

Ein paar Leute auf der Dorfstraße schauten recht verdutzt drein, als der Dorfherr mit der Kleinen an ihnen vorbeitrabte. Mathäus fragte sich, welche haarsträubenden Gerüchte wohl bald die Runde machen würden.

Das Mädchen begann zu wimmern. Mathäus gab sich größte Mühe, sie zu beruhigen. „Keine Angst, Kleine. Wir reiten zu deiner neuen Mutti."

„Mutti", schniefte sie.

„Genau!" Er tätschelte Julius' Hals. „Und das hier ist mein Pferd. Es heißt Julius."

„Fährd …."

„Julius!"

„Ji – lus."

Julius schnaubte wütend.

„Stell dich nicht so an, Brauner. Sie wird's schon noch lernen."

Sie erreichten den Strangsweg. Ein aufgeschreckter Fuchs suchte vor ihnen das Weite, im Maul ein totes Huhn, das er irgendwo stibitzt hatte. Mathäus nahm ihn kaum wahr, zu sehr war er damit beschäftigt, sich die richtigen Worte zurechtzulegen.

Ähnlich wie in Merode herrschte auch auf der Dorfstraße in Schlich kein allzu reger Betrieb. Die meisten der Bauern waren auf den Feldern beschäftigt. Einige Rotzlümmel riefen dem Dorfherrn unflätige Bemerkungen hinterher, bevor sie kichernd hinter einer Scheune verschwanden.

Am hinteren Ortsausgang offenbarte sich der Blick auf die Felder. Mathäus brachte Julius zum Stehen und beobachtete die arbeitende Schar. Atmete dann tief ein, als müsse er sich Mut machen, und trieb Julius erneut an.

Über Juttas Gesicht huschte ein Lächeln, als sie ihren Geliebten sah. Und verwundert war sie auch.

„Wen bringst du denn da mit?"

Mathäus glitt aus dem Sattel, half dann der Kleinen auf den Erdboden. Verschüchtert senkte sie den Kopf.

„Was für ein süßer Fratz!" Jutta wischte sich die Schweißperlen von der Stirn. „Wer ist sie?"

„Niemand kennt ihren Namen."

Jutta beugte sich zu ihr hinab, strich mit beiden Daumen sanft über ihre Schläfen. „Wie heißt du denn, mein armes Kind?"

Die Kleine wagte nicht aufzuschauen. Mathäus berichtete, was tags zuvor in Merode geschehen war. Erschüttert hörte Jutta ihm zu.

„Gleichwohl muss sie doch einen Namen haben." Sie tippte sich an die Brust. „Ich – Jutta!" erklärte sie der Kleinen, bevor sie ihren Finger drehte. „Und – du?"

„Bolezlá", schniefte sie.

„Himmel", lachte Jutta, „wer kann das aussprechen? Bestimmt ist das kein christlicher Name. Aber was machen wir nur mit dir, du kleiner Wurm?"

Mathäus räusperte sich. „Tja. Sie braucht ein neues Zuhause."

„Das glaube ich gerne."

„Ich hatte gehofft, du wüsstest jemanden, der, äh … sich ihrer annehmen kann."

„Hmmm!" Jutta zog nachdenklich die Stirn in Falten. Inzwischen waren auch ihre Eltern an sie herangetreten. Johann begrüßte den Dorfherrn mit einem stummen Nicken.

„Wer ist denn das Mägdelein?", fragte Heilwig nicht ohne Entzücken. Jutta erklärte den Eltern ausführlich die Zusammenhänge.

„Und nun braucht sie wohl neue Eltern", bemerkte die Bäuerin nachdenklich.

Mathäus scharrte verlegen mit seinem Stiefel. „So ist es, gute Frau Heilwig. Ich sagte schon zu Eurer Tochter, vielleicht kennt Ihr ja zufällig jemanden, der sich ihrer … äh …"

Mutter und Tochter sahen sich lange an.

„Das kann nicht euer Ernst sein", brummte Johann nach einer Weile. „Ihr wollt doch nicht etwa …"

Mathäus wusste nicht, wo er hingucken sollte.

„Sie ist etwa so alt, wie unsere kleine Maria jetzt sein müsste", sinnierte Heilwig.

Johann klammerte sich an seinen Dreschflegel. „Wohl wahr", sagte er leise. Jutta war das einzige Kind, das ihm und seiner Frau in all den Jahren geblieben war. Vier weitere Kinder, darunter drei Söhne, waren bereits in jungen Jahren gestorben. Inzwischen waren sie wohl zu alt, um weitere Kinder in die Welt zu setzen. „Macht, was ihr für richtig haltet", erklärte Johann schließlich und begab sich wieder aufs Feld.

„Wir müssen ihr einen richtigen Namen geben", meinte Heilwig und strich der Kleinen durch die Haare.

„Wir nennen sie Maria", schlug Jutta vor.

„Wie deine Schwester? Tja, warum nicht? Das liegt nahe."

„Allerdings ich werde sie nicht wie eine Schwester behandeln, sondern wie eine Tochter."

Heilwig lachte auf. „Du? Bist doch selbst noch ein Kind."

„Das sagen alle Mütter von ihren Töchtern."

„Entscheide du erst mal über dein eigenes Leben." Sie warf einen Seitenblick auf Mathäus, der sinnlos an Julius' Zügeln herumfingerte. „Wenn du heiratest, wirst du noch früh genug eigene Kinder haben. Um Marias Erziehung brauchst du dich nicht zu kümmern."

„Kommt nicht in Frage, Mutter. Du hast dein ganzes Leben gerackert, jetzt übernehme *ich* einmal die Verantwortung."

„Ha! Wenn du wüsstest …"

Mathäus hielt den Zeitpunkt für gekommen, sich in das Gespräch der beiden Frauen einzuschalten. „Darf ich fragen, was ihr da beredet?", fragte er scheinheilig.

Jutta und Heilwig starrten ihn an.

„Liebster, irgendwer muss sich der Kleinen doch annehmen, oder nicht?"

„Wie? Sicher."

„Genau das werde ich tun."

„Du?"

„Ich!"

„Und ich!", setzte Heilwig hinzu.

„Aha?"

Mutter und Tochter nickten trotzig und setzten ihre Debatte fort. „Es hat geklappt, Brauner", flüsterte Mathäus Julius ins Ohr.

„Klappt, Brauna …", trällerte Maria. Erstmals erschien ein Strahlen auf ihrem Gesicht.

„Was sagt sie?", wollte Heilwig wissen.

Mathäus zuckte die Achseln. „Man versteht sie kaum."

„Seht nur mal, wie hübsch sie lachen kann", rief Jutta außer sich. „Und diese braunen Kulleraugen!" Sie trat auf Maria zu und hob sie lachend in die Höhe. Maria prustete vergnügt, offenbar begann sie aufzutauen. Stumm sah Mathäus ihnen zu.

„Aber Herr Mathäus", sagte Heilwig flüsternd, „Ihr seid doch etwa nicht eifersüchtig?"

„Warum sollte ich das sein? Nein, keine Sorge, Frau Heilwig, ich bin niemals eifersüchtig."

Heilwig deutete mit dem Kinn auf einen nahe gelegenen Feldweg, wo sich ihnen ein alter Knecht mit einem bunten Strauß Sommerblumen humpelnd näherte. „Das solltet Ihr aber sein, Mathäus."

Der Dorfherr folgte ihrem Blick. „Wieso?"

„Das ist ein Knecht unseres Nachbarn Hugo, der seinen Ältesten gerne mit unserer Jutta vermählt sehen würde. Jeden Tag lässt der Sohn durch einen Boten Blumen schicken. Der Heiratsantrag wird sicher nicht mehr lange auf sich warten lassen."

Mathäus verspürte den Kloß, der plötzlich seinen Hals blockierte. „Euren Gatten wird's freuen", sagte er zerknirscht.

Heilwig berührte den Arm des Dorfherrn. „Regt Euch nicht auf. Ich bin ja auch noch da."

Der Bote hatte Jutta inzwischen erreicht und überreichte ihr den Strauß mit ein paar auswendig daher geplapperten Phrasen. Jutta dankte dem Überbringer höflich. Der Alte grunzte und machte sich wieder davon.

Heilwig warf Mathäus einen aufmunternden Blick zu. Nahm dann die kleine Maria bei der Hand und entfernte sich von den Liebenden, denn es war offensichtlich, dass sie alleine sein wollten.

„Langsam wird's ernst, was?", fragte Mathäus, ohne Jutta dabei anzusehen.

Jutta ließ die Sonnenblumen auf die Erde fallen und ergriff seine Hände. „Du weißt, wem mein Herz gehört", sagte sie fest.

„Wird dein Vater dich zwingen?"

„Ich kann's mir nicht vorstellen."

„Und wenn doch? Schließlich wünscht er sich einen Bauern zum Schwiegersohn."

„Wenn er mich zwingen will, gehe ich ins Kloster. Dann ist es wohl ein Wink Gottes."

Mathäus nickte betrübt. Wie gerne hätte er ihr jetzt den Ring überreicht. „Es wird geschehen, was geschehen muss", stammelte er. Gedankenverloren sah er hinüber zu der kleinen Maria, die inzwischen von neugierigen Mägden umringt war. „Maria - sie wird dann auch um ihre neue Mutter trauern", flüsterte er.

„Trauern? Noch sterbe ich nicht."

Mathäus verwünschte seine Worte. „Ich hätte sie gern mit dir zusammen aufwachsen sehen", sagte er, einen Seufzer unterdrückend, „als dein Mann und als ihr Vater." Welcher Teufel ritt ihn bloß, solches zu sagen?

Sanft nahm Jutta sein Gesicht in ihre Hände. „Wie du schon sagtest, Liebster: Was geschehen muss, wird geschehen."

Den Rest des Vormittages verbrachte Mathäus in seiner Stube mit längst fälligem Schriftkram. In Gedanken war er freilich bei seiner Angebeteten, deren Verehrer er einen Buckel auf den Leib wünschte. Mittags aß er Hafergrütze und zwang sich, an etwas anderes zu denken, schließlich hatte er ja noch eine Menge weiterer Sorgen.

Am späten Nachmittag war er des Stubenhockens überdrüssig, zerrte den müden und protestierenden Julius aus dem Stall und suchte noch einmal die Mordstätte am Forellenweiher auf. Die Fußspuren, die er gestern mit Laub und Zweigen bedeckt hatte, waren noch vorhanden. Nochmal inspizierte er den Abdruck der Sohlen, konnte aber nichts entdecken, was er nicht gestern schon gesehen hätte. Auch in der weiteren Umgebung des Leichenfundorts machte er keine neuen Entdeckungen. Also schwang er sich wieder in den Sattel und verließ den unheilvollen Ort. Mathäus war in denkbar trübsinniger Verfassung. Traurig über Juttas Verehrer, traurig über den Tod von zwei Mädchen, traurig, dass er nicht die leiseste Ahnung hatte, wer die Tochter des Schuhmachers umgebracht hatte.

Unterwegs fiel ihm ein, dass er Paulus hatte versprechen müssen, ihn über seine Ermittlung auf dem Laufenden zu halten.

„Blas mir was, Paulus", brummte Mathäus und lenkte sein Pferd heimwärts. Den Rest des Tages verbrachte er wieder über seinen Papieren. Am Abend räumte er alles in die Truhe und reckte sich ausgiebig. Betrachtete den Lindenklotz, der in einer Ecke stand und bereits von einer dünnen Staubschicht überzogen war. Mathäus hielt es für eine gute Idee, endlich mit der Schaffung der heiligen Holzskulptur zu beginnen, um sich abzulenken. Er holte das Werkzeug, hievte den Klotz auf den Tisch, blies den Staub von seiner Oberfläche. Betrachtete das Holz von allen Seiten, bis ihm klar wurde, dass er eigentlich todmüde war. Und obwohl draußen noch die letzten Sonnenstrahlen auf ihre Abberufung warteten, warf der Dorfherr sich auf sein Bett und schlief ein.

Ein heftiges Klopfen weckte ihn. Mit bleiernen Gliedern richtete Mathäus sich auf. Es war stockdunkel.

„Schon gut, ich komme!", rief er unwillig und zündete ein Talglicht an.

Vor der Tür standen zu Mathäus' Erstaunen der Schuhmacher Albrecht und sein Sohn Philipp. Sie wirkten sichtlich aufgewühlt, die Augen des Alten glänzten fiebrig. Philipps Gesicht war eine Maske der Wut.

„Wisst Ihr, was ich im Bett meiner Tochter gefunden habe?", krächzte Albrecht.

„Woher um alles in der Welt sollte ich das wohl wissen? Aber tretet zunächst einmal ein und setzt Euch!"

Die beiden folgten ihm ins Haus. Mathäus entzündete ein weiteres Licht und platzierte es auf den Tisch

„Nun denn, was habt Ihr im Bett Eurer Tochter gefunden, Albrecht?", fragte er ruhig.

„Das hier!" Der Schuhmacher schob einen faustgroßen Flachstein über die Tischplatte. „Margarethe hatte ihn unter ihrer Strohmatte versteckt", erklärte er.

Mathäus griff nach dem Stein, betrachtete ihn eingehend. Auf der glatten Vorderseite waren ein paar Symbole eingeritzt. Mathäus erkannte einen Baum, ein Gewässer und – einen Schweinskopf.

„Wohl wie eine Botschaft", murmelte er.

„Und ob das eine Botschaft ist", fauchte Philipp. „Sieht aus, als hätte meine Schwester eine Einladung zum Treffen mit ihrem Mörder erhalten."

Mathäus schürzte die Lippen und deutete ein Nicken an. Philipp mochte Recht haben. Das Gewässer stellte womöglich den Forellenweiher dar, der Baum konnte für die Eiche stehen, in deren Nähe Dietrich die Stiefelabdrücke entdeckt hatte. Und der Schweinskopf?

„Seltsam", sagte Mathäus zu sich selbst.

Albrecht sah ihn verständnislos an. „Was findet Ihr seltsam, Herr Mathäus?"

„Der Absender der Botschaft muss davon ausgegangen sein, dass Margarethe sie sogleich verstehen würde."

„Was soll das heißen?"

„Sie hat ihn gekannt!"

Philipp schlug mit der flachen Hand auf den Tisch. „Genau das ist auch meine Vermutung, Herr Mathäus."

„Hast du einen Verdacht?"

Der junge Mann bedeckte seinen Mund und schüttelte zögernd den Kopf.

Mathäus beugte sich zu ihm vor. „Raus damit, Junge."

Philipps Blick wanderte unstet zwischen seinem Vater und dem Dorfherrn hin und her. Nach einer Weile senkte er verunsichert den Kopf. „Ich glaube, meine Schwester hatte einen Liebhaber", verkündete er schließlich leise.

„Wen?"

„Weiß nicht."

„Wie kommst du darauf?"

Philipp fuchtelte mit seinen Fingern. „Hab mal mitbekommen, wie dieser blinde Knabe ihr eine Botschaft übermittelte."

„Peter? Was hat er gesagt?"

„Hab nicht viel davon verstehen können. Die beiden standen auf der Straße, ich hab sie vom Fenster aus gese-

hen. Sie sprachen sehr leise miteinander. Hab nur Wort-
fetzen verstehen können, Dinge wie *Treffen, Geliebter, Wald*
oder sowas."

„Bestimmt steckt dieser Dreckskerl Ludwig hinter alldem",
sagte Albrecht zornig.

„Das wird sich zeigen", erwiderte Mathäus, „ich weiß ja
jetzt, wen ich fragen kann!"

Gleich in der Frühe würde er den armen Knirps Peter aufsuchen.

19

Obwohl Mathäus nach dieser nächtlichen Offenbarung nicht mehr geschlafen hatte, fühlte er sich am nächsten Morgen voller Tatendrang. Das Rätsel um Margarethes Tod mochte verzwickt sein, doch am Horizont zeigten sich erstmals Silberstreifen, die Licht in die Sache bringen konnten. Nach Peters Befragung würden sich wahrscheinlich neue Anhaltspunkte ergeben.

Mathäus löffelte hastig seinen Frühstücksbrei, als es wieder einmal laut gegen seine Haustür klopfte. Fluchend stand er auf und öffnete.

„Didi! Bitte erzähl mir nicht, dass schon wieder jemand den Jordan überquert hat."

Der Diener schüttelte verlegen den Kopf. „Der Burgvogt schickt mich, Herr. Lässt nachfragen, ob sich in Euren Ermittlungen etwas Neues ergeben hat. Und er verlangt spätestens heute Abend Euren Bericht."

Mathäus grinste schief. „Weißt du was, Didi? Der Burgvogt kann mich mal."

„Herr?"

„Richte ihm Folgendes aus." Er zog den Diener sachte zu sich heran und flüsterte ihm etwas ins Ohr.

Dietrich wurde blass. „Soll ich ihm das wirklich ausrichten, Herr?"

„Vielleicht nicht wörtlich, aber sinngemäß. Du weißt schon." Er klopfte dem Diener, der ihm mittlerweile richtig ans Herz gewachsen war, grinsend auf die Schulter.

„Gut, Herr." Auch Dietrichs Mundwinkel hoben sich amüsiert, dann verschwand er.

Kurz darauf machte Mathäus sich gleichfalls auf den Weg. Als er den Hof des Bauern Rudolf erreichte, sah er Peter auf einem Karren hocken, vor den ein träge dreinblickender Ochse gespannt war. Zwei Knechte beluden das Gefährt mit allerlei Gerätschaften, offensichtlich wollte man zu den Feldern aufbrechen. Die Knechte grüßten den Dorfherrn ehrerbietig. Mathäus nickte ihnen zu und trat an Peter heran.

„Du hilfst bei der Ernte, Peter?" erkundigte er sich.

„Ja, Herr Mathäus. Es gibt immer ein paar Dinge, die ich erledigen kann."

Mathäus strich über den Kopf des Knaben. „Kann ich dich mal sprechen?"

„Mich, Herr?"

Die Knechte äugten neugierig herüber.

„Ich möchte dich etwas fragen, Junge. Lass uns zum Bach gehen", schlug Mathäus vor.

Der Junge nickte und sprang wieselflink vom Karren, sodass Mathäus ihn sorgenvoll am Arm packte.

„Keine Angst, Herr, mir passiert schon nichts. Ich kenne den Weg." Ohne jede Unsicherheit stolzierte Peter voran, bis er das Bachufer erreichte. Mathäus war ihm staunend gefolgt.

„Was wollt Ihr mich fragen, Herr?" Peters leere Augen richteten sich auf Mathäus. Der legte eine Hand auf seine zarte Schulter.

„Ist das wahr, dass du manchmal Botengänge erledigst, Peter?"

„Gewiss doch. Wundert Euch das?"

„Na ja. Eigentlich sollte es mich nicht mehr wundern, weiß ich doch, was für ein außergewöhnlicher Junge du bist."

„Nicht der Rede wert, Herr."

„Sag mal", Mathäus hob seine Stimme, um dem Knaben die Wichtigkeit der Frage deutlich zu machen, „hast du jemals auch der Tochter des Schuhmachers eine Nachricht überbracht?"

„Ihr meint Margarethe, die man vorgestern tot fand?"

„Eben die!"

Peter wirkte mit einem Mal sehr verunsichert.

„Hast du ihr jemals eine Nachricht überbracht?", wiederholte Mathäus seine Frage.

„Ja, Herr", Peter zögerte, „aber ... glaubt mir, ich hab sie ehrlich nicht umgebracht."

Mathäus musste dem Knaben die Angst nehmen. „Selbstverständlich hast du sie nicht umgebracht, Junge. Du bist völlig unverdächtig."

Peter atmete erleichtert auf.

„Aber", fuhr Mathäus eindringlich fort, „ich möchte wissen, wer der Absender der Botschaft war."

Erneut stutzte Peter. Hob dann mehrmals zum Sprechen an.

„Ich höre?", sagte Mathäus geduldig.

„Es war ... der Eberhard!"

„Eberhard!" Mathäus sprach es aus wie eine Erleuchtung. Mit einem Mal bekam der Schweinskopf auf dem ominösen Stein eine Bedeutung. Der Kopf war eine Signatur, das Haupt eines *Ebers*. Gleichzeitig aber offenbarten sich neue Rätsel. Hatte Eberhard seine ermordete Verlobte Anna bereits so rasch wieder vergessen?

„Wann hast du Margarethe zum letzten Mal eine Botschaft von Eberhard überbracht, Peter?"

Der Kleine überlegte angestrengt, obwohl Mathäus sich sicher war, dass er die Antwort wusste. Es musste Peter klar geworden sein, dass seine Aussagen den Sohn seines Herrn belasten konnten.

„Es ist sehr wichtig, dass ich die Wahrheit erfahre, Peter."

„Ich glaube es war … vor drei Tagen, Herr."

„Welcher Art war diese Botschaft?"

„Sie stand auf einem Stein."

„Etwa auf diesem Stein?" Mathäus zog das Beweisstück aus seinem Wams und legte es dem Jungen in die Hand. Peter betastete den Stein nur kurz, reichte ihn dem Dorfherrn zurück.

„Ja, das ist er."

„Hast du ihn Margarethe selbst überreicht?"

„Nein, Herr. Ich versteckte ihn an einer bestimmten Stelle ihres Gemüsegartens, so wie es immer vereinbart war. Aber als ich mich davonmachen wollte, hörte ich ihre Stimme. Sie rief mich herbei und trug mir auf, Eberhard etwas auszurichten."

„Was solltest du ihm denn ausrichten?"

„Hm!" Er kratzte sich am Kopf, um kundzutun, wie seltsam ihm diese Botschaft vorgekommen war. „Sie wollte, dass Eberhard an ihrem Treffpunkt hinter der Eiche warten sollte, bis sie ihn rufen würde. Vorher sollte er sich auf keinen Fall zeigen."

„Hat sie auch gesagt, warum?"

„Sie sagte, dass sie ihn mit einem …", er hüstelte gekünstelt, „*Tanz* erfreuen wolle."

„Mit einem Tanz?"

„Tja … mit einem ganz besonderen Tanz, aber ich glaube, dafür bin ich noch zu jung, Herr."

„Ich verstehe. Und du hast es Eberhard übermittelt?"

„Sicher, Herr!"

„Seit wann wechselten die beiden Botschaften miteinander?"

„Tja …"

„Die Wahrheit, mein Junge!"

„Ich weiß es nicht so genau. Aber bestimmt schon seit einigen Monaten."

„Ach?" Mathäus Kopf wurde von einer Fragenflut überschwemmt.

„Ist Eberhard denn ein Mörder, Herr?", wollte Peter wissen.

„Ich weiß es nicht. Wenn er keiner ist, dann hat er jedenfalls nichts zu befürchten." Er angelte eine Münze hervor und drückte sie dem Jungen in die Hand. Dann machte er kehrt, ging zur Dorfstraße zurück. Vor Rudolfs Hof standen inzwischen zwei abfahrbereite Ochsenkarren. Offenbar wartete man nur noch auf den blinden Jungen. Auf dem Bock der vorderen Karre hockten Rudolf und sein Sohn. Während das wettergegerbte Gesicht des Vaters eher vorwurfsvoll in seine Richtung starrte, schien Eberhard den Blick des Dorfherrn zu meiden.

„Eberhard, ich muss kurz mit dir reden", rief Mathäus von weitem.

„Was soll das?", blökte Rudolf. „Wir haben zu tun."

Mathäus sah, wie der Sohn versuchte, ihn zu beschwichtigen. Rudolf aber schüttelte unwillig den Kopf. „Ach, der mit seiner ewigen Fragerei", entfuhr es ihm lauter als beabsichtigt. Eberhard sprang vom Wagen und trat dem Dorfherrn entgegen. Er war blass und wirkte nervös.

„Herr?"

Mathäus nahm ihn beiseite, um ungestört mit ihm reden zu können. Erneut fischte er den Stein hervor. „Kennst du den?"

Eberhard schloss die Augen und nickte.

„Gut. Hast du sie vorgestern getroffen?"

„Nein ... das heißt, ja, aber ich ..." Sein Brustkorb hob und senkte sich schwer. Auf seiner Stirn erschienen Schweißperlchen. „Ich wollte sie treffen ..."

„Warst du am Forellenweiher?"

„Ja."

„Hast du sie umgebracht?"

„Nein."

„Wer sonst? Wer hat sie getötet?"

Eberhard starrte zu Boden, schluckte mühsam. „Der Teufel!", erklärte er schließlich mit dünner Stimme.

„Welcher Teufel?"

„Na, der Teufel eben."

Mathäus seufzte verdrießlich. „Wie lange ging das mit dir und Margarethe schon?"

„Schon seit längerem, Herr."

„Und Anna?"

Eberhard schwieg.

„Zeig mir deine Stiefelsohlen, Eberhard."

„Herr?"

„Los, hoch die Haxen!" Er bückte sich, griff nach dem linken Stiefel des Anderen und zog ihn nach rückwärts in die Höhe.

Da war es – das geheimnisvolle Kreuz!

Mathäus stöhnte auf. „Ich fürchte, ich muss dich festnehmen, Junge."

„Was?"

„Du stehst unter Mordverdacht."

Eberhard schüttelte ungläubig den Kopf. Hilfeheischend schaute er zu seinem Vater hinüber.

„Was ist denn los?", brüllte dieser.

Mathäus drehte sich zu ihm um. Diesen Augenblick nutzte Eberhard, um das Weite zu suchen. Behände wie ein Wiesel spurtete er los, vorbei am Wagen des Vaters und den verdutzt dreinblickenden Knechten, hinaus auf die Wiesen und Weiden hinter der Ortschaft.

Der Dorfherr nahm die Verfolgung auf. „Stehen bleiben!", schrie er, was freilich vergeudete Atemluft war. Mehrmals sah der Flüchtende sich angstvoll um. Sein Vorsprung wuchs.

„Verfluchter Mist", keuchte Mathäus. Der Flinkheit des Jüngeren war er nicht gewachsen. Schon befanden sie sich auf dem Strangsweg, als Mathäus resigniert stehen blieb. Noch einmal warf Eberhard einen hastigen Blick nach hinten, übersah dabei einen Stein vor seinen Füßen. Mit einem Aufschrei stürzte er zu Boden, überschlug sich zweimal und blieb stöhnend liegen.

Mathäus nutzte die Gunst des Augenblicks. Im Nu stand er neben ihm. „Das war's, mein Junge", verkündete er völlig außer Atem.

Eberhards Hose war auf Höhe der Knie an beiden Seiten zerrissen. Aus faustgroßen Wunden sickerte roter Saft, ebenso an den Ellenbogengelenken.

„Verdammt, verdammt", fluchte Eberhard weinerlich.

Aus der Ferne sah man Eberhards Vater nahen, in der Rechten eine Mistgabel schwingend.

„Würdet Ihr mir verraten, was zum Teufel Ihr gegen meinen Sohn habt, Dorfherr?", schnaubte er, nachdem er sie erreicht hatte. Seine Mistgabel zielte unmissverständlich auf Mathäus. Der sah dem Bauern scharf in die Augen. „Wenn Ihr mir in Ruhe zuhört, Rudolf, dann werde ich vergessen, dass Ihr mich bedroht habt, und Ihr müsst keinerlei Konsequenzen fürchten."

Rudolfs Mund war nur noch ein Strich. Sein Unterkiefer schob sich hin und her.

„Tu, was er sagt, Vater", flehte Eberhard.

Rudolfs Entschlossenheit zerbröckelte. Schließlich warf er die Gabel mit einem Ächzen beiseite.

Mathäus nickte. „Ich kann Euren Zorn verstehen, Rudolf. Dennoch muss ich Euren Sohn vorläufig festnehmen."

„Aber warum?", fragte der Bauer hilflos.

„Er steht in Verdacht, die Tochter des Schuhmachers ermordet zu haben."

„Was?" Des Vaters entgeisterter Blick versicherte Mathäus, dass er vom Verhältnis seines Sohnes zu Albrechts Tochter nichts wusste.

„Vertraut mir. Wenn er unschuldig ist, werde ich das herausfinden."

„Ach ja? Und Eure blödsinnige Fragerei beim Tod der Anna? Es stand doch von Anfang an fest, dass dieser fremde Pfeffersack sie ermordet hatte."

„Seid froh, dass ich gerne gründlich bin, Rudolf. Sonst würde Euer Sohn vielleicht noch heute baumeln. Und zwar *am höchsten Baum der Herrschaft*." Bewusst wählte er die Worte, die Rudolf vor einigen Tagen in die Welt hinausposaunt hatte. Dann wandte er sich an Eberhard, der nach wie vor auf dem Erdboden kauerte und seine blutenden Knie umfasst hielt.

„Ein gut gemeinter Vorschlag, Eberhard: Du folgst mir freiwillig in die Burg, wo du vorläufig in den Kerker musst. Später werde ich dich verhören, und du sagst mir dann brav die Wahrheit, nichts als die Wahrheit, verstehst du? Als Gegenleistung werde ich deine Flucht verschweigen. Einverstanden?"

„Einverstanden", erwiderte Eberhard heiser.

20

Der Ostflügel warf noch seinen Schatten über den Burghof, wo bereits kunterbuntes Treiben herrschte. Hühner und Gänse flatterten wild umher, zwei Knaben bewarfen sich mit Dreck, ein sommersprossiger Knappe wurde von einem der Ritter lautstark zusammengestutzt, und ein paar Mägde erklommen die Treppe zur Nordbrüstung, um den Inhalt der Nachtgeschirre in den Burgweiher zu schütten.

Aus seiner Laube äugte der Kastellan neugierig hervor. „Wen bringt Ihr denn da mit?", fragte er den Dorfherrn.

Mathäus hatte darauf verzichtet, den Bauernsohn in Fesseln zu legen. Schob ihn sanft voran und trat dem Kastellan entgegen.

„Wie sieht's mit einer Kerkerzelle aus, Friedrich?", erkundigte er sich, anstatt auf seine Frage einzugehen.

„Übel. Sowohl im Ost- als auch im Westflügel sind die Zellen belegt. Hüben die Pfeffersäcke und drüben -"

„Ja, ich weiß: Die Mägde, die von Herrn Konrads Wein getrunken haben."

Friedrich schmunzelte vieldeutig und spreizte die Hände.

„Ich muss mit Herrn Konrad sprechen", verkündete Mathäus, „bitte führt mich zu ihm."

Friedrich neigte den Kopf zur Seite. „Jetzt?"

„Gibt's da ein Problem?"

„Zu dieser Zeit sitzt Herr Konrad mit seiner Gemahlin beim Morgenmahl. Da lässt er sich ungern stören."

„Das juckt mich nicht. Auch meine Zeit ist bemessen. Führt mich zu ihm."

„Und der da?" Friedrich deutete mit dem Kinn auf Eberhard, der mit gesenktem Kopf neben ihnen stand.

„Den lasst solange hier bewachen."

Friedrich winkte zwei seiner Männer herbei und raunzte ihnen etwas zu. Dann stapfte er fluchend voran. Mathäus folgte ihm mit gemischten Gefühlen. Inzwischen waren ihm doch Zweifel gekommen, ob es sinnvoll wäre, sich den Unmut des launischen Konrad zuzuziehen.

Der Kastellan führte ihn in den Westflügel. Sie durchquerten einen langen Gang und erreichten eine hölzerne Tür, vor der Friedrich händeringend stehen blieb.

„Ihr und Eurer Dickkopf", maulte er. Dann schob er einen Diener, der vor der Tür auf Befehle wartete, unwirsch beiseite und klopfte sachte gegen die Tür.

„Was ist denn?", hörte man Konrads ungehaltene Stimme.

Friedrich sah den Dorfherrn vorwurfsvoll an. „Da habt Ihr's. Herr Konrad ist verdrossen. Und wer ist am Ende der Leidtragende? Wer kann's ausbaden? Ich!" Er öffnete die Tür einen Spalt weit und lugte hinein.

„Verzeiht, Herr, aber …" Seine Stimme wurde fester. „Der Dorfherr bestand darauf, Euch auf der Stelle zu sprechen."

„Dann lasst ihn in Gottes Namen herein!"

Friedrich trat beiseite, ließ den Dorfherrn eintreten. Mathäus zwinkerte dem Kastellan verschlagen zu, bevor sich dieser unter einer dahergezischten Verwünschung davonmachte.

Mathäus sah sich um. Konrad hatte augenscheinlich viel Wert auf eine pompöse Ausstattung des Raumes gelegt. Wandgemälde, bunte Teppiche, edle Vorhänge, kostbare Vasen. Dennoch, fand Mathäus, wirkte alles bunt zusammengewürfelt. Prunk um des Prunkes willen, dachte er.

In einer Ecke stand ein großer Käfig, in dem ein bunter Vogel zwitscherte. Konrad und seine Gemahlin, Elisabeth von Grafschaft, saßen am Tisch und frühstückten. Auf den Holzdielen des Fußbodens hockten zwei ihrer Buben, die man in vornehme Gewänder gesteckt hatte. Ihre Fäustchen umklammerten holzgeschnitzte Ritter. Neugierig starrten die beiden den Dorfherrn an.

„Mathäus, schon so früh auf den Beinen?", begrüßte ihn Konrad mit gespieltem Überschwang.

„Ihr scheint ja mit den Bauern aufzustehen", bemerkte seine Gemahlin spitz. Elisabeth von Grafschaft war von eher kühler Schönheit, ihr Blick herrisch und der Zug um ihre Mundwinkel eine Mischung aus Häme und Härte.

„Verzeiht die frühe Störung", begann Mathäus mit fester Stimme, „aber ich brauche dringend eine freie Kerkerzelle!"

Konrad zog eine Augenbraue hoch. „Welchen Vogel habt Ihr denn gefangen?"

„Einen der hiesigen Bauernsöhne", erklärte Mathäus, „er scheint mir im Mordfall Margarethe verdächtig zu sein."

Konrad begann lauthals zu lachen, und die beiden Söhnchen folgten ausgelassen seinem Beispiel. „Habt Ihr wieder Nachforschungen betrieben?"

„Das gehört zu meinen Pflichten, aber das wisst Ihr ja selbst."

„Was ist mit dem Kaufmann, den Paulus festgenommen hat?"

„Anders als im Falle seines Bruders Tobias habe ich nicht einen einzigen Beweis gegen diesen Walter Hompesch."

„Was Ihr nicht sagt. Und dieser junge Bauer? Welche Beweise gibt es gegen ihn?"

„Bislang sind es nur Indizien, Herr. Ich fand seine Stiefelabdrücke am Tatort."

Elisabeth ließ sich von ihrem Gatten ein Stück feingewürz-
te Pastete reichen. „Und wen überantworten wir nun dem
Henker?", fragte sie gelangweilt.

„Eine gute Frage, Liebste." Konrad sah den Dorfherrn erwartungsvoll an. „Wie Euch bekannt ist, haben ich und der
gute Paulus beschlossen, die Mörder am kommenden Sonntag aufzuhängen." Er zwinkerte Mathäus schelmisch zu. „Ich
glaube, Paulus hätte die beiden lieber geviertеilt, aber diese
Prozedur schlägt dem Betrachter dann doch zu sehr auf den
Magen, findet Ihr nicht?"

„Und das Schöffengericht?"

„Findet unmittelbar vor der Hinrichtung statt."

„Wie effektvoll. So schlägt man zwei Fliegen mit einer Klappe."

„Nicht wahr?"

„Ich nehme an, dass die Schöffen bereits wissen, wie sie zu
urteilen haben?"

Konrad überhörte die Bitterkeit in Mathäus' Worten. „Sie
wissen es! Allerdings müsst Ihr bis Sonntag endlich Licht in
die Angelegenheit gebracht haben. Ich habe keine Lust auf
verdrossene Bauern mit Wut im Bauch."

„Macht Euch keine Sorgen, Herr Konrad. Aber inzwischen
benötige ich -"

„Eine Kerkerzelle, Ihr sagtet es bereits. Zu welchen Leuten
gehört denn der Bursche, den ihr da einlochen wollt?"

Mathäus räusperte sich. „Sein Vater ist Rudolf. Einer von
Rikalts Leuten."

Konrad hob grinsend die Schultern. „Dann muss Paulus
eben zusehen, wo er ihn unterkriegt. Ihm fällt doch sonst immer etwas ein."

„Herr Konrad, die Zelle im Ostflügel ist durch die beiden Brüder bereits belegt. Deshalb wäre ich Euch dankbar, wenn Ihr mir Eure Zelle zur Verfügung stellen könntet."

„Sperr' dich doch selbst ein", trällerte einer der beiden Knaben albern.

Konrad lachte herzhaft darüber. „Aber Johann, was sagst du denn da?", schnaufte er vergnügt. „Nehmt Euch das ja nicht zu Herzen, Herr Mathäus."

Der Dorfherr lächelte säuerlich. „Natürlich nicht, ich bewundere den Geisteswitz Eures Sprösslings. Kommt anscheinend ganz nach seinem Vater."

Für die Dauer eines Herzschlages verfinsterte sich Konrads Gesicht, doch gewann er seine Fassung rasch zurück. „Wie Ihr ja sicher erfahren habt", parlierte er, „ist derzeit auch die Zelle auf meiner Seite belegt."

„Ich hörte davon. Zwei Eurer Mägde besaßen die maßlose Unverfrorenheit, von Eurem Wein zu kosten."

„Teurer Wein aus Frankreich, Dorfherr", zischte Elisabeth von Grafschaft. „Habt *Ihr* ihn etwa bezahlt? Euer Spott gefällt mir nicht."

„Aber, Liebste", lächelte Konrad und griff nach ihrer Hand, „ich finde seinen Sarkasmus recht köstlich. Was für ein Unterschied zu den groben Klötzen, die uns sonst umgeben." Er seufzte theatralisch. „Nun, mein lieber Mathäus, meine Kerkerzelle ist also belegt. Was machen wir denn nun?"

Mathäus zuckte die Achseln. „Ich werde einen Brief nach Nideggen schreiben und einen Eilboten entsenden. Vielleicht weiß der Markgraf ja eine salomonische Lösung."

Das machte Konrad etwas kleinlauter. „Aber, aber, Herr Mathäus …", er breitete lachend seine Arme aus, „wir wollen den Grafen doch nicht mit solchen Belanglosigkeiten belästigen, oder?"

„Ihr habt Recht, das täte ich ungern."

„Vielleicht könnten wir ja …", er stützte nachdenklich das Kinn und sah seine Gemahlin mit großen Augen an, „wir könnten die Kerkerhaft der Mägde vertagen", murmelte er, „oder ihnen stattdessen einige Stockhiebe geben lassen, was meint Ihr, Liebste?"

Elisabeth von Grafschaft mied seinen Blick und starrte giftig zur Seite. Sie zog es vor, auf einen Kommentar zu verzichten.

„Meine Gemahlin ist einverstanden", erklärte Konrad. „Machen wir es so. Meine Leute werden das Nötige veranlassen."

Mathäus verbeugte sich leicht. „Eure Weisheit ist mir eine unermessliche Stütze auf dem Weg zur Wahrheitsfindung, Herr Konrad." Er wandte sich an Elisabeth, die immer noch an ihrem Ärger schluckte. „Das Gleiche gilt natürlich auch für Euch, gnädige Frau Elisabeth."

Konrad erhob sich und trat an Mathäus heran, bis ihre Gesichter sich fast berührten.

„Bis Sonntag habt Ihr noch Zeit, denkt daran!", flüsterte Konrad. Es klang wie eine Drohung.

Mathäus verließ das Gemach der Edelleute. Draußen, vor der Tür, presste er eine Portion Luft aus seinen Lungen und kehrte zur Laube des Kastellans zurück. Wie ein Häuflein Elend kauerte Eberhard auf einem Hocker, flankiert von zwei Wächtern, die ihn nicht aus den Augen ließen. Der Kastellan selbst thronte hinter einem Pult und überflog einen der Pergamentbögen, die sich haufenweise vor ihm stapelten. Mathäus erklärte den Männern, was er mit Konrad vereinbart hatte.

„Ihr habt's gehört", sagte Friedrich zu den Wächtern, „bringt ihn also fort."

„Aber behandelt ihn anständig!", rief Mathäus ihnen warnend hinterher. Seufzend ließ er sich auf einen Hocker nieder.

Friedrich musterte ihn stirnrunzelnd. „Sagt mal, Herr Dickkopf, ich dachte, man hätte den Mörder der Schuhmacherstochter bereits festgenommen?"

„Das behauptet Paulus."

„Nichts für ungut, Herr Dickkopf, eigentlich mag ich Euch gut leiden und kann Paulus umso weniger ausstehen ...", er spielte verlegen mit einer Schreibfeder, „aber lagt Ihr nicht schon daneben, als es um die Schuldfrage dieses Tobias Hompesch ging?"

Mathäus schüttelte müde den Kopf. „Musste erst alle anderen Möglichkeiten ausschließen. Das Meer der Wahrheit ist oft von tückischen Klippen umgrenzt."

„Schön gesagt!", bemerkte eine dunkle Stimme ironisch. Mathäus fuhr herum. Ganz unbemerkt war Paulus eingetreten und lehnte am Türrahmen. Mit seiner massigen Gestalt wirkte er wie ein unheilverkündender Engel.

„Wie ich hörte, betreibt Ihr wieder höchst aufschlussreiche Ermittlungen und wollt der Wahrheit nicht ins Gesicht sehen."

„Eure Wahrheit ist nicht meine Wahrheit", entgegnete Mathäus schroff.

Friedrich hob verlegen seine Hände. „Meine Herren, wir wollen doch nicht -"

„Wie kommt Ihr auf diesen Bauernburschen?", schnarrte Paulus, als sei der Kastellan nicht anwesend.

„Stiefelspuren", war Mathäus' lakonische Antwort.

„Oh, wie scharfsinnig. Ich hoffe nur, dass Eure ... *Ermittlungen* bis Sonntag beendet sind."

„Tja, Herr Konrad hofft das auch."

„Ach übrigens …", Paulus stemmte eine Hand in die Hüfte, während die andere seinen Schwertknauf umklammerte, „ich hab Eure Botschaft nicht ganz verstanden, die Ihr mir über Dietrich ausrichten ließet. Was soll das heißen, dass ich Euch im Mondenschein begegnen könne?"

Friedrich schluckte laut. Mathäus aber hob seine Schultern. „Meinethalben legt es aus, wie's Euch passt."

Das Gesicht des Burgvogts war rot angelaufen. „Wisst Ihr eigentlich, was mit Eurem Vorgänger geschah?"

Mathäus blieb ruhig. „Man jagte ihn durch Eure tatkräftige Mithilfe davon. Aber seid gewiss, dass Ihr mit mir nicht so verfahren werdet, Herr Paulus. Es sei denn, Ihr wollt gegen den Grafen aufbegehren."

Paulus schnappte nach Luft wie ein Fisch auf dem Trockenen. „Was glaubt Ihr wohl, was ich dem Jülicher erzählen werde, wenn sich hier unzufriedene Bauern zusammenrotten?"

„Meine Herren!" Wieder wagte der schwitzende Friedrich einen Schlichtungsversuch. Das Klopfen an der Tür kam ihm gerade recht. „Was gibt's?", rief er.

„Der Gefangene wurde eingekerkert, wie befohlen", erklärte einer von Eberhards Wächtern, der verschüchtert hinter Paulus' breitem Rücken in den Raum spähte.

Mathäus erhob sich. „Gut, dann will ich ihn jetzt verhören." Kerzengerade stolzierte er aus dem Raum, ohne den finster dreinblickenden Burgvogt weiter zu beachten.

Die Kerkerzelle im Westteil unterschied sich weder in Größe noch trostloser Finsternis von der im Ostteil der Burg. In einer Ecke kauerte auf einem Strohballen der völlig apathische Eberhard, der sich nicht einmal die Mühe machte, den Kopf zu heben, als der Dorfherr ihm gegenübertrat. Mathäus befestigte seine Fackel an einer Wandhalterung und setzte sich zu ihm.

„Hast du mir wirklich nichts zu erzählen, Junge?"

Eberhard schwieg. Mathäus legte eine Hand auf seine Schulter.

„Hast du Margarethe umgebracht?"

Eberhard lachte bitter auf. „Warum hätte ich das tun sollen? Ich hab sie geliebt."

„Aber was war mit Anna?", fragte er. „Ihr wolltet doch heiraten."

Eberhard nickte stumm.

„Obwohl du Margarethe liebtest?"

„Anna …" Eberhard holte tief Luft. „Sie war schwanger. Ich *musste* sie heiraten."

„Wussten eure Eltern davon?"

„Nein. Niemand wusste es."

„Auch Margarethe nicht?"

Eberhard zögerte. „Naja, wie sonst hätte ich ihr sonst erklären sollen, dass ich nicht sie, sondern Anna heiraten würde? Ich hatte es ihr gebeichtet."

„War sie wütend?"

„Welche Frau wäre da wohl nicht wütend gewesen? Aber sie hat mir verziehen, nachdem …" Er stockte und zerrieb einen Strohhalm zwischen seinen Fingern.

„Nachdem Anna gestorben war", beendete Mathäus den Satz des jungen Bauern.

„Bevor Ihr falsche Schlüsse zieht: Keiner von uns beiden hat Anna den Tod gewünscht. Es kam uns einfach wie eine Fügung des Schicksals vor."

„Und Ludwig?"

Die Frage ließ Eberhard erneut in ein eisiges Schweigen versinken.

„Was war mit Ludwig?", beharrte Mathäus, der mit einem Mal in Eberhards Seele zu blicken glaubte.

Endlich hob Eberhard den Kopf. Seine Augen funkelten hasserfüllt. „Wir wollten ihn umbringen", erklärte er dann geradeheraus. „Wir waren fest entschlossen, dieses Schwein umzubringen!" Er hob hilflos die Hände und lachte müde. „Leider hat uns der Teufel selbst für diese Absicht bestraft. Obwohl er sich doch über Ludwigs schwarze Seele freuen müsste."

„Für eine Mordabsicht kann ich dich nicht bestrafen, Eberhard, daher werde ich dein Geständnis für mich behalten. Aber was den Teufel angeht, da schuldest du mir noch eine Erklärung."

„Ihr glaubt mir nicht, nicht wahr? Ihr glaubt nicht, dass es der Leibhaftige selbst war, der Margarethe umbrachte?"

Mathäus runzelte die Stirn. „Erzähl mir, wie es sich genau zugetragen hat, Junge."

Eberhard vergrub seinen Kopf. Es schien ihn unendliche Überwindung zu kosten, sich den unheilvollen Morgen ins Gedächtnis zurückzurufen. „Ich war bereits am Treffpunkt", begann er schließlich mit hohler Stimme, „als ich Margarethe von weitem kommen sah. Aber sie hatte mir durch Peter ausrichten lassen, hinter der Eiche zu warten, bis sie mich rufen würde, also verharrte ich dort. Margarethe hatte manchmal, na ja, lustige Einfälle, wisst Ihr?"

„Schon gut. Weiter!"

„Jedenfalls begann ich mich zu wundern, dass sie auf mich wartete, obwohl sie doch wissen musste, dass ich hinter der Eiche stand. Schließlich rief sie laut nach mir, doch da sie nicht in meine Richtung schaute, sondern in ein nahe gelegenes Gebüsch, hielt ich das Ganze für einen Akt ihres Spiels und verhielt mich weiter still." Eberhard kämpfte gegen die Tränen an, als er fortfuhr: „Plötzlich trat der Teufel aus dem Gebüsch. Ich sah, wie Margarethe sich immer wieder bekreuzigte, aber der Teufel grinste nur, und ..."

Er begann heftig zu schluchzen. „Da bin ich weggerannt, so schnell ich konnte", schloss er. „Ich war ... feige! Ich hasse mich dafür."

Mathäus schüttelte den Kopf. „Welcher Sterbliche hätte wohl keine Angst vor den Wesen der Hölle? Wie sah er aus, der Teufel?"

„Schwarz, behaart, finster. Ihr glaubt mir?" In Eberhards Augen blitzte Hoffnung auf.

Mathäus rieb sich nachdenklich das Kinn. Eberhards Schilderung konnte die Abdrücke seiner Stiefel im Schlamm immerhin erklären. Es fiel ihm schwer, weiter an die Schuld des jungen Bauern zu glauben. Irgendetwas sagte ihm, dass Eberhard ihn nicht belog. Andererseits: Hatte seine innere Stimme ihn nicht schon einmal in die Irre geführt?

„Hast du Margarethe häufig diese steinernen Botschaften zukommen lassen?"

„Nur manchmal."

„Woher wusste Margarethe, um welche Zeit du sie zu sehen wünschtest?"

„Wir trafen uns immer um die gleiche Zeit."

Mathäus erhob sich und griff nach der Fackel. „Eine letzte Frage noch, Eberhard: Warum bist du vorhin geflüchtet?"

„Weil ich unschuldig bin, Herr. Wer lässt sich schon gerne festnehmen für eine Tat, die er nicht begangen hat?"

Der Dorfherr nickte und wandte sich zum Gehen.

„Glaubt Ihr, dass ich die Wahrheit sage, Herr Mathäus?", rief Eberhard verzweifelt.

Der Angesprochene drehte sich ein letztes Mal um. „Ich neige dazu, dir zu glauben. Ich werde die Wahrheit schon herausfinden."

Am Hahndorn waren ein paar Leute des Burgvogts damit beschäftigt, einen Galgen zu zimmern. Das Klopfen und Hämmern hallte schauerlich durchs Dorf, während zwei Köter sich unbeeindruckt davon im Gras balgten. Einige Mägde waren dabei, den Dorfplatz von allerlei Unrat zu säubern. Die Vorbereitungen für das kommende Erntefest liefen auf Hochtouren.

Von weitem näherten sich zwei Ochsenkarren. Die Bauern brachten ihre Ernte zu den Scheunen. Mathäus sah Albrecht und dessen Sohn Philipp am Rand des Angers stehen. Mit starren Mienen verfolgten sie die makaberen Bauarbeiten der Zimmerleute. Als Albrecht des Dorfherrn gewahr wurde, hob er grüßend eine Hand, doch Mathäus tat, als hätte er es nicht bemerkt, und ging weiter.

Sein Kopf war wie Blei, als er seine Stube betrat, seine Gedanken kreisten immer wieder um die Frage nach Margarethes Mörder. Hieß er Walter Hompesch? Walter hatte ihm leider nicht den Gefallen getan, ein Stück von seinem Gewand am Tatort zu hinterlassen.

Oder war Ludwig der Täter? Freilich war dieser weibergeile Mistkerl in der Tat krank gewesen. Hatte er aus gekränkter Eitelkeit gedungene Mörder bestellt? Wollte er den jungen Leuten in ihren Mordabsichten zuvorkommen? Hatte er denn etwas geahnt? Aber wie konnte man ihm das nachweisen?

Oder hatte Mathäus sich am Ende von Eberhard mit einer abstrusen Geschichte vom Teufel an der Nase herumführen lassen?

Teufel und Dämonen! Mathäus ließ sich schwerfällig auf einen Hocker gleiten. Griff sich an den Kopf. Was hatte es bloß mit diesen schauderhaften Beobachtungen auf sich? Konnte man Sibylles Sinnen noch trauen? Wollte Eberhard die allgemeine Verwirrung für seine Zwecke nutzen?

Mathäus wünschte sich seinen scharfsinnigen Freund Heinrich herbei. Aber wer wusste schon, wohin es diesen seltsamen Kerl verschlagen hatte?

21

Die milden Strahlen der Abendsonne waren wie Wohltäter. Heinrich hatte es sich auf einer Wiese des waldigen Hügels jenseits der Stadt bequem gemacht und kaute gedankenverloren auf einem Stück Dörrfleisch herum, während Chlodwig sich gelangweilt im Gras wälzte. Unten, im Tal, erhoben sich Aachens Türme im goldenen Abendlicht. Irgendwo hinter den Mauern dieser großartigen Stadt lebte und liebte Johanna, und Heinrich war sich einmal mehr darüber im Klaren, dass er sie niemals wiedersehen würde.

Er vernahm die fernen Hammerschläge aus den Gassen der Stadt. In einer dieser Werkstätten, bei einem Hufschmied, hatte Heinrich in den vergangenen Tagen gearbeitet. Ein paar Gulden hatte er sich verdient, doch nun drängte es ihn weiterzuziehen.

„Was denkst du", fragte Heinrich seinen Hund, „welche Himmelsrichtung sollen wir einschlagen?"

Chlodwig brummte zur Antwort und streckte seine Pfoten aus.

„Weißt du was?" Heinrich zupfte Grashalme aus. „Irgendwie werde ich das Gefühl nicht los, dass unser Freund Mathäus meine Hilfe braucht."

Die Dogge atmete schnaufend aus.

„Du magst mich für verrückt halten, Chlodwig, aber schon den ganzen Tag spukt seine Stimme in meinem Kopf herum. Jede Wette, es ist etwas passiert in seinem unseligen Kuhdorf, und Mätthes dampft gewaltig der Schädel."

Chlodwig rappelte sich mühsam hoch. Gähnend streckte er seinen Körper, bevor er gelangweilt die Gegend in Augenschein nahm. Hinter einem Gebüsch sah er einen Hasen davonspringen. Im Nu war seine Lethargie verflogen. Schnell wie ein Pfeil stürmte er dem Langohr hinterher, schnurstracks in den Wald hinein.

„Er glaubt mir nicht", brummelte Heinrich. Seufzend ließ er sich auf den Rücken sinken, bettete den Kopf in seine Handflächen. Am Himmel kreiste ein großer Raubvogel.

„Dieser Klugscheißer von Hund hält mich für verrückt, aber ich weiß es besser. Mätthes braucht meine Hilfe."

Er schloss die Augen. Leute, die behaupteten, sie könnten Hilferufe von Freunden und Verwandten selbst aus weiten Entfernungen wahrnehmen, hatte er bislang verspottet. Sein scharfer Geist hatte solcherlei Äußerungen stets als Unfug abgetan, als Verhöhnung jeglicher Logik. Was war nur los mit ihm?

„Eine innere Stimme sagt mir, dass ich dich bald brauchen werde!" So hatte ihm der Freund vor wenigen Tagen geweissagt.

„Schon gut, Mätthes. Spätestens morgen Abend bin ich bei dir!"

Noch während er sich diesen Satz zuflüsterte, begann er sich zu schämen ob seiner Leichtgläubigkeit. Dann fiel ihm ein plausibler Grund ein, warum er den Freund tatsächlich aufsuchen könnte. Hatte Mathäus nicht tagelang für ihn gesorgt, ihn mit Speis und Trank bewirtet und in Aachen gar die Herbergskosten für ihn übernommen?

Mit dem verdienten Geld wäre Heinrich endlich in der Lage, die Schulden bei seinem Freund zu begleichen. Zumal Mathäus als Dorfherr eines gottverdammten Nestes sicherlich keine fürstliche Besoldung erhielt. Das – und keine innere Stimme - war doch eher ein Grund, nach Merode zurückzukehren.

Nein, Reichtümer konnte der Dorfherr von Merode wohl nicht horten, aber – Heinrich konnte sich ein Schmunzeln nicht verkneifen – es reichte immerhin, um sich von Aachener Gold- und Silberschmieden schröpfen zu lassen.

Aus dem Wald drang das Klopfen eines Spechts. Heinrich zog müde die Beine an und reckte wohlig seinen Kopf nach hinten. Eine ganze Weile döste er vor sich hin. Als sein Rappe Thusnelda, der ein Stück hangaufwärts graste, nervös zu schnauben begann, öffnete Heinrich die Augen.

Keinen Moment zu früh!

Der blitzende Dolch in der Hand des Fremden hätte seinen Hals wohl durchbohrt, wenn Heinrich sich nicht mit einer reflexartigen Bewegung zur Seite gerollt hätte. Stattdessen verspürte er einen reißenden Schmerz in der linken Schulter. Mit einem Mal war er hellwach. Seine Hand suchte und fand den eigenen Dolch an seinem Gürtel. Nach wenigen Augenblicken hatte Heinrich seine volle Orientierung wiedererlangt.

Vor ihm tänzelte ein pockennarbiger Kerl in einem vor Dreck starrenden Wams. Mit schiefem Grinsen und mäßigem Geschick warf er seinen Dolch von einer Hand in die andere.

Heinrich hatte Abwehrhaltung angenommen. „Was willst du von mir, du Lump?"

„Nichts als dein Geld. Gib's mir, dann lass ich dich leben!" Offensichtlich war der Halsabschneider zornig auf sich selbst, da ihm das vermeintlich leichte Unterfangen, den Schlafenden ins Jenseits zu befördern, so gründlich missglückt war.

„Woher willst du wissen, dass ich Geld habe?"

„Hast wohl kaum um Gotteslohn für den Schmied gearbeitet. Also los, rück's raus!"

„Musst es dir schon holen!" Heinrich richtete die Spitze seiner Waffe auf den Gegner. Fühlte das warme Blut an seinem Oberarm.

Das Grinsen des Pockennarbigen wurde verbissener, da er merkte, dass sein Gegenüber im Gebrauch von Waffen geübt war.

„Als ich noch in der Garde des Markgrafen von Jülich diente", verkündete Heinrich, „da hab ich ganz andern Kerlen als dir die Eingeweide aufgeschlitzt." Er hatte die Verunsicherung des anderen bemerkt und hielt Einschüchterung für die beste Strategie. Sein linker Arm schmerzte wie die Hölle.

„Dir schneid' ich die Eier ab", bellte der Pockennarbige. Seine immer defensiver werdende Körperhaltung strafte diese Ankündigung indes Lügen.

Aufmerksam studierte Heinrich das Gesicht seines Gegners. *Er will Zeit gewinnen,* schoss es ihm durch den Kopf, *aber warum bloß?*

Plötzlich wusste er es! Die Antwort auf diese Frage kam ihm wie eine Eingebung.

Mit einer ansatzlosen Drehung schnellte er herum und stieß dem zweiten Angreifer den Dolch in den Bauch. Schreiend ließ dieser die erhobene Axt fallen und sank auf die Knie. Blitzschnell wandte Heinrich sich wieder dem anderen zu, dessen Unterkiefer fassungslos nach unten klappte. Der Pockennarbige torkelte einige Schritte rückwärts und suchte dann rennend das Weite.

Der verletzte Angreifer hatte sich in der Zwischenzeit aufgerappelt. Entsetzt presste er beide Hände auf seine blutende Bauchwunde, bedachte Heinrich mit einem ungläubigen Blick aus schielenden Augen, wohl wissend, dass er diese Verletzung kaum überleben würde. Dann folgte er dem Kumpan hinkend den Hang hinab, hinter sich eine Blutspur zeichnend.

Als die Flüchtenden aus seinem Blickfeld verschwunden waren, ließ Heinrich sich stöhnend auf den Hosenboden sinken.

Seine Schulter brannte unerträglich, ein Meer von roter Flüssigkeit färbte den Ärmel seines Wamses. Er riss ein Stück Stoff aus seinem Hosenbein, wickelte es notdürftig um die verletzte Schulter. Vor ihm stand plötzlich sein schnaubendes Pferd.

Heinrich biss auf die Zähne. „Was gibt's da zu glotzen, Thusnelda? Keine Sorge, Unkraut vergeht nicht so leicht. Verrat' mir lieber, wo dieser vermaledeite Köter abgeblieben ist …"

Als hätte er die Stimme seines Herrn vernommen, stürmte Chlodwig in diesem Moment aus dem nahen Waldstück herbei. In seinem Maul baumelte ein toter Hase; voller Stolz legte er den Kadaver Heinrich in den Schoß. Der warf ihn unwirsch beiseite.

„Das ist wieder mal typisch für dich, Chlodwig", fluchte er, „sobald man dich braucht, bist du beim Jagen."

Der Hund legte die Ohren an. Schien erst jetzt zu bemerken, dass irgendetwas nicht seine Richtigkeit hatte. Aufgeregt schnüffelte er im Gras und fand die Blutspuren. Begann dann wütend zu knurren und sah seinen Herrn fragend an.

„Lass es gut sein", brummte Heinrich, „habe die Strauchdiebe auch ohne deine gütige Mithilfe in die Flucht geschlagen."

Er atmete tief durch. Dem Tod war er nur knapp entkommen. Irgendwer wollte, dass er lebte. Doch wer war dieser *Irgendwer?* Gott?

Heinrich schüttelte grübelnd den Kopf. Im Tal läuteten Glocken, und am Horizont verschwand allmählich der rote Sonnenball.

22

Mathäus fühlte sich leer und ausgelaugt, als er am nächsten Morgen erwachte. Die halbe Nacht lang hatte er sich schlaflos auf seinem Lager gewälzt und nach Antworten gesucht. Übermorgen sollten die Mörder der beiden jungen Frauen hängen, doch lediglich einer der Inhaftierten, Tobias Hompesch, war bislang als Täter entlarvt worden. Wer war der zweite Mörder? Konrad und Paulus drängten nach Aufklärung. Es war dem Dorfherrn klar, dass sie es in Kauf nehmen würden, auch einen Unschuldigen zu richten, um keinen Unmut unter den Bauern zu schüren. Inzwischen tat es ihm leid, den Bauernsohn in das Verlies gesperrt zu haben, obwohl es dafür gute Gründe gegeben hatte. Vielleicht hätte er anders vorgehen sollen, und –

Nein und nochmals nein! Verärgert über sich selbst schüttelte Mathäus den Kopf und schob die Schale mit dem Frühstücksbrei beiseite. Er hatte getan, was er für richtig gehalten und sein Gewissen ihm befohlen hatte. Dazu musste er stehen. Was scherten ihn die Abwägungen eines Konrad oder Paulus, wenn es um die Wahrheit ging? Diese Wahrheit wollte noch gefunden werden, koste es, was es wolle, bei allen Heiligen! Zwei Tage blieben ihm noch.

Sein Blick fiel auf den Lindenklotz, der roh wie ehedem in einer Ecke der Stube auf seine Verwandlung wartete. Maria mit dem Kinde! „Bald", murmelte Mathäus, „bald mach ich mich an die Arbeit. Doch zuerst muss ich noch einen Mörder überführen."

Der Dorfherr hatte nachgedacht. *Wenn du nach einer Lösung suchst, und sie will dir nicht einfallen, dann frag' die Leute Löcher in den Bauch!*

Na schön. Heinrich musste sich ja bei diesem Ratschlag etwas gedacht haben. Durch unablässiges Befragen der Leute hoffte Mathäus also die Wahrheit ans Licht zu bringen, wenngleich er sich eingestand, dass dies eher einem Akt der Verzweiflung glich.

Sein Weg führte ihn an diesem Morgen vom Ober- zum Unterdorf, von den Feldern am Waldsaum zu denen jenseits der unteren Ortsgrenze. Er befragte Bauern und Bäuerinnen, Mägde und Knechte, Kinder und Greise. Irgendwo mussten sich doch neue Anhaltspunkte ergeben. Aber die Auskünfte, die er erhielt, enttäuschten ihn. Einige wollten immer schon gewusst haben, dass der so unscheinbare Eberhard in Wirklichkeit unberechenbar sei, während andere von seiner Unschuld überzeugt waren und die fremden Kaufmannsbrüder hängen sehen wollten. Für Frieda, die zickige Bäuerin, war der verrückte Lazarus der Täter, denn am Tag vor Margarethes Ermordung wollte sie beobachtet haben, wie er der Tochter des Schuhmachers nachgestellt sei. Ein krüppeliger Knecht des Bauern Jakob war indes der Überzeugung, dass die alte Sibylle ihre Finger im Spiel habe. Sie sei eben eine Hexe, das habe er immer schon gewusst, und ihre Behauptung, sie habe einen Dämon gesehen, habe allein dem Zweck gedient, von der Wahrheit abzulenken.

Geschwätz.

Eberhards Vater Rudolf ließ es sich nicht nehmen, dem Dorfherrn zornig die Meinung zu sagen. Was denn eigentlich mit seinem Freund geschehen sei, wollte er wissen, der in der vergangenen Woche urplötzlich aufgetaucht und ebenso rasch wieder verschwunden sei. Unmittelbar vor seinem Erscheinen sei schließlich ein Mord geschehen - und kurz nach seinem Verschwinden ebenfalls.

Mathäus schluckte den Ärger über die Ungeheuerlichkeit dieser Aussage hinunter und verzieh sie dem Vater, dem das ungewisse Schicksal seines Sohnes offenbar schwer zu schaffen machte.

Auch erneute Verhöre der Inhaftierten brachten keine neuen Erkenntnisse. Eberhard war in trübe Lethargie versunken, während Walter Hompesch weiterhin abstritt, das Mädchen im Wald ermordet, geschweige denn jemals gesehen zu haben. Sein Bruder Tobias dagegen saß gedankenversunken im Stroh, als bereite er sich auf sein nahendes Ende vor.

Am späten Nachmittag suchte der Dorfherr einmal mehr die Mordstätte am Forellenweiher auf, doch auch diesmal fand er nichts, was ihm bei früheren Besichtigungen entgangen wäre. Frustriert machte er sich auf dem Heimweg.

Schon von draußen hörte er das Lachen eines Kindes. Mathäus wurde es wohlig ums Herz, schmunzelnd betrat er die Stube.

„Sieh an, unsere selbsternannte Mutter mit ihrer kleinen Tochter." Jutta blickte stolz auf das Mädchen, das vor ihr auf dem Fußboden hockte und mit einem Holzpferd spielte. Die Kleine richtete ihre großen Augen auf den Ankömmling.

„Sag's ihm, Maria. Na los, trau dich!", munterte Jutta sie auf.

Die kleine Maria schluckte aufgeregt. „Gutten Tack, Mathäus", hauchte sie. Verlegen widmete sie sich wieder ihrem Spielzeug.

„Sie spricht schon unsere Sprache?", wunderte sich der Dorfherr.

Jutta ließ sich von dem Geliebten in den Arm nehmen. „Das Nötigste kann sie schon sagen. Und es wird jeden Tag mehr. Bald wird sie so viel verstehen, dass wir sie taufen lassen können, denn vermutlich ist sie ein Heidenkind. Ich erzähle ihr täglich über Gott."

Mathäus nickte nachdenklich. „Du bist nicht auf den Feldern?"

„Eine Mutter muss auch mal Zeit haben, sich um ihr Liebstes zu kümmern."

„Wen meinst du? Mich oder Maria?"

„Wieso *oder*? Euch beide natürlich!"

„Dann weiß ich wenigstens, dass du mich doch noch nicht vergessen hast."

„Wie könnte ich auch?" Jutta küsste ihn auf die Wange, nahm dann seinen Kopf zwischen ihre Hände. „Du wirkst so abwesend", stellte sie fest. „Es geht um den Mord an Margarethe, nicht wahr?"

„Steht das in meinen Augen?"

„Ja. Immer noch keinen Hinweis auf den Täter?"

Mathäus ließ die Schultern hängen. „Alles ist so verwirrend."

Sie presste ihren Kopf an seine Brust. „Und bis Sonntag wollen die Herrschaften ihren Täter haben", sagte sie leise.

Ein seliges Gefühl von Wärme und Liebe strömte durch Mathäus' Körper. Wie gerne hätte er Jutta den Ring an den Finger gesteckt, ihr erklärt, dass ein Leben ohne sie ihm sinnlos und öde erschien. Doch er schwieg. Er wusste, der Tag würde unweigerlich kommen, an dem Jutta eine Entscheidung traf. Und sein Konkurrent, jener Bauernsohn aus Schlich? Mathäus unterdrückte den unchristlichen Wunsch, ihn in die Hölle zu wünschen.

„Mathäus gutter Mann", piepste Marias Kinderstimme.

Sie sahen lächelnd zu ihr hinab.

„Besten Dank, Maria", erwiderte der Dorfherr mit einer eleganten Verbeugung.

„Und jetzt lasst uns essen", bestimmte Jutta und deutete auf den gedeckten Tisch.

Sie aßen dunkles Brot und Käse. Irgendwo im Dorf begannen Hunde zu bellen. Als es an der Tür klopfte, erhob sich Mathäus missmutig. Wer es wohl schon wieder wagte, ihn zu stören? Konnten diese Quälgeister ihn nicht einfach mal in Ruhe lassen?

Zunächst glaubte er, das Opfer einer Sinnestäuschung zu sein. Starrte auf die blutverschmierte Kleidung des Mannes vor seiner Tür und auf den riesigen Hund, der treu an seiner Seite stand. Dahinter Thusnelda …

„Hein! Um Himmels willen, was ist geschehen?"

„Nichts Besonderes, Mätthes. Nur ein paar Strolche, die sich an meinen Habseligkeiten bereichern wollten. Als ob ich welche hätte." Seine Stimme war leise und schwach.

„Ihr habt Fieber, Heinrich", stellte Jutta fest. Inzwischen war auch sie an die Tür getreten und maß ihn mit sorgenvollen Blicken.

„Jutta!", keuchte Heinrich. „Die Perle der Herrschaft! Der Goldfisch im Karpfenteich. Ihr sollt mich doch Hein nennen."

„Ihr redet wirr, Hein, aber das ist das Fieber." Sie nahm ihn bei der Hand, zerrte ihn in die Stube. „Ihr gehört ins Bett. Sofort. Ich muss nach Eurer Wunde sehen. Mathäus versorgt derweil Euer Pferd. Ihr werdet eine Weile hier bleiben müssen."

Als Mathäus aus dem Stall zurückkehrte, hatte Jutta dem Verwundeten ein Bett auf der Bank unter dem Fenster bereitet und ihn von seiner blutverschmierten Kleidung befreit. Nun war sie dabei, auf dem Herd einen Topf mit Wasser zu erwärmen.

Eine hässliche Wunde klaffte an Heinrichs linker Schulter. Chlodwig hatte seine Schnauze auf den Bettrand gelegt und ließ seinen Herrn nicht aus den Augen. Mit glasigem Blick sah Heinrich zu seinem Freund empor.

„Trügt mich das Gefühl, dass du meine Hilfe brauchst, Mätthes?", wisperte er.

„Habe mir, um ehrlich zu sein, nichts sehnlicher gewünscht als dass du hier wärest, Hein."

„Dann bin ich zum Glück doch nicht verrückt. Seltsame Mächte, die da wirken …"

„Mächte?"

„Schon gut. Ich freue mich auch, dich zu sehen, alter Kamerad."

„Freilich sähe ich dich lieber munter und gesund."

Heinrich machte eine schlappe Handbewegung. „Man kann nicht alles haben. Außerdem hab ich schon schlimmer ausgesehen. Weißt du noch damals? Das Gefecht gegen die Brabanter? Sie waren in der Überzahl und hatten uns umzingelt, wollten uns in Stücke hauen. Aber da waren sie genau an die Richtigen geraten, was?"

Mathäus lächelte, aber die Sorgenfalten blieben.

„Vor welchen Problemen stehst du, Freund?", fuhr Heinrich fort. „Du weißt doch: Zusammen sind wir nicht zu besiegen. Na los, erzähl schon."

„Zuerst musst du wieder zu Kräften kommen."

„Aber du hast nicht viel Zeit, nicht wahr?"

Mathäus runzelte die Stirn. „Dein Scharfsinn ist einfach nicht zu überbieten."

„Damit das so bleibt, solltet ihr eure Unterhaltung auf später verschieben", sagte Jutta entschieden. Mit einer dampfenden Waschschüssel war sie an das Bett getreten. „Was Ihr jetzt braucht, Heinrich, ist Ruhe!"

„Hein. Freunde sollen mich Hein nennen, Jutta."

„Vor allem sollt Ihr nicht immer das letzte Wort haben." Sie stellte die Schüssel auf einen Hocker, setzte sich an den Bettrand und begann, die Wunde des Verletzten mit einem Leinentuch vorsichtig zu säubern. Heinrich biss die Zähne zusammen.

Mathäus sah ihnen zu. Stellte fest, dass diesmal nicht das leiseste Gefühl von Eifersucht durch seine Gedanken geisterte. Dankbar für diese Feststellung schenkte er Jutta ein beglücktes Lächeln. Sie erwiderte es. Schließlich gesellte sich auch die kleine Maria zu ihnen und bedachte Heinrich mit einem fragenden Blick ihrer unwiderstehlichen Kulleraugen.

„Ich muss wohl träumen", flüsterte Heinrich ermattet, „da steht tatsächlich ein Engel an meinem Bett."

„Än-gel!", wiederholte die Kleine, streichelte sanft über die Hand des Kranken. Dann watschelte sie auf die Dogge zu und kraulte ohne jede Furcht ihren riesigen Kopf. Chlodwig ließ es zu und brummte behaglich.

Jutta warf Mathäus einen fassungslosen Blick zu. „Normalerweise ist sie Fremden gegenüber misstrauisch", behauptete sie, „aber dein Freund Heinrich scheint da eine Ausnahme zu sein."

„Engel wollen mich retten", sagte Heinrich kryptisch. Dann fiel er in einen tiefen Schlaf.

Jutta verband die gesäuberte Wunde des Fiebernden mit einem frischen Tuch und deckte ihn behutsam zu.

„Wird er es überstehen?", fragte Mathäus besorgt.

Sie nickte. „Dein Freund ist robust. Aber du solltest bei der alten Sibylle ein paar Heilkräuter gegen das Fieber besorgen."

Mathäus tat wie ihn geheißen. Als er später, in seinen Händen ein Korb voller Wundklee, wieder in die Stube trat, glaubte er seinen Augen nicht zu trauen. Nicht nur Heinrich schlief den Schlaf des Gerechten; auch Jutta, Maria und Chlodwig waren eingenickt. Letzterer machte durch ein unsägliches Geschnarche auf sich aufmerksam.

Der Dorfherr machte sich leise an die Zubereitung eines Suds. Draußen begann die Abenddämmerung. Es würde eine lange Nacht werden.

23

Als die ersten Strahlen der Morgensonne durch die kleine Fensteröffnung in die Stube fielen, öffnete Mathäus die Augen. Er fand sich wieder auf dem Haufen Stroh, den er am Vorabend noch hergeschafft hatte, damit niemand auf dem blanken Fußboden nächtigen musste. Alle hatten sie in Heinrichs Nähe sein wollen. In Mathäus' Armen schlummerte Jutta, deren rechte Hand, wie er mit wohliger Erregung feststellte, auf seiner Brust ruhte. Daneben lag, zusammengekauert unter einer Decke, die kleine Maria und nuckelte an ihrem Daumen. Chlodwig räkelte sich vor der Bettstatt seines Herrn, der zu Mathäus' Erleichterung ruhig und tief atmete. Heinrich würde die Verwundung überleben, aber würde er auch in der Lage sein, dem Dorfherrn bei der Aufklärung des mysteriösen Mordfalls mit Rat und Tat zur Seite zu stehen? Es blieb ihm nur noch dieser eine Tag. Mathäus seufzte leise.

„Ich hab gebetet, Liebster. Alles wird gut gehen!"

Erst jetzt merkte Mathäus, dass auch Jutta ihre Augen geöffnet hatte. „Ist dir eigentlich klar", fuhr sie fort, „dass wir unsere erste Nacht miteinander verbracht haben?"

Mathäus ließ seine Hände durch ihr langes, dunkles Haar gleiten. Hoffte innig, dass sie noch viele gemeinsame, auch weniger platonische Nächte erleben würden. „Deine Eltern werden sich große Sorgen machen, weil ihr nicht nach Hause gekommen seid", bemerkte er stirnrunzelnd.

„Sie werden wissen, dass es einen Grund dafür geben muss", behauptete sie, „und auch heute werde ich am Bett deines Freundes Wache halten, damit du in Ruhe deine Ermittlungen fortsetzen kannst."

„Ich danke dir, Liebste. Auch wenn ich mit meinem Latein am Ende bin. Ich weiß beim besten Willen nicht, wer die arme Margarethe ermordet hat. Vielleicht war's ja am Ende wirklich der Teufel."

„Es wird alles gut werden!" Sie sah ihren Geliebten zuversichtlich an.

„Glaubst du?"

„Ich weiß es."

„Dann zweifle ich nicht länger." Er zwang sich zu einem Lächeln. „Ich werde zu deinen Eltern reiten und ihnen erklären, warum du bei mir bist."

„Danke."

Er wechselte sein zerknittertes Wams, wusch sein Gesicht und verließ das Haus.

„Willst du nicht erst etwas essen?", rief Jutta ihm nach, aber er hörte sie nicht mehr.

Draußen bereute Mathäus sein Versprechen, Juttas Eltern aufzusuchen, denn er stellte sich Johanns entrüstetes Gesicht vor. Seine Tochter über Nacht im Haus des Dorfherrn? Er würde wohl kaum erfreut darüber sein.

Also beschloss Mathäus, zur Burg zu gehen, um Dietrich mit diesem unangenehmen Botengang zu beauftragen. Das mochte zwar nicht sehr mutig sein, aber er hatte schließlich zurzeit auch ganz andere Dinge im Kopf.

Die Zugbrücke war noch hochgezogen.

„He! Alle ausgeflogen?", brüllte er dem Wachhabenden im Torbogen zu. Fast augenblicklich begann sich die hölzerne Brücke unter lautem Knirschen zu senken.

„Herrgott! Habt ihr die Eisen noch immer nicht geschmiert?", fluchte Mathäus.

„Werd's bald erledigen", versprach der Bursche.

„Gewiss. Und *bald* wächst dir auch ein Horn auf der Stirn."

Auf dem Burghof herrschte mäßige Betriebsamkeit. Zwei Mägde huschten mit Körben voller Eier aus dem Hühnerstall.

Friedrich trat verschlafen aus seiner Laube. „Was um alles in der Welt treibt Euch so früh hierher?"

„Schafft mir den Dietrich herbei", befahl Mathäus schlecht gelaunt.

„Mit Verlaub, aber ist Euch eine Laus über die Leber gelaufen, werter Dorfherr?"

„So ist es! Soll ja vorkommen, oder? Holt mir den Dietrich her oder muss ich ihn etwa selbst suchen?"

Friedrich entfernte sich kopfschüttelnd und kehrte nach kurzer Zeit mit dem jungen Diener zurück. Auch Dietrich schien noch nicht allzu lange der Welt des Schlafes entrückt zu sein, wie seine verklebten Augen verrieten.

„Didi! Sei so gut und überbring' dem Schlicher Bauern Johann und seiner Gattin Heilwig eine Nachricht von mir."

„Was, jetzt?", fragte Dietrich.

„Nein, am Jüngsten Tag! Sag ihnen, dass sie sich um ihre Tochter und die kleine Maria keine Sorgen machen müssen. Die beiden werden zurzeit dringend als Krankenpflegerinnen gebraucht." Er zog eine Münze hervor, drückte sie ihm in die Hand. Dietrich nickte grinsend und entfernte sich.

„Krankenpflegerinnen?", wunderte sich Friedrich.

„Ach, das ist eine lange Geschichte."

„Mag sein. Aber ich glaube nicht, dass es Herrn Paulus gefallen wird, wenn er erfährt, dass Ihr das Gesinde für persönliche Botengänge losschickt, ohne ihn zu fragen. Natürlich werde ich meinen Mund halten", fügte er hastig hinzu, als der finstere Blick des Dorfherrn ihn durchbohrte.

„Das fehlte noch, dass ich bei Paulus bitten und betteln müsste."

„Tja. Was machen die Ermittlungen?"

„Sie stocken, wenn Ihr's genau wissen wollt."

„Es bleibt Euch aber kaum noch Zeit."

„Glaubt Ihr etwa, das wüsste ich nicht?"

„Aber irgendwen muss man am Ende doch aufknüpfen, oder?"

„Ist das Eure Auffassung von Gerechtigkeit, Friedrich? Ihr enttäuscht mich. Offenbar seid Ihr keinen Deut besser als Paulus." Mathäus machte auf dem Absatz kehrt und verließ den Burghof.

Friedrich sah ihm lange nach. „Völlig runter mit den Nerven, der Kerl", murmelte er kopfschüttelnd.

Mathäus betrachtete nachdenklich den Galgen, der wie ein Teufelsfinger den Hahndorn überragte. Morgen würde hier das Erntefest stattfinden. Alle Bewohner der Herrschaft Merode würden sich an diesem Platz versammeln, würden tanzen, trinken und die Gerichtsverhandlung verfolgen. Das Blut der ermordeten Mädchen schrie nach Vergeltung. An diesem Galgen, dessen Schlinge jetzt von einem lauen Windstoß hin und her bewegt wurde, würde zunächst Tobias Hompesch sterben, denn seine Schuld war eindeutig. Und dann – ja, wer dann? Welcher Mörder hatte außerdem den Tod verdient?

Es war zum Verzweifeln.

Die Leute vom Oberdorf hatten ihren Waschtag; der Bachlauf entlang des Hahndorns war bald von schnatternden Weibern flankiert.

„Fließe, fließe, lieber Dreck, rasch ins Unterdorf hinweg!",
dichtete eine fette Magd gehässig, und alle Umstehenden
lachten herzhaft darüber.

„Auf dass die blöden Ziegen 'nen Wutanfall kriegen", fügte eine andere albern hinzu und erntete Applaus.

Mathäus warf einen letzten Blick auf das unheilvolle Holz-
gestell und machte sich auf den Weg ins Unterdorf, die gut-
mütigen Neckereien, die die Weiber ihm hinterherriefen, nicht
beachtend. Ein Ziel hatte er nicht. Er grübelte und fluchte, als
er in einen Kuhfladen trat, warf einen faustgroßen Stein nach
einer Wasserratte, die ihm über den Weg lief, stieß mit dem
Fuß ein totes Huhn beiseite, das ein Marder übel zugerichtet
hatte. Aber einen klaren Gedanken fassen konnte er nicht.

Gegen Mittag nahm er die Leere seines Magens zur Kenntnis und kehrte in sein Haus ein. Jutta hatte inzwischen eine
kräftige Brühe zubereitet. Heinrich schlief.

„Das Fieber ist gesunken", bemerkte Jutta, „aber sein Körper braucht jetzt viel Schlaf."

Mathäus nickte seufzend und trank seine Brühe. Maria
und Chlodwig balgten sich auf dem Fußboden, mehrmals
musste Jutta sie zur Ruhe mahnen. Schließlich stand Mathäus
auf, küsste seine Liebste auf die Stirn und verließ voller Un-
rast die Stube.

Sein Blick fiel auf das windschiefe Haus seines Nachbarn
Albrecht. Mathäus grübelte über das Schicksal des Schuhmachers nach. Nicht nur seine Frau, auch die einzige Tochter
hatte er verloren. Besser, er hätte Aachen niemals verlassen.
Albrecht tat ihm leid! Noch gab es niemanden, den man dem
leidgeprüften Vater als Mörder seiner Tochter präsentieren
konnte. Trotzdem rang Mathäus sich dazu durch, dem Schuhmacher einen Höflichkeitsbesuch abzustatten.

Philipp empfing ihn an der Tür. „Es ist der Dorfherr, Vater!", rief er über seine Schulter. Er ließ Mathäus eintreten.

„Freilich komme ich nicht in meiner Eigenschaft als Dorfherr. Als Nachbar bin ich hier."

„Tatsächlich?" Philipp gab sich wenig Mühe, freundlich zu erscheinen. „Das ist schade. Dann erfahren wir wohl nichts über den Stand Eurer Ermittlungen, oder?"

Mathäus warf ihm einen strengen Blick zu, bevor er den alten Schuhmacher begrüßte, der gebeugt an seinem Arbeitstisch saß und einen Stiefel in seiner Hand wiegte. Die Furchen in seinem Gesicht waren noch tiefer geworden, sein Blick unstet wie ehedem. Einige leidvolle Tage hatten den ohnehin verlebten Schuhmacher noch älter gemacht.

„Setzt Euch!", forderte er Mathäus auf, ohne ihn anzusehen. „Wie sieht's aus?"

„Wie sieht's aus, wie sieht's aus?", imitierte Philipp die Stimme seines Vaters erstaunlich genau. Er zog eine Grimasse, machte eine unwirsche Handbewegung und ließ sich auf einen Hocker nieder. Sah den Dorfherrn dabei an, als wollte er ihn zurechtweisen. „Habt Ihr den Mörder meiner Schwester?", fragte er geradeheraus. Sein Tonfall glich dem eines wütenden Vaters, dessen Kinder allerlei Unfug getrieben haben.

Mathäus blieb ruhig. „Es gibt Verdächtige. Aber keinem lässt sich der Mord an deiner Schwester nachweisen, Philipp."

„Ach nein? Und was ist mit Eberhard?"

„Seine Stiefelspuren waren am Tatort. Aber ich kann mir beim besten Willen nicht vorstellen, dass er Margarethe umgebracht hat. Warum hätte er das tun sollen? Die beiden liebten sich."

„Pah!" Philipp schlug mit der geballten Faust auf den Tisch. „Wer weiß das schon? Jedenfalls hab ich den Eberhard noch nie ausstehen können. Wäre der falsche Mann für meine Schwester gewesen."

„Vor drei Tagen hast du mir erzählt, du wüsstest nicht, wer der Liebhaber deiner Schwester war."

„Ja, das stimmt." Philipp kratzte sich am Kopf. „Hab's jedoch geahnt."

„Ist das so? Warum hast du mir deine Ahnung nicht anvertraut?"

„Weil auch ich mir nicht vorstellen konnte, dass er sie umgebracht hat. Wollte ihm trotz allem keine Schwierigkeiten machen. Als ich aber hörte, dass er die Tat dem Teufel höchstselbst in die Schuhe schob, war die Sache klar für mich."

Mathäus bemühte sich, seine Verärgerung nicht zu zeigen. Paulus' Leute hatten also dafür gesorgt, dass Einzelheiten der Verhöre an die Öffentlichkeit gedrungen waren.

„Was ist mit Ludwig?", fragte Albrecht mit heiserer Stimme. In seinen Augen flammte Hass auf.

Mathäus spreizte die Hände. „Er lag krank im Bett an jenem Tag. Sein Gesinde kann es bezeugen."

„Sein Gesinde! Niemand würde es wagen, gegen ihn zu sprechen."

„Ich verstehe Eure Zweifel, Albrecht, aber ich habe Ludwig selbst gesehen. Er war in der Tat krank."

„Und wenn er den Kranken nur markiert hat?"

„Vater!" Philipp machte eine hilflose Handbewegung. „Ich hasse Ludwig ebenso wie du. Nur ist er leider nicht der Mörder deiner Tochter. Die Fakten sprechen nun mal dagegen, ob uns das passt oder nicht." Er sah den Dorfherrn entschlossen an. „Margarethes Mörder heißt Eberhard!"

„Was macht dich da so sicher?", fragte Mathäus lauernd.

„Er war am Forellenweiher. Wenn er nicht selbst der Mörder war, warum hat er dann nicht gleich erzählt, was wirklich dort geschah? Und außerdem", Philipp beugte sich vor, „denkt an die steinerne Botschaft, Herr Mathäus."

„Der Stein mit den Symbolen? Was ist damit?"

„Mit dieser Botschaft hat der Mörder sich doch selbst verraten."

Mathäus runzelte die Stirn. „Worauf willst du hinaus?"

„Steine lügen nicht!"

„Erklär's mir."

„Die Botschaft war signiert mit dem Kopf eines Ebers. Ihr Absender war der Mörder. Steine lügen nicht, ich weiß es sicher. Hätte Moses sonst die Zehn Gebote auf steinernen Tafeln empfangen?"

Mathäus atmete tief durch und erhob sich. „Deine Kombinationsgabe in allen Ehren, Philipp, aber ich muss mich an Realitäten halten. Ich kann den Fall nicht anhand der Heiligen Schrift lösen." Er hob eine Hand zum Gruß und schritt zur Tür.

„Herr Mathäus!" Albrechts Stimme war mit einem Mal hart und klar. Mathäus verharrte im Schritt, wandte sich um.

„Ihr habt uns Euer Wort darauf gegeben, dass der Mörder meiner Tochter seine gerechte Strafe erhält, erinnert Ihr Euch?"

Der Dorfherr nickte steif.

„Ich hoffe, Ihr habt uns nicht zu viel versprochen."

„Bis morgen weiß ich, wer Eure Tochter ermordet hat", verkündete Mathäus mit einer Entschlossenheit, die, wie er im Grunde seines Herzens zugeben musste, geheuchelt war. Dann verließ er das Haus.

Heinrich war aufgewacht. Seine Finger umklammerten einen Becher mit dampfendem Sud. Jutta hatte seine Wunde neu verbunden.

„Ich glaube, deine Liebste will mich vergiften, Mätthes. Kümmert sich zwar fürsorglich um meine Verletzung, dann aber zwingt sie mich, dieses elende Gesöff zu trinken. Was denkt sie sich nur dabei?"

Mathäus hob schmunzelnd die Schultern. „So sind sie halt, die Frauen. Wie geht's dir, Freund?"

„Ich könnte Bäume ausreißen." Heinrich unterdrückte einen Schmerzenslaut. „Deine Frauen sorgen ja rührend für mich. He, Maria ...!" Er winkte die Kleine herbei, die sich einmal mehr mit der Dogge über den Boden wälzte. Vergnügt kam Maria angerobbt, gefolgt von Chlodwig, dessen Schwanz rotierte wie ein Windrad. Heinrich strich sanft über den Kopf des Kindes. „Sag deinem – äh – Vater, wer ich bin, Maria."

„Onkel Hein!", gurrte die Kleine.

Strahlend sah seinen Freund an. „Nun? Ist sie nicht süß wie Honig?" Mühsam richtete er sich auf und küsste das Kind auf die Wange. Um dann erschöpft wieder in sein Kissen zu fallen.

Mathäus pfiff durch die Zähne. „Scheint mir der Beginn einer großen Liebe zu sein."

Maria kicherte und erwiderte Heinrichs zärtliche Geste schüchtern. Das machte Chlodwig eifersüchtig; mit einem Satz sprang er auf das Lager seines Herrn und leckte ihm quer durchs Gesicht. Heinrich schrie unter dem Gewicht des

Hundes laut auf vor Schmerz. Im Nu war Jutta herbeigeeilt und zerrte das Tier vom Lager.

„Kann man euch denn nicht mal einen Augenblick alleine lassen?", schimpfte sie. Mädchen und Hund wurden aufgefordert, gefälligst woanders zu spielen.

Heinrich schnappte immer noch nach Luft. „Seid nicht so streng, liebste Jutta, das steht Euch nicht."

„So, findet Ihr? Glaubt Ihr etwa, ich tauge nicht zur Mutter?"

„Das habe ich nicht gesagt. Aber Ihr seid eben nicht wie andere Frauen."

Jutta schüttelte errötend den Kopf. „Euer Fieber steigt wohl wieder, Hein", sagte sie und begab sich zurück zum Herd.

„Kannst wirklich stolz auf sie sein, Mätthes", flüsterte Heinrich. „Und Maria …" Er kämpfte erneut gegen eine Welle des Schmerzes an. „Weißt du, an wen sie mich erinnert?"

Mathäus senkte den Kopf. „Ich kann's mir denken", erwiderte er leise.

„Ihre Kulleraugen, ihr Blick, weiche Kinderhaut …"

„Warum quälst du dich jetzt damit?"

„Nein, das ist es nicht, im Gegenteil." Heinrich starrte zur Decke. „Maria wurde mir gesandt, damit ich sie lieben und das Schlimme endlich vergessen kann."

„Gesandt? Ich dachte, du glaubst nicht mehr an einen gütigen Gott. Von wem wurde Maria dir also deiner Meinung nach gesandt?"

„Vielleicht vom Schicksal, was weiß denn ich?" Heinrich schloss die Augen. „Jener unheilvolle Tag jährt sich bald zum elften Mal. Ist das Zufall?"

Mathäus griff nach der Hand des Freundes. „Es gibt keine Zufälle in Gottes Plan. Aber es freut mich, dass deine Seele nicht mehr nur von Bitterkeit erfüllt ist."

„Wie schaut's mit *deinem* Seelenfrieden aus, Mätthes? Was bedrückt dich?"

Mathäus seufzte. „Kaum war ich aus Aachen zurück, da geschah ein zweiter Mord."

„Der dir gewaltige Rätsel aufgibt."

„So ist es. Bis morgen wollen Konrad und Paulus den Täter entlarvt sehen, denn dann findet das Erntefest auf dem Hahndorn statt. Die Hinrichtung soll Teil des Programms werden."

„Menschliche Ungeduld. Vielleicht kann ich dir ja helfen."

„Fühlst du dich nicht zu schwach?"

„Offensichtlich geht es um ein Menschenleben", winkte Heinrich ab. „Hol ein Stück Pergament und einen Schreibkiel. Berichte mir alles der Reihe nach. Erzähl, was du herausgefunden hast, lass keine noch so unbedeutend erscheinende Kleinigkeit aus. Selbst der Furz einer alten Sau kann von Wichtigkeit sein."

Mathäus tat wie ihn geheißen. Begann zu erzählen, und keiner der Männer merkte, wie die Zeit verflog. Ab und zu stellte Heinrich, zwischenzeitlich von Jutta immer wieder sorgenvoll in Augenschein genommen, einige Rückfragen, und Mathäus öffnete die hintersten Kammern seines Gedächtnisses. Als es draußen zu dämmern begann, war das Pergament voller Notizen.

Und sie hatten einen Verdacht geschöpft.

„Nun liegt es an dir, ihn in die Falle tappen zu lassen", sagte Heinrich schließlich müde.

Mathäus sah den Freund verschmitzt an. „Hab da auch schon eine Idee!"

„Dann wehe dem Mörder."

„Ach, Hein. Was hätte ich bloß ohne dich gemacht? Deine Geistesschärfe -"

„Ruhig, es gibt nichts, um das du mich beneiden müsstest, Mätthes." Heinrich blickte hinüber zu Jutta, die mit Maria auf dem Strohhaufen lag und sie liebevoll in den Schlaf sang. „*Ich bin derjenige, der neidisch sein müsste.*" Er lächelte matt.

„Du solltest dein Vagabundenleben endlich aufgeben und selbst eine Familie gründen."

Heinrich schüttelte den Kopf. „Die Zeit ist noch nicht reif dafür. Später vielleicht."

Chlodwigs dumpfes Bellen beendete ihr Gespräch. Jemand pochte laut gegen die Haustür.

Mathäus befahl dem Hund sich hinzulegen. Vor der Tür stand Paulus und grinste spöttisch.

„Ich wollte mich nur davon überzeugen, dass Ihr noch unter uns weilt, Dorfherr."

Mathäus schluckte verärgert. „Und warum sollte ich nicht mehr hier weilen?"

„Vielleicht weil Ihr nicht zugeben wollt, bei der Aufklärung des Mordfalles versagt zu haben. Jedenfalls habt Ihr mir seit Tagen keinen Bericht erstattet. Was soll man bloß davon halten?" Er seufzte gezwungen. „Nun werden die Schöffen für Euch denken müssen."

„Inzwischen kenne ich den wahren Täter", blaffte Mathäus gereizt.

„Ach ja? Und würdet Ihr auch die unendliche Güte besitzen, mir zu verraten, wer das wohl sein soll?"

„Jetzt nicht. Morgen werde ich ihn vor aller Augen entlarven."

„Was soll diese Posse?"

„Keine Posse! Es gibt gute Gründe, so zu handeln."

„Da bin ich aber sehr gespannt." Paulus bedachte ihn mit einem finsteren Blick. „Übrigens brauchen wir nur noch einen der Täter zu henken. Tobias Hompesch hat sich in seiner Zelle selbst umgebracht."

Mathäus wurde aschfahl. „Was?"

„Hat seinen Schädel so lange gegen die Kerkerwand gestoßen, bis er Brei war."

Die Nachricht erschütterte Mathäus, aber er reckte sein Kinn in die Höhe. „Warum erzählt Ihr mir das in diesem vorwurfsvollen Ton?"

„Man hätte ihn längst richten können, wenn Ihr nicht so lange gezaudert hättet."

„Es war Eure kultivierte Idee, die Hinrichtungen mit dem Erntefest zu verbinden."

Der Burgvogt biss sich auf die Lippen, seine Stimme war jetzt wie blankes Messing. „Wenn Ihr glaubt, morgen ein Schauspiel inszenieren zu müssen, so ist das Eure Sache. Ich hoffe bloß, dass diesmal etwas dabei herumkommt, sonst sind Eure Tage als Dorfherr wohl gezählt."

„Macht Euch um mich keine Sorgen. Mein Posten ist mindestens so sicher wie der Eure."

Paulus grunzte, machte kehrt und schritt zu seinem Pferd, das auf der Straße auf ihn wartete. „Grüßt Euren Freund, diesen geistreichen Schlaumeier, von mir", rief er, ohne sich dabei umzublicken. „Wie ich hörte, ist er ja wieder bei Euch. Wünsche ihm gute Genesung."

Paulus' Spitzel waren also wieder aktiv gewesen. Mathäus presste die Kiefer zusammen, tat dem Ritter jedoch nicht den Gefallen, aus der Haut zu fahren. „Werd's ihm ausrichten, Herr Paulus. – Ach, noch etwas …"

„Was?" Widerstrebend wandte er sich noch einmal um.

„Ich gehe davon aus, dass beim morgigen Fest wieder die alljährliche Lotterie stattfindet."

Paulus lachte verächtlich. „Ihr habt vielleicht Sorgen!"

„Findet sie statt oder nicht?"

„Natürlich findet sie statt. So wie jedes Jahr. Die Lotterie ist Tradition."

„Gut." Mathäus beachtete ihn nicht weiter, kehrte in die Stube zurück. Jutta empfing ihn mit sorgenvollem Gesicht.

„Ein unangenehmer Mensch", stellte sie leise fest und schmiegte sich an den Geliebten, „er wird dir Schwierigkeiten machen."

„Das macht er längst mit aller Hingabe, aber keine Sorge", erwiderte Mathäus leichthin, „mit dem werde ich schon fertig." Er blickte auf die schlafende Maria im Stroh. „Auch wir sollten uns jetzt zur Ruhe begeben. Das wird ein harter Tag morgen."

24

Erstmals seit Tagen waren Wolken am Himmel aufgetaucht. Alle Bewohner der Herrschaft strömten in Scharen zum Hahndorn, den man festlich hergerichtet hatte. Später würde man hier zum Tanz aufspielen. Aus der Stadt hatten sich Trommler, Pfeifer und zwei Geiger eingefunden, um für ausgelassene Stimmung sorgen. Leo, der Wirt, würde die Leute mit Bier versorgen. Zur Belustigung der Kinder hatte man einen Puppenspieler engagiert. Und über all dem, am oberen Rand des Hahndorns, ragte für jeden gut sichtbar das hölzerne Todesgestell in den morgendlichen Himmel.

Das Erntefest begann traditionsgemäß mit einer Heiligen Messe. Anders als in den vergangenen Jahren hatte man den Altar diesmal an der unteren Seite des Dorfangers aufgestellt, vermutlich, um den Gläubigen den Blick auf den Galgen zu ersparen. Johannes, der Pfarrer von Echtz, und Moses, der Burgkaplan, pflegten die Messe stets gemeinsam zu zelebrieren. Einmal im Jahr vergaßen die Gottesmänner ihren Zwist für eine Stunde und tauschten vor aller Augen den Friedenskuss aus.

Vor dem Gottesdienst suchte Jutta noch ihre Eltern auf, die gleichfalls zum Fest erschienen waren. Erklärte ihnen ausgiebig ihren Verbleib in den vergangenen Tagen. Aus der Entfernung beobachtete Mathäus die Reaktion des Vaters und nahm erleichtert zur Kenntnis, dass Johanns Miene erstaunlich gleichmütig blieb. Vielleicht war seine Abneigung gegen den Dorfherrn ja doch nicht so groß, wie Mathäus sich das einredete.

Vom Gottesdienst nahm Mathäus nicht viel auf. Vergeblich bemühte er sich um Andacht, seine Gedanken waren woanders, und das Herz klopfte ihm vor Aufregung bis zum Hals. Denn der Moment der Erkenntnis rückte immer näher. Was, wenn er sich mit seiner Aufführung zum Narren machte? Paulus und Konrad würden ihn in der Luft zerreißen. Er verdrängte diesen fürchterlichen Gedanken.

Rechts und links des Altares saßen auf gepolsterten Sesseln jene, die Rang und Namen hatten: Konrad und seine Frau Elisabeth von Grafschaft, deren Kinder, der junge Rikalt, Paulus und einige Ritter, der Schultheiß von Echtz und die sieben Schöffen – sie alle schienen den Worten der Priester mit inbrünstiger Andacht zu lauschen. Auch für den Dorfherrn von Merode war ein Platz reserviert, doch Mathäus hatte es vorgezogen, die Messe aus der Menge heraus zu verfolgen. Nachdenklich betrachtete er die Gesichter der hohen Herrschaften, die in diesem Augenblick – die Messdiener läuteten zur Wandlung – auf die gepolsterten Bänkchen zu ihren Füßen niederknieten.

Über die sieben Schöffen wurde hinter vorgehaltener Hand viel gespottet, führten sich diese doch häufig auf, als habe der König selbst sie zu ihrem Amt berufen. Die meisten von ihnen hatten sich – ganz nach Mode der Städter – einen Familiennamen zugelegt und bestanden darauf, mit diesem angesprochen zu werden. Auch ihre Kleidung war der der vornehmen Stadtmenschen angepasst. Trotz sommerlichen Wetters verzichtete keiner auf seinen Schulterumhang aus Hermelinfell; ihre mit Steinen besetzten Kopfhauben dagegen hatten sie für die Dauer des Gottesdienstes notgedrungen abnehmen müssen. Dass die Schöffen in Wirklichkeit nur die Marionetten der Herren von Merode und des Burgvogtes waren, tat ihrem großspurigen Gehabe keinen Abbruch.

Paulus und Konrad trugen ihre besten Gewänder. Einmal, beim Schlussgebet, trafen sich unversehens die Blicke des Dorfherrn und des Burgvogts, und Mathäus vermochte die unausgesprochene Drohung in den funkelnden Augen des anderen zu lesen. Mathäus antwortete ihm mit einem gleichmütigen Grinsen, obwohl ihm kaum danach zumute war. Als die beiden Priester endlich den Schlusssegen erteilten, rüttelte eine gichtige Hand an seiner Schulter.

„Ist es wahr, dass sie heute nur einen aufknüpfen?", fragte ein Bauer aus dem Unterdorf.

„Wer wird's sein?", wollte ein anderer wissen. „Und stimmt es, dass der andere Schweinehund sich ganz freiwillig vom Acker gemacht hat?"

Mathäus winkte seufzend ab und suchte Jutta auf. Ihm fiel auf, dass der Blick ihres Vaters unstet zwischen ihm und seiner Tochter hin- und herwanderte. Was hatte das zu bedeuten? Mathäus wusste es nicht. Er begrüßte Johann und Heilwig höflich, wobei die Bäuerin ihm wohlwollend zunickte.

„Ich werde jetzt wieder zu unserem Kranken gehen", sagte Jutta.

„Ja, ja, Onkel Hein!", kreischte Maria vergnügt.

„Du willst das Fest schon verlassen? Ich hoffte, du würdest mir seelischen Beistand leisten."

„Das werde ich, Liebster. In Gedanken, ich versprech's dir. Aber Heinrich braucht mich jetzt, er hatte eine sehr unruhige Nacht."

Mathäus senkte schuldbewusst den Kopf. „Wahrscheinlich hat unsere Konferenz ihn zu sehr angestrengt."

Jutta reckte sich, um ihn zu küssen. Zum ersten Mal tat sie es vor den Augen anderer. „Es wird alles gut", flüsterte sie, „ich weiß es. Übrigens, weißt du, was meine Eltern mir soeben berichtet haben?"

„Nein. Woher auch?"

„Mein Verehrer aus Schlich hat einen Rückzieher gemacht." Sie deutete schmunzelnd auf Maria. „Die Kleine kam ihm wohl nicht geheuer vor."

Mathäus' Erleichterung war unübersehbar. Das war zur Abwechslung mal eine gute Nachricht. Unter anderen Umständen gar Grund für einen Jubelschrei.

Jutta nahm Maria an die Hand. „Lass uns gehen. Das Spektakel, das gleich folgen wird, hat genug Zuschauer."

Gedankenvoll sah Mathäus den beiden hinterher. Paulus' raue Stimme holte ihn in die Gegenwart zurück.

„Nun, werter Dorfherr, was machen denn Eure … hm, Ermittlungen?"

„Paulus! Gut, dass Ihr hier seid. Sagt mir, wie ist der genaue Ablauf des Fests?"

„Zuerst die Gerichtsverhandlung. Dann die Hinrichtung. Allerdings warten wir noch auf den Henker, den Herr Konrad aus Düren herbestellt hat. Aber der gute Knabe dürfte bald eintreffen."

„Und die Lotterie?"

„Findet hinterher statt. Falls die allgemeine Stimmung gedrückt sein sollte, dient sie der Aufheiterung."

„Gewiss, die Leute werden sich totlachen. Aber ich möchte, dass die Lotterie *vor* der Gerichtsverhandlung stattfindet."

Paulus hielt eine Hand hinter sein vernarbtes Ohr. „Was?"

„Sagt, wie läuft diese Lotterie ab?"

„So wie immer. Ein Schreiber läuft mit einer Zahlenliste durch die Reihen und lässt genau hundert Leute ein Kreuz machen. Er notiert sich die Namen der Spieler und deren

Zahlen. Zum Schluss wird die Gewinnzahl ausgelost. Der Sieger bekommt drei Gulden."

„Gut. Hier ist eine Liste!" Mathäus zog ein Pergament aus seinem Gewand. „Die darauf notierten Leute müssen unbedingt ihr Kreuz auf die Zahlenliste setzen."

Paulus warf einen gelangweilten Blick darauf. „Was?" fragte er mit plötzlicher Erheiterung. „Die beiden Verdächtigen auch?"

„Wie Ihr seht."

„Und auch Ludwig? Soweit ich weiß, liegt der immer noch krank darnieder und lässt sich von seinen Mägden massieren."

„Man soll ihn halt daheim aufsuchen. Ich will, dass er sein Kreuz macht."

Unwillig riss Paulus ihm die Liste aus der Hand. Seine Augen schossen Blitze. „Ich warne Euch, Mathäus, wenn Ihr uns alle zum Narren haltet, dann -"

„Spart Euch die Drohung. Sorgt dafür, dass meine Anordnungen ausgeführt werden, wenn Ihr den richtigen Mann aufknüpfen wollt."

Paulus verschwand mit einem derben Fluch auf den Lippen. Die Musikanten hatten mit ihrem Spiel begonnen, doch noch niemand betrat die Tanzfläche. Alles wartete gespannt auf die Gerichtsverhandlung. Einträchtig standen die Bauern der Herrschaft in Grüppchen beieinander und diskutierten. Rasch sprach sich herum, dass die Lotterie – sonst der Höhepunkt des Festes – diesmal früher stattfinden sollte. Dies sorgte für abenteuerliche Spekulationen.

Mathäus spazierte freundlich lächelnd durch die Reihen, wich aber neugierigen Fragen, die man ihm allerorten stellte, beharrlich aus. Auch einer der Schöffen suchte ihn auf. Seine Wangen waren von einer zornigen Röte überzogen.

„Ist es wahr, dass Ihr den Ablauf des Festes eigenmächtig geändert habt?", schnaufte er. Seine Kopfhaube rutschte ihm fast ins Gesicht.

„Ja, das stimmt."

„Und ist Euch klar, dass wir Schöffen deshalb unnötig warten müssen?"

„Ihr werdet es sicherlich überleben."

„Eine Frechheit ist das!"

„Warum genießt Ihr in der Zwischenzeit nicht das Fest, guter Mann?" Mathäus stellte zufrieden fest, dass seine Nervosität einer kühlen Gelassenheit gewichen war. Die würde er auch benötigen, wenn er seinen Plan durchziehen wollte. Der Schöffe setzte an, etwas zu erwidern, doch der entschlossene Blick des Dorfherrn ließ ihn verstummen. Mathäus ließ ihn einfach stehen.

Er beobachtete die Knechte und Knappen, die den Messaltar abbauten und stattdessen Stühle für die Gerichtsverhandlung herbeischafften, die sie kreisförmig um ein hölzernes Podest anordneten. Hier würde der Schultheiß die Verhandlung führen. Dahinter platzierte man sieben Sessel für die Schöffen. Die Häftlinge würden vor ihnen stehen müssen.

„Ich habe Euch durchschaut!" Unbemerkt war der junge Rikalt neben den Dorfherrn getreten.

„So, wirklich? Und was seht Ihr, Rikalt?"

„Ihr werdet eine List anwenden, um die Wahrheit ans Licht zu bringen, nicht wahr?"

Mathäus' Antwort war ein Augenzwinkern.

„Ich wusste schon immer, dass Ihr einen genialen Verstand habt, Mathäus."

„Mitnichten, Herr Rikalt. Denn diese List ist nicht allein meine Idee. Außerdem weiß ich noch nicht, ob ich wirklich Recht habe."

„Natürlich habt Ihr Recht. Paulus kocht vor Wut, Ihr müsst einfach Recht haben."

„Das ist in der Tat ein gutes Omen."

Auf einem der Stühle vor dem Podest wartete Mathäus die Zeit ab. Die bösen Blicke der Schöffen, die abseits tuschelnd beieinander standen, störten ihn nicht. Nach einer Weile stapfte Paulus herbei, reichte ihm die beiden Pergamentbögen.

„Hier! Erledigt, so wie der hohe Herr befohlen", knurrte er.

„Besten Dank."

Mathäus überflog die Liste mit den Zahlen, römische Ziffern von *I* bis C, und jede Zahl war mit einem Kreuz markiert. Er nahm die Namensliste zur Hand. Hierauf war notiert, wer welches Kreuz auf der Zahlenliste gemacht hatte. Es dauerte eine Weile, bis er den Namen fand, nach dem er gesucht hatte. Sein Blick wanderte zwischen den beiden Pergamenten hin und her. Schließlich ließ er sie auf seine Knie sinken.

Alles passte zusammen! Mathäus jubilierte innerlich. Jetzt musste er den Mörder nur noch in die Ecke drängen.

„Und?", fragte Paulus unwirsch.

Mathäus verzog keine Miene. „Holt mir jetzt die beiden Gefangenen her. Ich möchte etwas verkünden!"

25

Walter Hompesch und Eberhard wirkten wie zwei Mumien, als man sie, die Hände in Ketten, vorführte. Dunkle Ringe unter ihren Augen zeugten von der langen Kerkerhaft. In der Menge wurde Gemurmel laut, alles drängte nach vorn, um der Gerichtsverhandlung besser folgen zu können. Auch die hohen Herren nahmen nun ihre Plätze ein. Paulus starrte mit unheilvoller Miene vor sich hin, während Moses und Johannes einmal mehr in ein Streitgespräch vertieft waren. Der Schultheiß machte eine hilflose Handbewegung, da er feststellte, dass ihm offenbar die Initiative aus den Händen gerissen worden war.

Mathäus stieg auf das Podest. „Ich bitte um Ruhe!", rief er in die Menge.

Fast augenblicklich wurde es mucksmäuschenstill. Ein letztes Mal kämpfte der Dorfherr gegen sein Unbehagen an. Er ließ einige Augenblicke verstreichen, bevor er seine Stimme wieder erhob.

„Der Gewinner der Lotterie wird sich noch etwas gedulden müssen. Zuerst wollen wir nämlich über den Verlierer sprechen." Er sammelte sich kurz. „Vor gut zwei Wochen", begann er, „wurde Anna, die Tochter und das einzige Kind des Bauern Arnold und seiner Frau Katharina, im Wald von einem Unbekannten geschändet und ermordet." Er überhörte Paulus' Räuspern. „Ein Verdächtiger wurde schon bald festgenommen, ein böhmischer Kaufmann namens Tobias Hompesch, der Bruder des Mannes, den Ihr dort vorne sitzen seht. Aber es brauchte seine Zeit, bis man ihn endgültig der Tat überführt hatte."

Paulus und seine Ritter stießen ein hämisches Lachen aus. Mathäus ließ sich nicht beirren, seine Stimme wurde lauter.

„In der Zwischenzeit mussten wir, die Bewohner der Herrschaft, mit der Angst leben, dass ein Dämon sein Unwesen in unserer Mitte trieb. Ich zweifle nicht einen Augenblick daran, dass die alte Sibylle jene furchtbare Begegnung hatte. Aber", er hob die Schultern und machte ein geheimnisvolles Gesicht, „war es wirklich ein *Dämon*, der ihr diesen Schreck einflößte? Oder war es nur ein Sterblicher, der sich wie ein Wesen der Unterwelt gebärdete?"

Die Münder der meisten Zuhörer standen weit offen. Paulus dagegen betrachtete gelangweilt seine Fingernägel.

Mathäus fuhr fort. „Vor einigen Tagen wurde ein weiterer Mord verübt. Margarethe, die Tochter unseres Schuhmachers, kam auf ähnliche Weise ums Leben wie zuvor Anna. Mit dem Unterschied freilich, dass Margarethe vor ihrem Tod nicht geschändet wurde. Diesmal gab es gar *zwei* Verdächtige, nämlich den Bruder des Tobias Hompesch, Walter, der wie Tobias unmittelbar nach dem Mord wie aus dem Nichts aufgetaucht war, sowie den jungen Eberhard, dessen Stiefelabdrücke am Tatort gefunden wurden." Mathäus verzichtete auf eine Schilderung der näheren Hintergründe, obwohl ihm klar war, dass die Dorfbewohner längst über Eberhards Doppelliebschaft tratschten. Er verschränkte seine Arme. „Nun, Annas Mörder hat sich gestern in seiner Zelle selbst gerichtet, Gott möge seiner Seele gnädig sein. Dort vorne seht Ihr zwei Menschen, die des Mordes an der jungen Margarethe verdächtigt werden. Aber keiner der beiden ist der Täter!"

Sofort hob erstauntes Gemurmel an. Konrad klatschte amüsiert Beifall, während Paulus mit finsterem Blick seine Stimme erhob.

„Das müsst Ihr uns schon näher erklären, Dorfherr!"

Mathäus würdigte ihn keines Blickes, betrachtete die beiden Häftlinge. Über Eberhards Wange kullerte eine Träne. Walter Hompesch dagegen begann seine Lethargie abzuschütteln, hielt dem Blick des Dorfherrn mit hochmütigem Grinsen stand.

Mathäus hob seine Arme, bat um Ruhe.

„Sag, Eberhard, waren deine Stiefel in letzter Zeit beim Schuhmacher?" fragte er laut und für alle vernehmlich.

„Ja, Herr", antwortete Eberhard mit heiserer Stimme und wirkte überrascht.

„Waren sie beschädigt?"

„Ja, Herr. Hab mir eine neue Sohle machen lassen."

„Wie lange ist das her?"

Eberhard zuckte mit den Achseln. „Einige Wochen vielleicht."

„Wer hat die neuen Sohlen angebracht? Albrecht? Oder sein Sohn?"

„Ich weiß nicht, Herr."

„Ich schon. Zumindest weiß ich, wer dir dieses verräterische Kreuz auf die Sohle geritzt hat." Sein Blick tauchte in die Menge. Nach einer Weile fand er das Gesicht, nach dem er Ausschau hielt.

„Philipp Weidengass!", rief er. „Tritt nach vorne!"

Er merkte, dass der Sohn des Schuhmachers zögerte, als spiele er mit dem Gedanken an Flucht. Aber schließlich trat er vor und stellte sich vor das Podest.

„Was wollt Ihr von mir?"

„Warum hast du wohl ein Kreuz in Eberhards Stiefelsohle geritzt?"

„Ein Kreuz? Wie kommt Ihr darauf?"

„Das Kreuz auf der Sohle ist identisch mit dem, das du auf der Lotterieliste gemacht hast. Offenbar hast du die Angewohnheit, den linken Querbalken mit einem fast unmerklichen Knick nach unten zu versehen."

Philipp lachte unsicher. „Ja und?"

„Es scheint mir, als hättest du seit geraumer Zeit einen Plan gehegt."

„Und welchen?"

„Die Ermordung deiner Schwester!"

Über dem Hahndorn breitete sich atemlose Stille aus. Niemand wagte es, einen Ton von sich zu geben.

Philipp schüttelte den Kopf und versuchte, amüsiert zu wirken. „Was erzählt Ihr da? Warum sollte ich meine eigene Schwester umbringen?"

„Weil sie in deinen Augen schuld war am Tod deiner Mutter." Die Stimme des Dorfherrn war sachlich und ruhig, hatte nicht mehr den anklagenden Ton von vorhin, ganz so, als empfände er nun Mitleid mit dem Burschen, der da leicht zitternd vor ihm stand. „Denn seit dem Tod deiner Mutter, die im Kindbett starb, hasstest du nicht nur deine Schwester, sondern jede Frau auf Gottes Erde. Ich hab's selbst aus deinem Mund vernommen, also leugne es nicht." Er rieb nachdenklich sein Kinn. „Dein Hass ging so weit, dass du damals, nach dem Tod deiner Mutter, sogar die Gottesmutter verflucht hast."

„Woher wollt Ihr das wissen?"

„Ein Schuhmacher aus Aachen erzählte es mir."

„Na und? Ich war ein Kind!"

„Die Wurzeln liegen immer in der Kindheit", seufzte Mathäus.

„Eure Weisheiten in Ehren", schaltete Paulus sich ungeduldig ein, „aber bis jetzt habt Ihr nur Vermutungen angestellt. Ihr müsst die Schuld des Burschen schon beweisen."

Mathäus schürzte die Lippen. „Da habt Ihr natürlich Recht, Herr Paulus, obwohl es mich wundert, dass gerade Ihr plötzlich Wert auf wirkliche Beweise legt. Meine Ausführungen waren noch nicht beendet." Er wandte sich wieder Albrechts Sohn zu. „Die Stiefel. In tückischer Voraussicht hast du dem Eberhard also ein Kreuz in die Sohle geritzt. Und der Mord an der Tochter des Wolfsbauern brachte dich auf eine teuflische Idee. Zunächst einmal wolltest du etwas Verwirrung in die ganze Sache bringen. Deshalb bist du der alten Sibylle als Dämon erschienen."

„Ich ein Dämon?" Philipp lachte hohl.

„Ein zweiter Mord, ähnlich dem ersten, würde als das Werk eines wahnsinnigen Unbekannten erscheinen. Oder eben als Teufelswerk."

„Was hat das alles mit einem Kreuz in Eberhards Stiefelsohle zu tun?", blaffte Paulus.

„Nun, Philipp wollte sich mehrfach absichern, aber das war sein eigentlicher Fehler."

Philipp zupfte nervös an seinem Wams.

„Wie mir nicht entgangen ist, Philipp, hast du ein gewisses Talent, fremde Stimmen nachzuahmen. Auch die Stimme deiner Schwester konntest du einwandfrei imitieren."

Philipps Lächeln wurde immer dünner.

„Es war für dich ein Leichtes, den blinden Peter mit der Stimme deiner Schwester zu täuschen, ihn mit einer falschen Botschaft zu Eberhard zu schicken. Eberhard sollte hinter einem Baum ein eigens für ihn stattfindendes Schauspiel verfolgen - du weißt schon, was ich meine - und dabei Zeuge der Mordtat werden."

„Welchen Sinn hätte das gehabt?", bäumte sich Philipp noch einmal halbherzig auf.

Mathäus hob eine Hand. „Der Reihe nach: Zunächst hast du den Boden hinter dem Baum mit Wasser aus dem Weiher angefeuchtet, damit sich Eberhards Spuren dort abbildeten. Dann hast du, mit einem Wildschweinfell bekleidet und schwarzer Farbe im Gesicht, deine Schwester umgebracht. Und Eberhard war Zeuge der Tat. War's nicht so, Philipp?"

Philipp zuckte mit den Schultern.

Mathäus wandte sich den Schöffen zu. „Ich nehme an, das Wildschweinfell dürfte sich finden, sobald man seine Kammer durchsucht."

„Er wollte mich zum Verdächtigen machen?" fragte Eberhard mit zitternder Stimme. Sein ohnehin blasses Gesicht war noch weißer geworden.

Mathäus nickte. „Zumindest nahm er das gern in Kauf, dass man dich verdächtigte. Dein Schweigen setzte er voraus. Du solltest dich als Opfer einer höllischen Bestrafung fühlen. Und dann hoffte er, dass ich die Spuren hinter der Eiche finden und als deine erkennen würde."

„Philipp, du Schwein! Gottverdammter Meuchler!" Eberhard hob die Fäuste, Ketten klirrten. Mathäus befahl ihm mit einer herrischen Geste, sich wieder zu setzen.

„Ich fand die Spuren tatsächlich. Oder vielmehr Dietrich, einer der Burgleute, fand sie." Er nickte dem Diener, den er in der Menge ausgemacht hatte, dankbar zu. Dietrich schwoll vor Stolz die Brust.

„Wir sahen also die Spuren und fanden bald heraus, wem sie gehörten. Natürlich war Eberhard damit verdächtig, vor allem, weil er ja geschwiegen hatte. Entweder würden wir seine Geschichte vom Teufel als lächerliche Ausflucht eines Mörders abtun – so oder ähnlich dachte wohl Philipp –, oder aber wir würden ihm sogar Glauben schenken, zumal das Wesen ja auch der Sibylle erschienen war. Dann hätte man den Mord – vielleicht auch beide – einem Dämon zugeschrieben." Er hob nachdenklich die Augenbrauen. Vor dem von so vielen Menschen befürchteten Ende der Welt wäre dies eine Erklärung gewesen, die durchaus auf breite Akzeptanz gestoßen wäre.

„Tue nichts Böses, so widerfährt dir nichts Böses!", posaunte der bärtige Moses in die Stille. „Bleib der Sünde fern, so meidet sie dich. So steht es im Lukas-Evangelium."

„Blödsinn!", erwiderte Gemeindepfarrer Johannes kopfschüttelnd, „so steht es im Buch des Propheten Jesus Sirach, du Trottel."

Paulus' mahnender Blick ließ die beiden verstummen.

„Möglichkeiten über Möglichkeiten also", fuhr Mathäus fort, „und alle hatten sie eines gemeinsam: Niemals fiel auch nur der Hauch eines Verdachts auf den wirklichen Mörder – Philipp Weidengass!"

„Wie es scheint, habt Ihr ja gründliche Erkundigungen über mich eingeholt", sagte Philipp tonlos.

„Eigentlich war es nur ein Zufall, dass ich deinen Familiennamen in Erfahrung brachte. Aber das hat keine Bedeutung. Von Bedeutung waren vielmehr die Bemerkungen, die du gestern machtest, als ich dir und deinem Vater einen Besuch abstattete. *Steine lügen nicht*, sagtest du. Du warst der festen Überzeugung, dass die Signatur unter der steinernen Botschaft den Mörder deiner Schwester entlarven würde." Er runzelte die Stirn und senkte seine Stimme. „Du hattest Recht, Philipp", sagte er traurig, „der Schweinskopf stellte in der Tat den Mörder dar. Aber es war nicht der Eber, der den Verdacht auf Rudolfs Sohn lenken sollte, sondern vielmehr der

Kopf eines wilden Schweins, in dessen Aufmachung du den schrecklichen Mord begangen hast. Ja, Steine lügen nicht!"

Philipp hielt den Blick gesenkt und presste Daumen und Zeigefinger gegen seine Augenlider. Dann schaute er auf, starrte in die Menschenmenge, die ihn schweigend umgab, holte tief Luft. „Tod allen Weibern!", schrie er. „Tod den Verführerinnen Adams, die die Erbsünde in die Welt gebracht haben."

Paulus gab einigen seiner Leute ein Zeichen. Im Nu sah Philipp sich von ihnen flankiert. Auch Albrecht stand mit einem Mal neben seinem Sohn. Seine Hände zitterten, und sein Blick war nicht länger wirr und seltsam, sondern leer, unendlich leer. Vater und Sohn schauten sich lange in die Augen. Philipp zuckte kaum mit der Wimper, als der Vater ihn ohrfeigte.

„Sie trug Mutters Kleid", zischte er durch die Zähne, als sei erst damit alles erklärt und gesagt. Albrecht machte kehrt und verließ wankenden Schrittes den Dorfplatz.

„Bravo, bravo!" Konrad klatschte vergnügt in die Hände. Nahm dann die Hand seiner Gemahlin, die das Geschehen mit unbewegter Miene verfolgt hatte, und jauchzte geziert. „Unser werter Dorfherr ist ein Genius, Liebste, habe ich's dir nicht gleich gesagt?"

Mathäus hatte das Podest verlassen. Sah sich nun umringt von zahlreichen Leuten, die ihm anerkennend auf die Schulter klopften. „Jetzt könnt Ihr mit Eurer Gerichtsverhandlung beginnen", rief er dem Schultheiß zu. Auf einmal fühlte er sich müde und ausgelaugt.

„Damit habe *ich* ja Gott sei Dank nichts mehr zu tun", brummte Walter Hompesch. „Löst mir die Ketten. Auf der Stelle will ich mein Pferd und meine Sachen wiederhaben."

„Du bleibst hier!", bellte Paulus und packte den Kaufmann grob an der Schulter. „Ob schuldig oder nicht, der Verhandlung wirst du artig beiwohnen. Und das Schandmaul wirst du nur aufmachen, wenn man dich etwas fragt, verstanden?"

In diesem Augenblick empfand Mathäus sogar ein wenig Sympathie für den Burgvogt. Natürlich würde man Walter Hompesch nach der Verhandlung laufen lassen müssen, denn er hatte sich in der Herrschaft keines Verbrechens schuldig gemacht.

„Gerne dürft Ihr den Vorsitz übernehmen, Herr Mathäus", schlug der Schultheiß mit geziertem Lächeln vor.

„Vielen Dank, aber die Verhandlung ist nicht mehr meine Sache." Der Dorfherr machte auf dem Absatz kehrt und wühlte sich eine Bresche durch die Menschenmassen.

„Wohin geht Ihr?", rief der Schultheiß ihm verdutzt nach.

„Nach Hause!"

Zügigen Schrittes verließ er den Hahndorn. Die Verurteilung und Hinrichtung Philipps wollte er nicht miterleben. Er war überzeugt, dass auch den meisten der Dörfler nicht viel an diesem traurigen Schauspiel lag. Unterwegs begegnete er drei dunkel gewandeten Fremden, die auf schwarzen Rössern die Dorfstraße hochritten – der Dürener Henker und zwei seiner Helfer auf dem Weg zum Hahndorn.

Mathäus lief ein kalter Schauer über den Rücken. Er verdrängte die Bilder der toten Mädchen, die Gedanken an Dämonen, Tod und Pest, die ihn plötzlich heimsuchten wie eine Plage. Er wollte nur noch heim. Wie ein kleiner Junge freute er sich darauf, Jutta, Maria und Heinrich wiederzusehen, als hätte er sie seit einer Ewigkeit nicht gesehen.